Rebozo de aromas

Rebozo de aromas

ESTHER RIZO CAMPOMANES

Rebozo de aromas
D.R. © Esther Rizo Campomanes

De esta edición:

D.R. © Santillana Ediciones Generales, SA de CV
Universidad 767, colonia del Valle
CP 03100, México, D.F.
Teléfono: 54-20-75-30, ext. 1633, 1623
www.sumadeletras.com.mx

Diseño de cubierta: Angelica Alva
Formación: Oscar Levi
Lectura de pruebas: Antonio Ramos
Cuidado de la edición: Jorge Solís Arenazas

Primera edición: mayo de 2009

ISBN: 978-607-11-0210-2

Impreso en México

Esta obra se teriminó de imprimir en mayo de 2009 en los talleres de Litográfica Ingramex, S.A. de C.V., Centeno 162-1, Col. Granjas Esmeralda, C.P. 09810, México, D.F.

✳ ÍNDICE

TERCERA PARTE

PRIMERA PARTE

EL CORSÉ

1

Cuando llegaron a Orizaba —le relató Juana a su hija el viaje que había emprendido con su familia hacia el exilio— el hotel les pareció un oasis. Su amplia terraza con mecedoras de madera blanca daba al jardín, cuyo olor a gardenias y jazmines parecía refrescar el aire que penetraba hasta el comedor, en el cual se notaba el movimiento que precedía a la cena. Su ánimo mejoraba con las conversaciones en voz alta y las risas de huéspedes que, como ella, buscaban un refugio temporal, un paréntesis para preparar su regreso a la capital o la continuación del viaje hacia el extranjero.

Carmen y Juana apresuraron a su padre para que las condujera a las habitaciones que ocuparían él y su madre, a quien tomaban por la cintura, pues casi no se sostenía sobre sus pies.

Les encantó la amplitud de la recámara, la inmensa cama de latón con sus balaustradas de cobre recién pulidas. Los mosquiteros blancos y la lencería de Brujas; les confortó saber que, a pesar de tanto borlote, todavía, en algún lugar, quedaba un resto de buenas costumbres. Un aguamanil de porcelana blanca decorado con flores y, haciendo juego, una gran jarra llena hasta el borde que les serviría para asearse. El tocador con su amplia luna biselada y su banqueta, un pequeño sofá, dos sillas doradas y los sólidos burós, a cada lado de la cama, todo en el más puro art nouveau, completaban la decoración.

Tenían la intención de ayudar a su madre a desvestirse, y así poder liberarla del apretado corsé que con dificultad le permitía respirar. Primero le quitaron los zarcillos de perlas y el collar de tres vueltas. Desabotonaron lentamente su vestido de viaje de brocado gris. La despojaron de los apretados botines de cuero, de los innumerables refajos y, por último, del corsé que había encajado sus varillas en la piel, de tal manera que parecían marcas de latigazos.

Era la primera vez que miraban su desnudez, sus caderas y sus senos mórbidos. La lavaron con agua de rosas y aceite de romero. Deshicieron el alto moño construido con sus trenzas castañas, despojándola de horquillas y ganchos. Con un cepillo suave alisaron sus largos cabellos que llegaban a la cintura y los ataron con un listón. La espolvorearon con su talco preferido de la casa Coty y la vistieron con su camisón de lino blanco, abotonado hasta el cuello rematado con un lazo del mismo color que el de sus cabellos.

Cuando lograron acostarla, animadas por sus suspiros de alivio, se atrevieron a preguntarle cómo se sentía. Les respondió solamente con su tierna sonrisa de despedida.

Su madre no volvió a pronunciar palabra. Se había quedado enredada en sus adioses. Ella, que nunca quiso irse de México, había sido invadida por el silencio. Inhábil para descubrir bellezas extrañas, demasiado cansada para intentar emprender nuevos caminos, se quedó atrás, sin sueños ni palabras.

El corsé descansaba sobre las losas del cuarto, como una muñeca rota.

※

EL EXILIO

2

Cuando el buque atracó en el muelle de La Habana, Amador Campomanes se dejó caer extenuado en la cama del camarote ya vacío y, a pesar de su fortaleza, se abandonó por un momento a la incertidumbre de encarar una vida nueva con sus cinco hijos y con Esther, su mujer enferma. Desde la noche anterior había supervisado una a una cajas y baúles que constituían el abundante equipaje de la familia, ordenando también la ropa que su mujer y sus hijos llevarían al desembarcar.

Había dejado atrás un camino de sueños realizados con base en audacia y esfuerzos para enfrentar un nuevo horizonte que no se le antojaba promisorio. Como no era proclive a la desesperanza y enfrentar los retos era algo inherente a su naturaleza, sólo descansó unos minutos escuchando el ruido de las poleas que precedían al anclaje en el muelle.

Apenas empezaba a despuntar el alba cuando subió a cubierta con sus hijos. Encomendó a su esposa con una camarera bien retribuida y se aprestó a contemplar la bullente multitud que ante la llegada del barco se apretujaba en los muelles. Durante la última cena a bordo, se había despedido de los compañeros de viaje que seguirían su travesía rumbo a Europa, el primer destino que había elegido Amador. Sin embargo, decidió quedarse en La Habana debido a la enfermedad de su mujer, confiado en encontrar a los viejos amigos que había dejado en Cuba, veinte años atrás, cuando había tenido que huir rumbo a Veracruz, perseguido por las autoridades de la nueva república. Cuba había sido su primera escala en América. Recién llegado de su nativa Asturias, emprendió sus primeras lides en el periodismo publicando artículos subversivos contra los independentistas, tachando de ingratitud la lucha de criollos y cubanos por una Cuba libre.

Herido de una pierna que le dejó para siempre una cojera, pudo embarcar gracias a los oficios de un marinero caritativo, en las bodegas de un buque mercante rumbo a México, donde rápidamente abandonó sus tareas periodísticas y se dedicó a hacer fortuna, que no tardó en alcanzar gracias a su audacia e inteligencia. Ahora volvía a contemplar la ciudad que había dejado veinte años atrás. La edad no le había quitado arrestos y aún con la carga que le había impuesto la vida se aprestó a enfrentar la nueva aventura.

Los niños contemplaban desde cubierta la algarabía bulliciosa de una ciudad que despertaba. Vendedores de frutas con canastos en la cabeza, pregoneros de toda clase de mercancía celebraban la llegada del buque. Los pasajeros empezaron a arrojar monedas al mar, al que se lanzaban para atraparlas atrevidos negritos.

La Habana se mostraba con su espléndida belleza, presidida por El Morro, baluarte español cuyo faro había guiado la noche anterior al buque, en sus maniobras de anclaje.

Poco a poco fueron descendiendo los viajeros por la bamboleante escalerilla. Un oficial los acompañó hasta el muelle y ayudó a Amador a sostener a su temblorosa esposa.

Casimiro Suardías, fiel amigo de Amador, tras enterarse por telégrafo de la llegada de la familia, los recibió en el muelle con un carruaje para ellos y un faetón para el equipaje. Llegaron al Hotel Nacional, en el corazón de La Habana, a dos cuadras del malecón. Casimiro se había ocupado de todo. Les reservó en el hotel una suite con recibidor y tres amplias habitaciones. También cuidó que el administrador pusiera bajo sus órdenes a una doncella madrileña, fuerte y de amplia sonrisa para que se ocupara de Esther, lo que facilitó la labor de Carmen y Juana, las niñas mayores, siempre pendientes de su madre y de los tres pequeños, Alfredo, Laura y Guillermo.

El almuerzo lo tomaron en las lujosas habitaciones del hotel. Esther reposaba con una respiración tranquila y los niños se asomaban al balcón admirando el ir y venir de la gente. Amador y Casimiro no paraban de hablar, su plática se centraba en el gran caos que había representado para México la caída de Porfirio Díaz y el triunfo de la revolución y sus caudillos. También comentaron sobre los bonos que Amador tenía depositados en Londres y de la forma más segura y efectiva de colocarlos. La conversación derivó en el problema de la ubicación de la familia.

—Es imposible —le dijo Suardías— que tus hijos y tu mujer enferma se instalen definitivamente en el hotel. Creo tener una solución que te permitirá instalarlos cómodamente y que te dejará la suficiente libertad para dedicarte a tus actividades.

La solución, según él, era la más factible para Amador: Juan Balerdi, un habanero millonario en la industria del jabón, había construido un palacete en un pueblecito cercano a La Habana llamado Madruga, famoso por su clima que refrescaban las innumerables caídas del río de El Copey. El pueblo de Madruga se encontraba ubicado sobre un lecho de rocas volcánicas entre las que se hallaban sílex, cuarzo, pedernal calcedonia y varias más como la serpentinita o roca azul que posee un gran contenido de azufre curativo. Sus aguas con profundas propiedades físico-químicas se utilizaban para fines terapéuticos. Madruga gozaba de gloria por sus aguas medicinales. Sus virtudes curativas lo convertían en un centro vacacional que atraía a los veraneantes de la mejor sociedad habanera. Al enfermar su mujer, Juan Balerdi había hecho construir el palacete Las Delicias como una prolongación de su mansión de El Vedado. Tras la muerte de su esposa, sus hijas se fueron del lugar y a él la soledad le cayó de golpe.

Casimiro persuadió a Amador de las ventajas que obtendría de instalarse en Las Delicias. Su esposa gozaría de las virtudes de las aguas medicinales, los niños tendrían suficiente espacio para jugar y él, la comodidad de trasladarse diariamente a La Habana en el ferrocarril que salía de Madruga a las ocho de la mañana y regresaba a las ocho de la noche. El trayecto sólo duraba una hora. Amador se entusiasmó con la idea y de inmediato fue con Casimiro a visitar a Juan Balerdi. Ordenó que no deshicieran el equipaje, y esa misma tarde cerró el trato con el propietario de Las Delicias, que quedó encantado de rentar la mitad del hotel a unos huéspedes fijos, a quienes, además, les cobró el doble. Fue así como los Campomanes ocuparon toda un ala de la mansión convertida en hotel y se sintieron un poco como en casa.

Las Delicias no era tan diferente de la casa que tenían en México. Grandes escalinatas a ambos lados de la entrada llevaban a una terraza de columnas rococó, sombreadas por helechos. Allí se comía en las tardes para tomar el fresco. La ancha puerta de cristales biselados daba paso al hall, que por sus proporciones bien podía compararse con cualquiera de las más lujosas mansiones de La Habana. Por ambos lados se accedía: por la izquierda hacia la sala, con cómodos muebles de mimbre forrados por cretonas de alegres colores, y por la derecha al comedor, con cuatro mesas para ocho personas en las que destacaba la mantelería de lino. Grandes cómodas de cedro guardaban las vajillas de Sevres y la cuchillería de plata. Ventanales blancos y una puerta cristalera daba acceso al jardín. Ventiladores eléctricos con su débil ronroneo daban fresco a las estancias que, ya de por sí, eran menos calurosas que las que predominaban en la isla. En la amplia cocina, donde no faltaban los mejores enseres europeos, se asentaba un gran fogón y un horno de leña donde se cocía el pan. Al fondo se encontraban las habitaciones de servicio y el departamento de la señora Argüelles, la administradora, una asturiana de gran porte, delgada como un hueso y vestida de riguroso luto.

Del vestíbulo ascendía la monumental escalera de mármol con balaustrada de madera. Un pequeño lobby con lunas de Venecia daba acceso a las habitaciones de los huéspedes. El ala que habitaría la familia constaba de una pequeña sala estilo francés y tres habitaciones, una de ellas con una majestuosa cama matrimonial para Esther y una cama adicional para la doncella. Amador tenía un pequeño dormitorio al lado, lo que le permitiría estar pendiente del sueño de su esposa. Cuando la contemplaba, volvía a gozar de su belleza de antaño, con el pelo suelto sobre el camisón y su perenne sonrisa. Recordaba aquellas veladas entrañables, en las que después de una cena o al regreso del teatro compartían anécdotas y comentarios que muchas veces los hacían reír hasta las lágrimas. Las noches de pasión en las que ella, exhausta, dormía satisfecha con esa sonrisa tan suya con la que parecía alargar el placer, poco después de salir con esfuerzo de su ensueño y dar el beso de buenas noches a sus hijos.

Por primera vez desde su llegada a Cuba, Amador respiraba a sus anchas. Con el orden recientemente recobrado, emprendió negocios en La Habana. Contrató a una maestra rural para dar clases de inglés y modales a sus hijas mayores, Carmen y Juana. En el mismo pueblo encontró a un fabuloso pianista negro para que les impartiera clases de música dos veces por semana.

Pero los esfuerzos de Amador se encaminaron para lo que había sido el principal motivo de su ubicación en Madruga: la recuperación de Esther. Se negaba a llamarla curación, pues en realidad no estaba enferma. Sin embargo, como una lámpara votiva que sólo ardía en sus recuerdos, Esther se iba perdiendo poco a poco en un limbo sin historia. Regresaba a veces un poco perpleja de encontrarse en una tierra tan extraña. Empezó a musitar algunas palabras, poniéndole nombres a las flores. No eran los nombres reales, ella se los adjudicaba con la magia de sus recuerdos y así llamaba alcatraces a las calas y a las bugambilias rojas las teñía de morado. Amador no la encontraba. Se le había empezado a perder en sus paisajes lejanos. Era inútil que le contara como antes sus planes, sus esperanzas, sus sueños. Ella lo oía sin escucharlo y trataba en vano de percibir sus quejas, sus consejos, sus advertencias de antaño. Compañera, testigo y algunas veces cómplice durante casi veinte años, su ausencia hundía a Amador en una soledad de la que no lograban sacarlo las caricias, la comprensión ni las travesuras de sus hijos.

Juan Balerdi le había recomendado ampliamente al doctor Pardiñas que, conforme a sus raíces, se había instalado en su natal Madruga. Amador lo llamó para que reconociera a Esther. Después de auscultarla concienzudamente no encontró nada grave en su organismo; le recomendó largos paseos, baños en el chorro benéfico del manantial. Recomendó también una comida sana y sin condimentos, cucharadas de láudano y romero surtidas en la botica del pueblo y té de tila y azahar como agua de uso.

Ya instalados, yardas de telas frescas, muselinas y organdíes, lino y algodón llegaron a Madruga procedentes de La Habana para suplir los pesados terciopelos, brocados, lanas y franelas que habían formado el ajuar de la familia. Una famosa modista del pueblo y un sastre de la Habana fueron contratados para confeccionar el nuevo guardarropa, pues la ropa fresca era imprescindible para hacer más llevadero el intenso calor del trópico. Esther se dejaba hacer, medir, probar sin ninguna queja ni comentario. Pronto flotó en batas de hilo y muselina que se hacían más amplias cada día, pues ella adelgazaba constantemente. Sus hijas la peinaban con trenzas con las que le hacían un moño en lo alto de la cabeza para librarla del calor, dejando libre su rostro en el que se hacían más grandes y profundos los ojos, más oscuras las ojeras y más perfilada la nariz.

El doctor Pardiñas la visitaba todos los días y movía lentamente la cabeza ante esa desconocida enfermedad que se enseñoreaba de aquella bella mujer que en silencio se le iba de las manos.

Una tarde esperó a que Amador regresara de La Habana para hablar con él. Le comentó sus dudas, temores y, a riesgo de parecer ignorante, su última esperanza. Había una mujer en el pueblo llamada Eloísa, que sanaba imponiendo sus manos milagrosas; él era testigo de impresionantes curaciones, sobre todo en casos como aquél, que parecía una enfermedad del alma más que del cuerpo. Amador lo escuchó incrédulo, siempre había sido enemigo de supersticiones aunque reconocía que el consejo, viniendo de un científico como el doctor, era digno de tomarse en cuenta, y aunque su razón no se avenía con lo sobrenatural, después de una noche de insomnio en la que el amor le hacía creer en milagros, se sobrepuso a sus dudas y atravesó todo el pueblo para hablar con aquella mujer.

Eloísa lo recibió con su hospitalidad de criolla, lo invitó a sentarse en el portal donde había más fresco, le dio una tacita de café carretero acabado de colar y se dispuso a escucharlo. Él se serenó nada más verla. Había pensado encontrarse con una vieja bruja retorcida en el andar y con mirada aviesa, vestida con ropajes oscuros, en una cueva habitada por seres extraños, venidos de ultratumba y sólo iluminada por ceras y hachones encendidos. Encontró todo lo contrario. Eloísa era esposa del jefe de estación y los ferrocarriles le habían brindado una casa en las afueras del pueblo para vivir con su familia.

Se trataba de una mujer de mediana edad más bien delgada, de dulce sonrisa y unos ojos oscuros como su cabello. Al verla, sintió algo tan apacible como su aroma fresco, como la sombra bajo los arbustos. Tenía unas manos largas y afiladas, extrañas en su suavidad para una mujer dedicada a las labores de su hogar y al cuidado de su marido y sus hijos.

La casa de Eloísa era amplia, ventilada, con un gran portal sombreado por malangas al que refrescaba la brisa que venía de los cañaverales vecinos y de las palmas reales que empezaban en el patio y no terminaban nunca, perdidas en el horizonte verde de la campiña cubana. La casa formaba parte del paisaje, ya que era la última que se hallaba en el camino y parecía más parte de la campiña que del poblado. Sin muros ni cercas que la estorbaran, reinaba en ella tal atmósfera de paz que Amador se sintió doblemente confiado.

—Sé que usted no sale nunca de su casa. Pero yo le rogaría que hiciera una excepción por esta vez, mi esposa está tan débil... Si usted decidiera a ir a verla... Es mi última esperanza.

Eloísa se levantó inmediatamente. Dio las instrucciones para el almuerzo. Se quitó el delantal y sólo dijo: —Vamos enseguida—. Así —el caballero español conduciendo, como si fuera una reina, a la guajirita cubana— fue como entraron por la puerta de Las Delicias.

LA SANTA

3

Eloísa nació el 23 de julio de 1866 en un barco de vapor que hacía el viaje de Tenerife a tierras cubanas, en donde sus padres, como tantos españoles de la época, venían a "hacer la América", aunque a menudo encontraran pobreza. Su padre, junto con otros refugiados, se hizo de cuatro caballerías de tierra en Puerto Boniato, en plena Sierra Maestra. Empezaron a cultivar arroz y café en esas tierras fértiles pero escasas. Adquirieron también cuatro marranos que alimentaban con palmiche.

La niña se crió robusta y fuerte, pero agreste y solitaria, ya que sus padres se ocupaban del campo y apenas tenían tiempo para ella. Muchas veces permanecía sola en un bohío que habían construido cerca de la plantación. Cuando sus piernas se robustecieron y empezó a dar sus primeros pasos, los encaminaba hacia el caserío negro no muy lejano, cuyos tum, tum y cánticos, en vez de asustarla parecían atraerla, con gran disgusto de Rocío, su madre, quien la hacía regresar en brazos de un mocetón negro o de cualquier mulata caritativa. No obstante, Eloísa pronto halló cobijo permanente bajo la sombra de la negra Obdulia, quien, con su sonrisa abierta y su calidez, le inspiró inmediata confianza. La niña descansaba tranquila después de sus correrías en sus brazos acogedores y duros.

Así creció, aprendiendo las virtudes curativas de las hierbas del campo y fue iniciada en las virtudes de los santos, a quienes empezó a encomendarse. Entraron en su imaginación de niña los ritmos y bailes africanos que acompañaban las ceremonias, donde se invocaba a Yemayá (virgen de Regla), Ochún (virgen de la Caridad del Cobre), Babaló Aye (san Lázaro) y Changó, también representado como santa Bárbara, vestida de rojo y con su hacha de dos filos. Conoció también en las oraciones nocturnas de su madre al buen Jesús, a la virgen del Rocío, y al Ángel de la Guarda, que la libraba de peligros. Tenía cinco años cuando aconteció lo inesperado. Al llegar al caserío negro, la recibió un canto de cultura milenaria.

Un manto de luto envolvía el paisaje y los tambores tocaban un ritmo de muerte. Los bongoes y las flautas habían callado. Sobre un lecho de hierbas yacía Calixto, el nieto de Obdulia. Había caído sobre las piedras, desde lo alto de una palma de coco.

Eloísa miraba como hipnotizada la cabeza abierta del niño, cubierta de hojas de malanga, para restañar la herida. Había dejado de manar la sangre y su perfil se volvió cenizo ante los ojos atónitos de la niña que nunca antes había contemplado la muerte. Se acercó despacio y posó sus manos quietas de ternura sobre la abierta herida. Con cansancio de siglos el niño abrió los ojos.

Los tambores, que habían callado, empezaron a redoblar con silencios intermitentes.

Eloísa nunca supo lo que había pasado. Los tambores aumentaron con furor, mientras en sus sentidos infantiles se mezclaban el verdor del paisaje con el rojo de la sangre, el sonido de los bongoes con el latir de su corazón, el olor del ají con el sudor de aquella raza fuerte. Se sintió elevada del suelo. Pasaba de unos brazos a otros, hasta que perdió el sentido. Poco a poco despertó y se encontró sentada en un trono de hierbas, coronada con ramas silvestres, cubierta con una bata blanca. Miró estupefacta el desfilar de uno tras otro, besando sus manos. Habían cortado sus cabellos, y le colocaron una diadema de flores blancas. La habían proclamado santa y la llevaron con su madre así, coronada y seguida por la queja de los bongoes.

Rocío, aterrorizada, la envolvió entre sus brazos y se encerró en el bohío temblando de pies a cabeza. Católica ferviente, la creyó poseída por el diablo. Al día siguiente la llevaron a la iglesia y la bañaron con agua bendita.

Vendieron en cuatro perras lo poco que tenían y huyeron despavoridos hacia La Habana, donde un primo del matrimonio acababa de establecerse, recién llegado de España.

No fueron recibidos con beneplácito puesto que la pobreza los acompañaba, pero la unión de familia que fortalece a los pobres hizo que pronto ayudaran al papá de Eloísa a buscar trabajo. En Madruga, un pueblecito aledaño a La Habana, un paisano había abierto una tienda y necesitaba ayuda. Hacia allá fueron los peregrinos. Él empezó a trabajar enseguida y Rocío, que tenía manos de hada para la costura, fue encargada de confeccionar canastillas.

Pronto pensaron que habían tenido suerte en emigrar del campo y se dispusieron a dejar atrás la pesadilla de la santería... Pero Eloísa no olvidaba. Educada en la fe cristiana, creía en Jesús, en la virgen y en todos los santos. Pero sus vírgenes siempre fueron la de la Caridad y Benayá, y sus santos Babalú Oye y santa Bárbara. Detrás del escaparate católico, les colocó a sus santos un altar que mantenía siempre encendido con veladoras rojas. Nunca se supo por qué artes y conjuros la siguió su fama de santa. La gente empezó a comentar que tenía la facultad de curar a los enfermos, y así era. Nadie sabía por qué y ella menos que nadie, pero sus manos ungidas en verdad aliviaban. Era respetada y amada pues jamás cobraba. Se consideraba en obligación de regalar los dones gratuitos que le habían sido concedidos.

Al principio sus padres miraban con horror la forma en que se desenvolvía, pues la creían hechizada. Pero poco a poco lo fueron aceptando como un don de Dios. Cuando tenía dieciséis años, en la misma tienda en que ayudaba a sus padres, conoció a Ceferino. Isleño como ella, alto y bien parecido, con unos ojos verdes que no sabían mirar si no con ternura. Trabajaba como conductor del ferrocarril y se rumoraba que pronto lo ascenderían a jefe de estación. A los seis meses de conocerse se casaron y los hijos no tardaron en llegar hasta completar ocho, tres hijas y cinco varones, entre los que destacó Pablo por su bondad. Eloísa los supo educar con tal firmeza y ternura que en el pueblo la consideraban un ejemplo.

Nunca conoció la riqueza aunque, seguía manteniendo sus dones de curación. No cobraba un centavo y hacía las labores de su casa, con unas batas holgadas de lino blanco.

LA VISITA

4

La enferma descansaba, después de su baño matutino, en el confortable balance de bejuco, cara al jardín. Eloísa hizo salir a todos de la habitación, tomó entre sus manos tibias las suaves e inertes de Esther, transitó por su rostro hasta la frente, hundiendo sus ojos en las pupilas cubiertas de lejanía de la enferma. Con voz muy suave le rogó que la condujera a ese viaje del que parecía no querer regresar. A Esther se le dilataron las pupilas con espanto pero al contacto de los dedos suaves de Eloísa se tranquilizó y como en un trance, la condujo por los extraños parajes que constituían su pasado. Un ruido atronador llenó los oídos de Eloísa. Sonido de olas estrellándose ante inaccesibles acantilados la situaron súbitamente en un paraje extraño. Recorrió cumbres gigantes de donde se lanzaban hacia el abismo pinos seculares, abedules, eucaliptos. Como si fuera transportada en un tren descarrilado, desfilaron ante ella los paisajes de un mundo alucinante y desconocido. Estaciones de ferrocarril llenas de voces, soldados armados, hombres agrestes y mujeres cubiertas con mantas, olores desagradables a comida rancia, a sangre, a vómito.

Miembros desgajados rodaban por calles empedradas. Cadáveres de ahorcados que colgaban de alambrados con un rictus final de espanto; fusiles, bayonetas, machetes hundiéndose en las carnes duras de indios indefensos, en las suaves de tiernas mujeres, en las de inocentes niños. Un sembradío de muerte en donde nada escapaba al grito, al sollozo, a la plegaria.

De pronto todo fue invadido por la calma. Ese primer paisaje se transformó en nevados volcanes y apacibles lagos, en un transcurrir por inmensos valles flanqueados por montañas. Penetraron en una ciudad palaciega con calles y edificios de cantera. Lejanos ecos de pregones unían sus voces a la de sonoros campanarios llamando al Ángelus. Entraron en salones encortinados de terciopelo con voces de niños asomados a libros de estampas y en lujosas habitaciones iluminadas con candelabros. Personajes vestidos de frac y damas suntuosamente alhajadas, con ropajes de sedas y brocados bordados en perlas, bailaban valses de ensueño. Sobrios palacios en donde se escuchaban las óperas europeas, recoletos teatros de comedia española, tiples con picarescos cuplés aplaudidos por un público eufórico, que después eran repetidos en parques y cafés. Alamedas y avenidas decoradas con estatuas. Un bosque milenario en medio de la ciudad, carruajes que recorrían las calles en singulares combates de flores. Un castillo construido por príncipes extranjeros dominaba todo el paisaje.

Lento recorrer por calles empedradas, patios, recoletos, fuentes cantarinas y el sonoro cantar del sereno, anunciando las horas y el tiempo de la noche. Un camino donde se mecía al viento: maizales y alfalfares bañados por arroyos con piedras de colores. A la calle de un pueblo, larga y extendida, se asomaban balcones enrejados cubiertos de macetas con geranios. Iglesias habitadas por santos milagrosos, la Dolorosa y el Nazareno. Altares con exvotos y olor a mirra e incienso, impregnados sus viejos muros de la pátina de rezos y de lágrimas. Cerca, muy cerca una casa blanca, reconfortante y segura con un gran portón de madera labrada. Un gran patio cuadrado con una fuente de cantera en medio. Puertas cristaleras, con visillos de encaje dando acceso a salones casi en penumbra, con muebles tiesos y sólidos.

Lento desfilar de rostros desconocidos, cómodas iluminadas con sonrisas, con sucesivas expresiones de amor y desencuentro. Tocado por una mano invisible, un hombre empezó a desgranar sus notas y habaneras, valses, polcas, una voz de contralto que hablaba de amores, de encuentros y lejanías, una voz unida a otras voces, de manos ocupadas en laboriosos bordados, de ojos prendidos en la lectura de libros que contaban de aventuras vívidas en países lejanos, de sueños seguidores de horizontes.

Eloísa vio a Esther levantarse como a una voz urgida, recorrió con ella los salones y entró al huerto cubierto de árboles frutales, oloroso a retama, a jazmines y a azahares. Se paseaba esperando la hora de la cita, regando las canteras de flores, las conocidas flores de su infancia. En este lento recorrer por la mente de la enferma, Eloísa supo con certeza que se quedaría ahí, en sus patios enramados, en el encuentro de atardeceres dormidos en el lejano Valle del Anáhuac. Había vuelto a sus raíces y no regresaría jamás de su destierro, donde se quedarían las voces de su marido y de sus hijos que inútilmente la llamaban.

No había pasado una hora cuando retiró extenuada los dedos de las sienes de Esther. Le depositó un beso sobre la frente, como una tierna despedida. Se alejó de su lado lentamente con un cansancio enorme.

—Lo siento tanto —dijo a Amador—, yo no puedo hacer nada. Ella se ha quedado en su paraíso perdido. No tardará en morir. —Amador la escuchó como a un oráculo, sabía que había dicho la verdad. Verdad que había tratado de ocultarse a sí mismo.

Esther se había ido tiempo atrás. Recorría las distancias al revés, caminaba hacia el universo de sus recuerdos adonde la llevaban las voces de su infancia. Jamás se reconocería en esa tierra extraña, en la que, sin embargo, le estaba ya destinada una tumba.

LAS DELICIAS DE EL COPEY

5

Todo parecía seguir su ritmo normal en Las Delicias cuando la administradora Argüelles comunicó drásticamente a Carmen y a Juana que desde ese momento estaría prohibido que Esther asistiera al comedor, debido a que el espectáculo de ver cómo era alimentada en la boca, junto con su actitud distante, hacía sentir incómodos a los huéspedes. Ellos habían ido a un hotel de veraneo, no a un hospital para enfermos mentales. Las chicas, no acostumbradas a los desprecios, se retiraron a sus habitaciones sin comer y ordenaron que les sirvieran la comida a su madre y a sus hermanos en sus habitaciones.

Cuando Amador regresó por la noche, encontró a sus hijas encerradas y hechas un mar de lágrimas. Los más chicos, enfurruñados, se habían negado también a comer y jugaban a cojinazos. Todo estaba en un terrible desorden pues las muchachas se habían negado a dejar entrar a la doncella por considerarla cómplice de la señora Argüelles.

Amador las escuchó en silencio y su cólera sólo se manifestó en el fuego de sus ojos de águila y en un ligero endurecimiento de las mandíbulas. Salió al corredor y ordenó a la doncella, que esperaba enmudecida de miedo, que arreglara los cuartos y mandara que les subieran los alimentos. Vigiló personalmente el aseo de los niños y de su esposa, y consoló a las mayores, prometiéndoles que él se ocuparía de que tal hecho no volviera a repetirse.

Durante toda la noche se había escuchado en su antecámara el tic-tac del bastón y la cama amaneció intacta. Desde el amanecer vigiló que todo siguiera en el mismo orden. Prometió a sus hijos que regresaría más temprano. Los niños, que nunca se atrevían a desobedecer una orden de su padre, se mantuvieron encerrados hasta su vuelta.

Efectivamente, regresó antes que de costumbre, cuando los primeros huéspedes empezaban a ocupar sus lugares para la cena. Subió a las habitaciones por su esposa e hijos que, según había ordenado, lo esperaban ya listos y debidamente ataviados. Bajó con ellos al comedor. Ocupó los lugares de costumbre y esperó que se reunieran todos los huéspedes para cenar.

La señora Argüelles presidía toda esta ceremonia un poco más pálida que de costumbre, mirando a Amador, quien después de acomodar a su familia, se dirigió al centro del comedor. Con su habitual cortesía saludó con un "Buenas noches a todos" y prosiguió diciendo:

—Señoras y señores, tengo el gusto de manifestarles que desde este momento están ustedes en su casa, como dice la habitual cortesía que aprendí en México. Acabo de comprar el hotel para destinarlo al uso exclusivo de mi familia. A los huéspedes que hayan pagado por adelantado se les devolverá de inmediato su dinero. A los que no lo han hecho les será obsequiada su estancia. No tengo ninguna prisa. Son ustedes libres de su tiempo. El personal de servicio puede seguir en sus actividades hasta hacer los arreglos pertinentes para su bonificación, con excepción de la señora Argüelles, a quien liquidaré inmediatamente, con el ruego específico de que deberá abandonar el hotel con todas sus pertenencias mañana a más tardar.

Después de este breve discurso procedió a sentarse con su familia. Fue así como el hotel Las Delicias se convirtió en la residencia particular de los Campomanes.

6

Esa noche Juana soñó que una campanita había caído al suelo, que un suspiro se deslizaba como una tela que se rasga, que algo la separaba de su madre. Se levantó descalza y comprendió que Esther se había ido casi sin despedirse. Las aguas siempre vuelven a su cauce y su madre había regresado a su hogar perdido. Así como había sido tan largo el viaje de la ausencia, el retorno había sido corto.

Llegó a la habitación y la imaginó sentada en aquel banco bajo la nogalera de la huerta de San Juan del Río, esperando la cita con Amador, con la sonrisa de sus días felices. Toda la tragedia que siguió fue como una invitación de la vida, una repetición de gestos aprendidos.

Esther volvió a ser íntegramente ella, con una mano bajo su mejilla que había recuperado la tersura de ámbar. Se habían borrado las ojeras que le circundaban los ojos que mantenía entornados para empezar su nueva vida. Juana se los cerró y así le pareció más serena y apacible. Le acomodó las manos largas y finas sobre el pecho, colocando sobre ellas sus hermosas trenzas castañas. Abrió las ventanas para que la brisa se llevara los humores de la muerte. Recibió sin oírlo el último mensaje de su madre. Supo que la vida era un contarse historias, que nacer y morir eran lo mismo. Un paso hacía lo desconocido. El primer grito al sentir la vida se confundía con el último suspiro al despedirla; lágrimas y risas eran un continuo fluir de esperanzas y sueños, de rompimientos e inicios, un constante navegar por el mismo río. Desde entonces, en un adiós que iba a repetirse, Juana empezó a contarse la historia de su madre.

C omo atendiendo a un llamado sobrenatural, Eloísa dejó de pronto los preparativos para la comida y se encaminó directamente hacia su improvisado altar.

Las veladoras rojas de sus santos estaban a punto de extinguirse. Casi sin aliento tomó la mantilla, la echó sobre sus hombros y le pidió a Pablo, su hijo, que la acompañara para atravesar el pueblo. "Algo pasó en Las Delicias", dijo sin dar otra explicación.

Se detuvo un momento en el café de Isaac, sitio donde se reunían los hombres del pueblo por las noches para tomar café e intercambiar noticias jugando dominó, y pidió que avisaran al doctor Pardiñas para que fuera directo a la casa de los Campomanes. Llegaron a la puerta cuando Juana se asomaba al balcón para llamar al portero, con el objeto de que fuera a buscar a Eloísa.

Amador había ido a La Habana a recibir a su suegro Teófilo y a Enrique, el hermano menor de Esther, que venían de México. Amador había pensado que la presencia del padre y el hermano predilecto de su mujer podrían hacerla volver a la vida.

Sin fuerzas para esperarlos, Esther atravesó el umbral de la muerte, mientras atracaba el barco en el muelle de La Habana para que al amanecer desembarcaran los pasajeros.

Teófilo y Enrique vieron el tono rosa, casi malva, que anunciaba un nuevo día y después, desde cubierta, contemplaron a Amador con los hombros caídos, de pie y sollozando a los pies de la escalerilla que empezaba a extenderse hasta el muelle. Teófilo, en vano trató de atribuir a la emoción el aspecto de su yerno, pero comprendió de inmediato que ya no tenía remedio la pérdida de su hija preferida.

Corría el mes de julio. A pesar de haber sido alertado del clima, Teófilo no había querido cambiar su habitual traje de paño negro, su sombrero de fieltro ni sus botas de cuero. El ardoroso ambiente no lo agobió. Ni una gota de sudor le corrió por el rostro. No trastabilló ante la escalerilla del buque y pisó tierra cubana sin que se alterara la dignidad de su porte.

Al abrazar a Amador, sólo dos lágrimas brotaron de sus ojos azules para perderse en la blanca barba. Contra su ceremoniosa costumbre de llamar al yerno por su apellido, anteponiéndole un formal "señor", le dijo:

—Debemos tener valor, hijo mío. —Y enseguida preguntó:— ¿Llego a tiempo para verla?

Enrique, más débil que su padre, no podía contener los sollozos. Amador les contó que el doctor Pardiñas lo había alertado, con un telegrama, de la posibilidad de no llegar a tiempo, ya que Esther estaba al borde de la muerte.

—Pues vamos de inmediato —dijo Teófilo—. Quiero ver si mi hija aún respira.

Así, sin llegar al hotel ni cambiarse de ropa, emprendieron el camino a Madruga.

En Las Delicias, cuando el doctor Pardiñas llegó, no hizo más que certificar la muerte, admirado de la serenidad del semblante de aquella mujer y de su belleza oculta. Eloísa, ayudada por Juana, aprovechó para bañarla con una mezcla de clavo, romero, anís y salvia, que impregnó la estancia de un dulce olor, y así alejar, aunque fuera un poco, a la muerte. La cubrió después con una sábana de puro hilo de Flandes y por último, Juana le puso uno de los rebozos de aroma que la propia Esther había llevado desde México, como si presintiera su muerte en tierra extraña. Lo sacó de un cofre de madera, envuelto en papel de china para que no perdiera su esencia, mientras Eloísa trenzó sus cabellos por ambos lados de la cabeza. Sus rasgos recobraron finura, parecía que no había muerto, que había dejado atrás el fantasma de su destierro y que había regresado, finalmente, al término de su peregrinaje.

Cuando Eloísa acababa de preparar el cadáver, levantó los ojos y vio entrar a los hombres que más habían amado a Esther. Ella hubiera querido entregar el cuerpo con sus propias manos, hacer que volviera a abrir sus ojos y sonreír sus labios. Oírla decir con alborozo "ya llegaron", pero sabía que permanecería muda, por lo que se retiró discreta. Lo vio acercarse, encabezados por el padre de Esther, que sólo permitía que lágrimas silenciosas corrieran por sus mejillas mientras abrazaba con ternura a sus nietos, besaba sus cabellos, los estrechaba entre sus brazos. Amador y Enrique sollozaban sin poderse contener y los niños más pequeños pasaban de los brazos de unos a otros, acogiéndose a su fuerza, esperando encontrar en ellos el consuelo de la terrible pérdida.

Eloísa, temblando también, se refugió entre los demás dolientes en el fondo de la sala.

Los niños permanecían cerca del féretro ahogando sus lágrimas y Enrique se les unía, inconsolable. Juana parecía que fuera a desmayarse si no fuera porque el brazo de Pablo, el hijo de Eloísa, la sostenía.

Abrieron el cristal del ataúd para verla por última vez. Amador y Teófilo, quien se tambaleaba a pesar de su fortaleza, acariciaron sus manos y la cubrieron de besos. Cuando Amador escuchó el sonido que precedía a la retirada del ataúd, se alejó viendo como su esposa era acomodada suavemente por manos amigas, dirigidas por Eloísa. Volvió a acercarse queriendo abrazarla pero se topó con el cristal que sólo mostraba el rostro y la madera que cubría su cuerpo.

Entretanto, empezaba a llegar la gente. Muchos del pueblo habían acudido. No había quien no compadeciera al viudo y a sus cinco hijos, lamentándose también del abuelo y del hermano. Teófilo, quien había observado la forma como estaba amortajada, había descendido hasta descubrir su rostro de recobrada belleza y había depositado un beso sobre su mejilla. Como tigre herido, sintió despedazarse sus entrañas. Nada de eso se manifestó en su rostro. Como dueño y señor, olvidando que esa casa no era la suya, dio la orden para que todos rezaran un oficio de difuntos al que las personas del pueblo, de poca acendrada piedad, no podían corresponder plenamente. Pero la salmodia de la voz de Teófilo los fue llevando a través de los misterios dolorosos. No hubo gritos ni llantos cuando el cortejo a pie empezó a recorrer el camino al cementerio a través de los cocotales. Todos los hombres se disputaban el honor de las andas.

Algunas mujeres esperaban en casa. El eco de las plegarias llegaba de todos lados, despidiendo a la que tiempo atrás había llegado a tierra extraña, tierra que ahora abría su seno para recibirla.

Al pie de la tumba aguardaba el sacerdote, revestido con sus atuendos de misa mayor, un poco asombrado ante la nutrida concurrencia que ya habría deseado para sus misas de domingo y fiestas de guardar.

Cuando el féretro descendió a la tierra, los ramos y las coronas de flores siguieron inundando de olores diversos el ambiente. Los jazmines y las gardenias, las azucenas y los caballeros de noche no pudieron opacar el aroma del anís, la salvia, el mastranzo, el poleo, la hierbabuena y las olorosas flores mexicanas que, con una maravillosa técnica habían tejido hábiles manos indígenas en el rebozo de la muerta. Se percibían los aromas del campo y el agitarse de las palmas reales. Todo confirió a la ceremonia, si no un tono de alegría, por lo menos un reposo transitorio del dolor que, pensó Amador, habría llenado de regocijo a Esther, haciéndola olvidar que descansaba en tierra extraña.

En la casa, otros aromas esperaban a los dolientes: el del café criollo, la flor de tila y jarras de limonada, toronja y naranja heladas. Cuando los hombres retornaron, el abuelo, con su voz profunda, manifestó que esa misma noche a las ocho, después de la comida, se abrirían las puertas de la casa para iniciar el novenario.

Así empezaron los rezos durante nueve interminables días. La última noche, a la hora de la despedida que presidían los hombres de la casa, Teófilo retuvo a Eloísa.

—Señora, creo que no le he agradecido lo suficiente por sus horas de desvelo entregadas a mi familia. Se ha hablado mucho de usted en estas horas. Me contaron de la entrega tan absoluta que nos ha dedicado, hasta quizá descuidando los deberes de su hogar. He sabido de sus virtudes de curación y, aunque conozco la valía de su tiempo, le rogaría que me dedique unas horas para recorrer los alrededores, ya que me considero experto en reconocer el valor curativo de las plantas, de los minerales y sus mezclas. Tengo un caudal de aprendizaje, como tal vez le habrán contado, siempre he sido un estudioso de la naturaleza. Desde siempre he sido herbolario y me precio de conocer las plantas. En estos días de luto, solo o aun acompañado por la familia, me sobra el tiempo para mostrarle lo que yo sé y comentar con usted las diferentes mezclas de los elementos. Descubrir si las tierras fértiles de su Cuba guardan alguna semejanza con las mías y poder estudiar juntos las características de cada una.

Eloísa enrojeció de satisfacción.

—Por supuesto, señor Dorantes, como ya estoy tan acostumbrada a las labores de mi casa y tanto mi esposo como nuestros hijos apenas paran allí, no sería nada gravoso para mí acompañarlo en estos menesteres.

—Usted indíqueme la hora conveniente y desde mañana podríamos empezar. A lo mejor es vanidad de mi parte, pero me considero un buen maestro.

—Muy bien —contestó Eloísa, entusiasmada con su risa de criolla.

—¿Le parecería bien mañana después del desayuno? Mi yerno y mi hijo se encierran a trabajar en el despacho, mis nietos pequeños reciben de sus instructores las tareas escolares, mis dos jovencitas se guardan mucho en sus habitaciones para confeccionar sus nuevos trajes de luto y empezar a desechar todo el guardarropa de mi hija que quieren que me lleve a México... Como no pienso alargar mi estancia, me sería muy útil mañana mismo, si a usted le parece bien. ¿Podría ser sobre las once?

Eloísa soltó una carcajada.

—No, Teófilo —dijo apeándole el don con gran naturalidad—, ¿se olvida usted de nuestro clima caribeño? Yo lo espero en mi casa a las seis, y le digo que en mi casa porque es allí donde se abre el campo. Aquí no encontraríamos ni una mata. Mañana se presenta usted con su maletín y un sombrero de paja. Hacia las once desandamos y llegará usted a Las Delicias, donde seguramente lo esperará toda su familia. Desayunaremos naranja china y café criollo y, ya de regreso, usted se dedica a ordenar lo que recolectemos y yo a escribir lo aprendido de su boca de sabio.

Mientras Amador, encerrado en su despacho, escribía poemas a la esposa desaparecida, Teófilo emprendió largas caminatas con Eloísa, descubriendo plantas y minerales muy semejantes a los de su tierra que habían volado, peregrinos, para transformarse en bálsamos curativos. Eloísa iba provista de un cuaderno de colegiala y con su torpe letra, aprendía con paciencia. Hasta que una tarde un cervatillo se despeñó rodando desde lo más alto del monte, despedazando su vientre en los filos de las piedras. Eloísa, olvidada de las plantas y motingues que cargaba Teófilo en su maletín de cuero, acercó sus manos a la herida del animal, que cicatrizó de inmediato, provocando una rápida huida a través del campo.

Entre el hombre adusto y la humilde guajira se estableció de inmediato un vínculo que permitió a Teófilo apreciar el poder curativo de las manos de Eloísa.

LA CORRIENTE DEL RÍO

8

El río El Copey siguió creciendo a medida que se intensificaban las lluvias. Encontraba su afluente en Madruga, se enriquecía con los minerales del cerro de La Gloria y sus aguas sulfurosas caían impetuosas en la pequeña cascada, agrandando su capacidad para aumentar el cauce que hacía del lugar el goce de los habitantes de Las Delicias. La familia hacía a un lado su tristeza para gozar por la mañanas de baños refrescantes. Las camisolas y grandes calzones se adherían a las carnes juveniles de Carmen y Juana, y olvidaban por algunos momentos su sufrimiento, la caricia del agua les hacía sentir el fluir de la vida. A las ocho de la mañana, correctamente vestidos, iban a la mesa con la sensación de frescura aún corriendo sobre sus muslos. Sólo el abuelo y el padre gozaban del baño en las tinajas de porcelana colocadas en sus respectivos cuartos. Apenas hablaban durante el desayuno. Amador ensimismado en su luto, las muchachas añorando la presencia de su madre que, en sus mentes, siempre recordarían con la imagen de una silla vacía presidida por Esther, siempre enferma, sin palabras.

La vestimenta había cambiado, los más jóvenes de la familia iban de medio luto, vaporosas prendas de organdí, gasa y lino suplían al negro cerrado del padre y del abuelo, quienes guardaban luto completo. Aun así, Amador, con un terno de hilo negro y corbata del mismo color, se permitía a veces el alivio de una guayabera blanca. El abuelo seguía aferrado a su traje de paño negro y, sin un resquicio de color en su atavío, indicaba que guardaba la tristeza por aquella que había dejado en sus recuerdos ecos de conversaciones y carcajadas alegres en su vida ensombrecida por el destierro.

Teófilo salía temprano para encontrarse con Eloísa que, después de haber dejado las labores de su hogar en manos de sus hijas mayores, se aprestaba, con su rústico cuaderno y sus ropas ligeras, a efectuar largas caminatas en las que ella copiaba las enseñanzas de Teófilo. El abuelo había encontrado en la mujer una excelente alumna de las virtudes curativas de plantas y minerales. Se sorprendía ante coincidencias y tradiciones que, a pesar de la diferencia de climas, las hacían accesibles a la mente siempre alerta de Eloísa.

Entretanto, las muchachas se probaban con loco entusiasmo nuevas ropas que aliviaban el luto entero llevado durante el novenario. "Es increíble cómo ha cambiado la manera de vestirse", comentaban entre ellas. Los tejidos ligeros predominaban, desechando toda la pesada ropa interior de refajos y crinolinas. Las prendas de seda bajo las telas ligeras hacían más naturales las formas femeninas. Los vestidos sin vuelos se abrían poco después de la rodilla, con pliegues suaves. Los brazos sin mangas les permitían un movimiento más libre y hasta la tela dócil, que escondía sus senos, pronto empezó a adaptarse a la forma del busto. En Europa se había popularizado el brasier, de venta en la tienda El Encanto, de La Habana, que acababa de ser abierta y donde podía encontrarse toda la moda francesa de perfumes, magazines y telas.

Casi todo su ajuar era blanco con motivos negros por respeto al medio luto, pero ya soñaban sus mentes juveniles con los amarillos, verdes y fucsias.

Un día se atrevieron a enseñarle al abuelo el nuevo vestuario y éste proclamó indignado:

—Esto es una desvergüenza, su madre nunca hubiera aprobado semejante modo de vestir. —Carmen y Juana respondían para sus adentros: "Eran otros tiempos, abuelito, otro clima".

Efectivamente, la moda había cambiado. Las muchachas de aquella época se despojaban de las tradicionales trenzas para hacerse cortes a la Bob. Vestidos con escotes dejaban ver las formas de sus senos; la libertad en el vestir se abría dando paso a la emancipación del pensamiento. El amor se hacía más libre, menos pudoroso. Sin embargo, el romanticismo se aferraba para no morir, los versos y melodías se asentaban en los álbumes que llenaban las muchachas, colmados de poemas dedicados por sus admiradores.

A pesar de los carnés que se llevaban a los bailes, llenos de aspiraciones amorosas, las parejas se enlazaban con el placer de la cercanía de los sexos. El danzón permitía la aproximación de los cuerpos y cuando cesaba momentáneamente la música, los danzantes se veían a los ojos esperando con ansia su reinicio.

Juana y Carmen no asistían todavía a los bailes del Liceo, por su reciente luto, pero de todas maneras les llegaban poemas amorosos. Carmen, que había heredado de su padre la belleza de su origen peninsular, era la más afortunada en ser requerida. Juana, entretanto, había entregado ya su corazón a Pablo, el hijo de Eloísa. Todas las noches se veía la luz del cigarrillo que se acercaba al portal, en donde ellos se intercambiaban promesas de juvenil amor.

En las habitaciones de las muchachas fue colocado un fonógrafo con su enorme oreja RCA Victor donde se las ingeniaban para, sin escandalizar a Teófilo, bailar las melodías de moda entre las cuales predominaba el foxtrot. El rumor de la música llegaba como un eco a los torpes oídos del abuelo, quien había empezado a perder su capacidad auditiva. También fueron instalados unos ventiladores eléctricos nuevos, pesados y lentos, que aliviaban el calor de las habitaciones cerradas.

Teófilo decidió su regreso a México, a pesar de sus paseos con Eloísa. Empezaron a desfilar los antiguos vestidos, miriñaques y crespones que, para las tías en México, colocaban las muchachas en el equipaje. Y así fueron llenándose los enormes baúles que Teófilo y Enrique habían traído desde México, resguardando con papel de china los pesados terciopelos, tafetanes, brocados, fajas, corsés y los grandes sombreros de plumas, los mantones de Manila y hasta los rebozos de Santa María.

Todo fue a parar allí, excepto los abanicos. Los había de toda clase: los negros de encaje para los lutos, los orientales con sus pagodas y flores de durazno enredadas en un misterioso ir y venir de ocultas promesas. Los españoles, ornados de encajes en los balcones enrejados de Sevilla. Las muchachas comprendían el lenguaje oculto de ese abrir y cerrar de las varillas, que con sus manos mágicas manejaban a su antojo, escondiendo todos los misterios, abriendo todas las promesas, definitivos en el rechazo, alentadores del deseo. La perspicacia femenina mantuvo los abanicos guardados en sus estuches, en la silente espera para ser usados. Porque, definitivamente, los abanicos no podían formar parte del equipaje de su abuelo, no se los llevaría para ponerlos en manos inhábiles.

Las tres grandes cerraduras de los dos colmados baúles fueron cerradas sobre el terciopelo rojo que les servía de fondo. Ya no había más pretextos para prolongar la estancia. México esperaba a Teófilo en un clima convulso por una revolución que no llegaba a su fin. Después de la revolución agraria empezaba a tomar auge la revolución obrera. Ambos cambios afectaban a Teófilo, que se había enriquecido con la producción de sus tierras y telares. Sólo la tienda y la botica que atendía su hija Josefina se mantenía en pie.

Amador le pidió a su suegro, de acuerdo con Enrique, que se lo dejara en Cuba como secretario.

A finales de agosto Teófilo decidió partir, sin más ilusión ni esperanza que la de conservar lo que aún le quedaba, para lo que sabía que era imprescindible su presencia. Amador le reservó su pasaje y, con un cargamento inútil, procedió a su partida.

Juana, Carmen y Alfredo adoraban a su adusto abuelo, pero también resentían su constante rigor y aceptaron su regreso como inevitable. Hasta Amador creía aliviar el peso de la pérdida de su mujer, recordada y realzada por la presencia de su suegro.

Sólo Eloísa lamentó su partida. Había aprendido mucho de él; su enseñanza enriqueció sus dotes naturales, para lo que consideraba su obligación: la entrega constante para aliviar el dolor ajeno. También a Teófilo le dolía dejar a Eloísa, pues sólo en la sonrisa siempre latente y en los abiertos ojos tan dispuestos a aprender, había sentido que su vida significaba algo.

…Y llegó el día de su partida. Se embarcó en un buque que venía de Nueva Orleans y hacía escala en La Habana para llevarse a los pocos viajeros que iban hasta Veracruz. Amador, se ocupó de conseguirle a Teófilo un buen camarote, con sus baúles cargados de historia perfectamente asidos al piso del buque. No lo dejó hasta que lo instaló en la nave.

Cuando el barco hizo sonar su sirena y todos agitaron su mano en señal de despedida, Teófilo continuó viendo cómo se alejaba toda la esplendidez de La Habana y al cruzar El Morro supo que había dejado en la isla un gran trozo de vida.

Esa noche se desató un temporal y todos los pasajeros se recluyeron en sus camarotes. Sólo un hombre permaneció en cubierta: Teófilo Dorantes. La tempestad bramaba en su pecho y por vez primera dejó caer la cabeza y sintió agolparse en su corazón todas las tempestades que lo habían azotado a lo largo de su vida. Aquel hombre que parecía inmune a todos los temores sollozó con la misma fuerza de la naturaleza. Se sintió solo una vez más, con esa soledad que había marcado su vida y que por primera vez parecía vencerlo.

✳

SEGUNDA PARTE

LA CANASTA DE MOISÉS

9

F ue allá en las orillas del río Laja, cerca de San Juan del Río, por la época de la Guerra de los Pasteles, donde un pescador encontró a un bebé, arropado con una camisita de encaje, en una canastilla de mimbre vestida de seda. Lo rescató como si fuera un pez. El hombre no dudó, al ver al niño, de que había sido procreado y entregado al río por algún franchute, ya que era tan rubio como la luz y sus ojos azules se entrecerraban ante la furia de un sol inclemente. Lo tomó con cuidado y así, con el agua escurriendo, se lo llevó para entregarlo y contar el milagro a su mujer Matiana, una india chaparrita y de manos toscas que sólo pudo arrodillarse para darle gracias a Dios, ya que ellos nunca habían tenido un hijo.

De inmediato lo llevaron con don Damián, el señor cura del pueblo cercano, que también lo contempló admirado y procedió de inmediato a bautizarlo. No requirió consejo ni pidió opiniones. Lo acristianó con el nombre y apellido de Teófilo Dorantes, como el pescador que lo había encontrado. Fue amamantado con la leche de una cabra arisca y creció robusto y fuerte. Lo primero que aprendió fue a pescar en las orillas del río que reventaba de pececillos. Con el maíz que había recolectado, Matiana preparaba el desayuno que consistía en unas gorditas y un jarro de atole con piloncillo. Para el almuerzo dejaba preparada, a fuego lento, una ollita con frijoles o carnitas de puerco. Mientras, mandaba a Teófilo a sus correrías por el campo con un chiquihuite en la espalda, que él llenaba de raíces y hierbas para que Matiana, que era curandera, preparara sus remedios. Nunca faltaban los motivos para alguna curación.

Un día llegó Teófilo a su casa con un campesino del lugar que daba de gritos porque un animal del campo —supuestamente una culebra— lo había mordido. Teófilo lo depositó suavemente sobre un catre que Matiana usaba para sus curaciones. La vio encender un cabo de cera bendita que siempre cargaba en su costal, le pidió al paciente y a Teófilo que rezaran un padre nuestro y un Ave María y que se encomendaran a la virgen de Guadalupe. Matiana recorrió el cuarto persignando los rincones y fue a la cocina, dejando a Teófilo a cargo del enfermo, mientras ella iría a preparar una cataplasma fría para aplicarla en el lugar indicado. Por la curación recibió como pago un real —todo lo que el hombre traía—, pero hubiera hecho lo mismo por una peseta, algunas frutas, panochas de maíz e incluso sin ninguna paga. Cuando ella no estaba, Teófilo recibía a los pacientes ya curados, que le dejaban a Matiana velas de cebo para alumbrarse por la noche y otras de cera para agradecer a la virgen de Guadalupe por su asistencia. Teófilo solía ayudarla, sentándose con ella a la puerta de la casa a colocar minuciosamente, en un ayate muy limpio, sus diversas mercancías: rondinelas para limpiar los ojos, cuernos de ciervo, piedrecillas de hormiguero, ojos de venado, hojas de naranjo muy frescas, té de limón, manzanilla, mastuerzo, cedrón, adormideras y hasta azucenas para alegrar la calle.

Constantemente llegaban del cercano pueblo pedimentos de los vecinos. Raíz para las abolladuras de la cabeza, unas yerbas para bebida, hojas frías y sedosas para aplicar en las partes desolladas. No había solicitud que no atendiera y los que formaban su clientela siempre salían con sus ramitos de tlapalle, medicina caliente para el dolor de estómago, raíz de cocoztomatl molido en el metate, revueltos con clara de huevo o si no, para los dolores, el tlapahuitle revuelto con un poquito de vinagre y aplicado en la cabeza.

A todas estas curaciones asistía Teófilo con la mayor seriedad y, convencido de las virtudes curativas de las hierbas, buscaba por él mismo plantas que efectivamente sanaban. La relación entre Teófilo y la que consideraba su madre fue como un sueño que perduraría siempre en la mente de él. Ella le enseñaría a amar al prójimo, sus virtudes curativas y su desinterés por nada que no fuera más que procurar el bien ajeno. En el niño, eso formó un hábito de ayudar al desvalido, de proteger al que no tuviera hogar, en fin, Matiana hizo de él una persona verdaderamente bondadosa.

Cuando cumplió siete años, el cura Damián llamó a capítulo a sus padres y los amonestó por abandonar la educación del niño, ordenándoles que se lo enviaran para enseñarle a leer, escribir y que aprendiera el catecismo. Éstos, obedeciendo sus órdenes, y aunque Teófilo descuidara las labores de herbolaria y acarreo, le entregaron al niño con la condición de que él llevaría sus propios alimentos. Así aprendió con facilidad a leer y escribir el castellano, todo el catecismo del padre Ripalda, nociones de latín, a servir de monaguillo y en lo que mandara el sacerdote. Absorbía con velocidad lo que le enseñaban, además de lo que descubrían sus ojos, siempre abiertos a los acontecimientos de que era pródiga la época.

Se levantaba al rayar el alba, se bañaba en el río y convenció a un capataz para que lo adiestrara en el amansamiento y monta de reses y caballos bravos. Al dar las siete, ya estaba ayudando al cura a decir misa y en el camino no faltaba quien le regalara un atolito caliente, gorditas de masa y frijolitos de olla. Llegaba con sus padres con la provisión del día, que nunca le faltaba, pues sabidos de su situación y buen ánimo, todos lo querían, no sólo por su modo de ser alegre, comunicativo y dicharachero si no por su porte tan extraño con una majestad y belleza que parecía inherente a su naturaleza. Era, además de fuerte y aguerrido, servicial y tierno. Contribuía también a esas dotes naturales el factor de su extraño advenimiento, lo que hacía que se le considerara un tanto milagroso.

Sin embargo, de pronto todo su mundo se desplomó ante el azote de Dios. La tierra se quiso acomodar de otra manera y derribó jacales y casas de adobe, molinos y cercas. Cayeron animales en una huida sin escape. Se desgajaron montes y, en un abrir y cerrar de ojos, quedaron desolación y muerte.

Como ser extraño salido de otro mundo, Teófilo se salvó del terremoto y saltando escombros fue a buscar la casita de sus padres. Los encontró bajo la techumbre derrumbada. Un árbol había caído sobre el techo y, paredes abajo, yacía hecha pedazos la pareja que lo había salvado de morir y ayudado a subsistir. Aulló como animal herido y sólo por instinto empezó a correr en busca del padre Damián.

El molino había corrido la misma suerte y yacía como un muñeco desmembrado sobre el cadáver del sacerdote. Hurgando entre escombros, encontró a algunos que, como él, se habían salvado. Entre todos sepultaron a sus muertos en un mismo sitio. Le pusieron al improvisado panteón una cruz de madera. Los que lo ayudaron se sumaron como ángeles de la noche y él se quedó solo, esperando un nuevo amanecer para huir del lugar en el que había sido víctima de algún castigo divino.

Al amanecer, marchó sin ruido. A su alrededor no había más que muerte. Un sol inclemente lo persiguió en su camino hasta dejarlo exánime al pie de una avenida de cipreses. Sin aliento, se dejó acariciar por su sombra. Al mismo tiempo una figura humana acercaba a sus labios la frescura del agua y una mano suave, femenina, palpaba su rostro en busca de otros daños.

10

Cuando abrió los ojos se encontró ante la mirada compasiva de una monja. Águeda era la madre superiora de un convento a las afueras de Querétaro que habían establecido unos terratenientes, de acuerdo con las autoridades eclesiásticas, para la educación de sus hijos. Era escuela a la par que hospital. Un edificio si no suntuoso sí bien cimentado, con grandes corredores de ladrillo y ventanas abiertas que daban a un huerto cultivado por las mismas monjas. Contaba con cuatro aulas donde se impartían las clases: un sacerdote y dos seminaristas eran los maestros y enseñaban latín, matemáticas, español como lengua viva, geografía e historia. La escuela era muy bien vista por el arzobispo ya que más de un alumno optaba por el sacerdocio. Por supuesto, era sólo para varones, las niñas estudiaban en su casa lecciones más sencillas.

El edificio contaba además con dos salas grandes para hospital, tanto de hombres como de mujeres. Un consultorio con un quirófano anexo y una botica. El hospital era atendido por monjas clarisas y un médico que iba todos los días desde Querétaro. En el edificio había una gran cocina donde las monjas preparaban desde la comida de los enfermos hasta una variedad de dulces que se vendían a las mejores familias tanto de los hacendados como de los comerciantes. Tenía también huertas en donde se daban las frutas y las verduras de la región. En fin, era el orgullo de la época.

En medio de sus desgracias, Teófilo había ido a parar al mejor lugar. La madre Águeda llamó a dos mozos para que la ayudaran a llevarlo a una de las camas del hospital y después de comprobar que no tenía más que miedo, fatiga y una pequeña insolación, ordenó que le trajeran un buen caldo de pollo y lo dejaran reposar. En efecto, el muchacho cayó en un profundo sueño y a la mañana siguiente, después de un buen chocolate con bizcochos, se levantó triste pero decidido a ayudar en lo que pudiera a los que de tan buena fe lo habían sacado del terror y la pena que había pasado.

La madre Águeda lo llamó para que se bañara en una tinaja llena con agua de lluvia que hacía las veces de baño. Le dio estropajo, lejía y ropa limpia que pertenecía al jardinero. Tan sólo un pantalón de manta y una camisa suelta que le quedaron un poco estrechos. Después lo condujeron a una sección de la casa donde tenía su despacho Roberto Tejada, el sacerdote que dirigía el plantel, quien cruzó pocas palabras con el muchacho, percibiendo su buena fe, su casi total ignorancia, así como su apostura. De cara al porvenir, pensó que haría un buen clérigo si tenía tan buenas luces como aspecto. De inmediato decidió su futuro.

Para ganarse el pan y los estudios fungiría en sus ratos libres como ayudante en la huerta y el jardín, así como de enfermero. Para todo tenía buena disposición Teófilo. El viejo jardinero no pudo conseguir mejor ayudante. Pronto aprendió a hacer injertos y se le facultó para formar un invernadero de donde salieron las mejores especies de flores y frutos. Así, recordando las mejores lecciones de Matiana, empezó a experimentar con las raíces y plantas que ella usaba en sus curaciones, descubriendo nuevas especies y convenciendo a los médicos para que las usaran con los enfermos en el hospital.

Por otro lado, en los estudios destacó como excelente alumno. Todas las materias parecían facilitársele pero destacaba en matemáticas y biología. Sus compañeros decían que tenía vicio por la lectura pues no había libro al que no le echara mano y aprovechaba el poco tiempo libre que tenía para documentarse en materias que ni siquiera le eran impartidas.

Era motivo de orgullo para los maestros y de envidia para sus compañeros, pero tenía tan buen carácter y una disposición de ánimo tan abierta que no se le podía odiar. Así trascurrieron tres años, en los que no dejó de brillar.

El padre Tejada estaba enhorabuena, pensando en él como en un futuro y brillante prelado cuando el destino intervino en la persona de don Félix Bustamante. El señor era el mejor abogado con que contaba la diócesis de Querétaro, por sus manos pasaban todas las riquezas de ésta.

LA OTRA CARA DE LA MONEDA

11

El padre Tejada recibió de manos de un propio el pedido del abogado Bustamante para que se apersonara en su despacho, a más tardar en los dos días siguientes al recado. Quería tratar con él asuntos de suma importancia y urgencia para la iglesia.

El padre Tejada sabía de la importancia del abogado Bustamante y se apresuró a responderle que al día siguiente estaría, según sus requerimientos, en su despacho. Sólo una hora tuvo que esperar el padre Tejada para ser recibido por el abogado.

—Estoy seguro —le dijo— que usted puede tener en sus manos a la persona que necesito para poner en orden los asuntos de la iglesia. En estos tiempos estamos en el mayor peligro: en la cámara acaba de haber sido aprobada la constitución que resulta de gran peligro para nosotros. Necesito un joven clérigo o postulante versado en matemáticas para llevar la contabilidad y poner en claro asuntos muy delicados que, si no resolvemos, nos pueden perjudicar. Padre, en sus manos está mandarme a la persona adecuada, digna de confianza y apegada a nuestras santas leyes. Si conoce a alguien que cumpla los requisitos, le suplico que en los próximos días me lo haga saber cuanto antes, pues es asunto urgente.

—No necesita usted esperar a que lo busque —le dijo el padre Tejada con tristeza—. Lo tengo ya, y lo digo con dolor porque yo lo destinaba para el seminario, pero si es para servir a la santa iglesia, lo mismo da en una parte que en otra. Es un joven brillante, se lo aseguro, y tan preocupado por su deber como usted y como yo. Además tiene grandes facultades en las matemáticas y es muy entendido, así que pronto sabrá llevar los asuntos de la contabilidad. Estoy seguro de que es la persona que usted necesita.

—Pues no se diga más —dijo el abogado Bustamante con alegría—, yo le agradeceré, padre, que usted mismo lo traiga hasta aquí para entrevistarse conmigo y si es tal como me dice, cuente con que, tanto usted como su recomendado serán tratados con la mayor de las consideraciones.

Y así se hizo. A las cuatro de la tarde del día siguiente, tal como habían quedado, el padre Tejada y Teófilo fueron recibidos. La madre Águeda había habilitado a Teófilo lo mejor que había podido, con un traje de seminarista, zapatos de cuero y un sombrero redondo. Llevaba, además, dos mudas de ropa interior de lana, tal y como lo hubiera hecho si fuera a entrar al seminario.

Teófilo no había cuestionado esta decisión. Estaba acostumbrado a obedecer, pero le dolió mucho dejar el convento, su jardín y sus monjitas que lo consentían con panes de dulce y el chocolate caliente que preparaban especialmente para él.

Después de la entrevista con el abogado, le gustó menos. Éste le hizo un examen de sus conocimientos; le puso una prueba de aritmética. Luego fue conducido a un cuarto oscuro y maloliente, lejos de todo el verdor al que estaba acostumbrado.

La merienda consistió en un pan duro y atole aguado. Para dormir, un catre con colchón de paja y una manta delgada, una bacinica de cobre que dijeron que debía vaciar en una letrina, y sobre todo la soledad a la que no estaba acostumbrado. La sequedad que advirtió a su alrededor lo hizo sentir tan desgraciado como la noche aquella en que el terremoto terminó con sus padres, su tutor y el rinconcito amoroso en el que vivía. Sin embargo, demasiado joven para la amargura, rezó y se durmió con la dulce esperanza de sus dieciocho años.

A las cinco y media lo despertó el repique de las campanas de Santa Rosa, situada tan cerca de la casa que ésta parecía un apéndice de aquélla. Se levantó de inmediato, se vistió sin haberse aseado como acostumbraba y, sintiéndose sucio, bajó por las empinadas escaleras que crujían con sus pasos como lamentos. Le pareció ver una veladora encendida y hacía allí se dirigió. Con trabajo vio un jarro sobre una hornilla de carbón encendida donde se calentaba un atole aguado y la figura oscura de una mujer tan chiquita que apenas alcanzaba la estufa. Sin decir palabra le sirvió, señalándole un cajón para que se sentara. Le arrimó unas tortillas duras, unos frijoles acedos, y sólo con gestos le indicó que ése era su desayuno. Lo comió todo, no por su espíritu de obediencia, sino porque su estómago juvenil reclamaba a gritos algún alimento.

La mujer le señaló la puerta de salida. Teófilo se encontró con un corredor oscuro, iluminado apenas por unas velas de sebo. El sonido de voces le indicó la salida, que era la sacristía de la iglesia. Un sacerdote vestía sus hábitos con la ayuda torpe de un monaguillo. Por señas le indicó qué ropa tenía que ponerse para ayudar en la misa.

De allí salieron directamente a la iglesia donde esperaban de pie, pues no había bancas, cuatro o cinco beatas con negros atavíos cubiertos de rebozos color ceniza, tres indios vestidos de manta y huaraches, y un lépero casi desnudo pegado a la puerta de entrada. Ellos eran toda la concurrencia.

Tras la ceremonia, volvieron a la sacristía donde Teófilo ayudó al sacerdote a despojarse de sus hábitos. Era un hombre de cuarenta años, moreno y enjuto. Después de vestirse con su hábito negro le indicó que lo siguiera. Abrieron una puerta de comunicación y salieron a un espacio oscuro con sólo una ventana que dejaba adivinar el inicio de un nuevo día. Al fondo había una entrada que conducía a la casa del abogado Bustamante. Una estancia de ladrillos rojos con la única alegría de una fuente en medio que daba paso a una serie de puertas. El sacerdote, sin hablar, tocó en una de ellas y saludó con un Ave María purísima apenas audible. Le contestó una voz recia y malhumorada con un "sin pecado concebida".

—Pasen, los estaba esperando.

Joel Díaz era un seminarista alto como una estaca, de cabello hirsuto y ojos negros y penetrantes. Le indicó a Teófilo que se sentara, despidió al sacerdote que lo había acompañado, condujo al joven a una mesa donde esperaban un rimero de libros enormes y unos cuadernos gruesos donde se asentaban las cuentas. Empezó por hacerle una prueba con la que, al parecer, quedó muy satisfecho, pues le dirigió una sonrisa que a Teófilo le pareció diabólica y le dijo cuál era su cometido, que el muchacho comprendió enseguida: una obra muy hábil de falsificación entre entradas y salidas de moneda fuerte.

Su conciencia sufrió el primer gran golpe de la vida, fluctuando entre su deber de obediencia y su sentido de honradez. Con serenidad se lo hizo notar al seminarista, el cual le contestó secamente que su primer deber era obedecer por el bien de la iglesia. Por primera vez, Teófilo dudó. Había sido educado en el respeto más profundo hacia la institución. Pero tenía también un sentido muy grande de probidad. Esta prueba era la más dura por la que había atravesado. Pudo más su sentido de obediencia y empezó a cumplir con su deber, que era claramente hacer fraude. Por más que trató de aligerar su concien-

ESTHER RIZO CAMPOMANES

cia, Teófilo sentía una carga tan grande con esta alteración de hechos aunado al mal trato al que se sentía sometido, que llegó a hacérsele insufrible la presencia de Joel Díaz. El seminarista lo trataba con desprecio y como si fuera un imbécil, queriendo hacerle pasar un número por otro. Su paciencia también estaba a punto de reventar, así que decidió escapar a la primera oportunidad, aun comprendiendo que era difícil pues lo tenían constantemente vigilado. La salida se le presentó un día de la manera más extraña, como si hubiera sido planeada con la ayuda de la providencia divina.

Un domingo al terminar la misa, con la iglesia llena hasta el tope, un tropel lo obligó a salir. Una carreta arrastrada por mulas se había atascado por el lodo invadiendo el atrio de la iglesia. Se oyeron empujones y gritos pidiendo ayuda. Sin dudarlo, unió su fuerza a los que intentaban sacar las patas empantanadas de dos mulas que conducían un "cajón" (así lo llamaba el propietario) lleno de mercancía.

Como la fuerza de varios hombres no había podido moverlos un ápice, a Teófilo se le ocurrió usar una plancha de hierro que estaba abandonada en el atrio y entre todos lograron desatascarla. Toda la maniobra la contemplaba impávido y sin mover una mano el dueño del vehículo, sentado en una diligencia que conducían cuatro hermosas yeguas.

Rafael Luján era, aun para gente acostumbrada a las extravagancias, todo un personaje. Se había hecho rico vendiendo mercancía de la capital a las mejores haciendas de la provincia y en esos tiempos de revuelta ningún dueño de almacén se atrevía a llegar a México, centro de disturbios provocados por la aprobación de la constitución en la que liberales y conservadores luchaban por prevalecer. Rafael era el único que se atrevía a cruzar el altiplano con su cajón lleno de mercadería, de lo más fino, vajillas de porcelana, telas europeas, cuadros, tapetes, que las amas de casa de las haciendas no conseguían en otro lado que no fuera en la capital inaccesible en plena guerra de los tres años. El aspecto de Luján iba acorde con el tráfico al que se dedicaba. Llevaba pantalones de lana y botines de cuero, una levita café con un corbatón inmenso que le cubría las solapas. Además llevaba un sombrero alto del mismo color. Largos y enhiestos bigotes y una barba en forma de perilla completaban su extravagante aspecto. Se quedó maravillado por la pericia y el aspecto del muchacho. Así que cuando Teófilo se le acercó, pidiéndole sin más, que le ayudara a escapar, sin dudarlo un momento hizo que subiera a la carroza, dando órdenes al cochero de que hiciera correr a los caballos para salir en estampida. Teófilo se dejó llevar sin pena, abandonando la casa y protección del abogado Bustamante.

Hasta ese momento de su vida, Teófilo había nacido y crecido en un ambiente donde lo bueno y lo malo sólo se distinguía por ser obra de Dios o el diablo. El amor al prójimo, el sol, la lluvia, las estaciones que permitían la siembra y la cosecha, la bondad de una tierra fértil que parecía pagar los cuidados del hombre, eran dones de Dios. Las tempestades, las plagas, la maldad, eran cosas del diablo. Su mundo era simple. Sólo se tenía que ser bueno con el prójimo, cumplir con los mandamientos, rogarle a un Dios eternamente dispuesto a escuchar las suplicas que recibía con la paz de la conciencia y del corazón. La iglesia era la encargada de administrar justicia y distribuir los dones bendiciendo a los que seguían sus normas, condenando a los que desobedecían. Su mundo era mágico, ya que la formación que había recibido de su madre adoptiva era una mezcla entre la invocación a seres ancestrales y a los santos de su devoción.

Después de los días en que había estado trabajando con el abogado Bustamante, empezó a dudar de todo. El encuentro con Rafael Luján fue definitivo. Luján era liberal. Sin enterarse de que había vivido entre curas, empezó a despotricar contra la iglesia. Le habló de lo absurdo que era oponerse a una constitución adoptada ya por todos los países civilizados, del abuso de la iglesia que no quería permitir la pérdida de todas sus prerrogativas y su riqueza. De cómo ésta era capaz de esgrimir todos los argumentos para acaparar el poder, culpabilizando a los fieles que se oponían, amenazándolos con la excomunión, negándoles la extremaunción a los moribundos, lo que significaba arriesgarse a morir con un pase directo a los infiernos. Teófilo lo escuchaba con atención viendo a través de Luján un mundo desconocido en su complejidad. Recordaba al sacerdote que lo acogió en el seno de la iglesia. A sus padres adoptivos que le salvaron la vida y con sus oraciones lo habían acercado más a Dios. Al convento que había sido su hogar después del terremoto, de la bondad de la madre Águeda y el padre Tejada a quien debía todo lo que sabía y que ahora le permitiría ganarse la vida. Pero recordaba sobretodo la ambición y la codicia en la casa del abogado Bustamante y sus leyes de corrupción y engaño. Ambos mundos coexistían y Teófilo decidió que pertenecería a los dos. Amaría sobre todas las cosas al Dios que se le había mostrado desde su nacimiento pero oponiéndose con todas sus fuerzas a cualquier injusticia que se cometiera en su nombre.

Desde ese momento Teófilo siguió rezando al Dios de su infancia pero se prometió asistir a todas las juntas que celebraran los liberales y de las cuales Rafael Luján le hacía vivas y entusiastas narraciones.

BUENOS AMIGOS

12

Rafael escuchó admirado la historia de Teófilo, ya que en él advirtió una mente tan virgen como un campo sin trillar y, a la vez, una profundidad de conocimientos y criterio difíciles de concebir en una persona así de joven. Se sintió como si oyera correr el agua limpia de un arroyo y se juró a sí mismo que mientras en sus manos estuviera, haría de él un hombre extraordinario. Por su parte, Teófilo absorbía las pláticas de Rafael, le había abierto la puerta de un mundo desconocido, bebía cada una de sus palabras, colocándolas en una balanza imaginaria, sin dejarse llevar por el entusiasmo que despertaban en él sus teorías. Así, en pleno 1858 llegaron a la gran ciudad, mientras el día se despedía en tonalidades que variaban del azul incandescente hasta el malva. El sol se convirtió en un fuego que dejaba paso a una luna llena que surgía redonda como medalla en el horizonte, sin pedirle permiso a los volcanes que le cedían el paso.

Teófilo contempló con admiración creciente las sombras de los edificios que se sucedían uno a otro, cada vez más imponentes. Llegaron a la casa de Luján, en la calle de la Pila Seca, muy cerca de Santo Domingo, cuando los serenos empezaban a encender los faroles de petróleo y cantar la hora y el tiempo. Un enorme portón de madera se abrió tras los aldabonazos del cochero y entraron a un patio iluminado por hachones. De la sombra salió una figura femenina que agitando los brazos, les daba la bienvenida como ante la llegada de un barco.

Rafael fue el primero que saltó del pescante para abrazar con fuerza a la mujer que lo esperaba. Cuando se deshizo del abrazo, llamó por señas a Teófilo para que bajara, diciéndole a su mujer:

—Te traigo un valioso regalo, un huésped que apareció en el camino y que sé que te va a gustar.

Los ojos del muchacho y de ella se encontraron y esto bastó para que se hicieran amigos. Concha era una mujer espléndida, casi de la estatura de Teófilo y mucho más alta que su marido. Vestía de una forma poco convencional: una túnica blanca de lana ligera con un chal rojo que entraba por la cabeza y le cubría los brazos y las piernas, sus dos trenzas negras estaban entretejidas con listones rojos haciendo un rodete sobre la cabeza redonda y bien formada. Los ojos, del mismo color del pelo, sombreaban su expresión con unas largas y rizadas pestañas que hacían más suave su mirada. Su nariz aguileña parecía cabalgar sobre una boca de labios gruesos. Era de cuerpo más bien macizo, de amplias caderas y busto firme. Calzaba botines rojos. En contraste, sus manos y pies eran pequeños, desdiciendo de la amplitud de su cuerpo.

Era la mujer que Rafael Luján amaba por sobre todas las cosas. Teófilo respiró tranquilo, seguro de que con una mujer como esa, su estancia en casa de Rafael se le haría más fácil. La ceremonia de la presentación duró, cuando mucho, diez minutos y, para consuelo de su estómago juvenil, Concha los condujo directamente al comedor que estaba justo encima de la cochera. Gratos olores le indicaron a Teófilo, que siempre estaba hambriento, que su felicidad al ser huésped de Luján estaba asegurada.

El comedor era austero, de grandes sillas de encino acojinadas. Había una mesa larga del mismo material y un aparador del mismo tamaño de la mesa, que estaba ya puesta. Teófilo no supo cómo pudo Concha adivinar que serían tres los comensales. La vajilla era de cerámica azul de Talavera de Puebla y en el centro se dispuso un enorme florero del mismo material, al que embellecían docenas de alcatraces. Durante la cena, que consistía en una sopa de tortilla, chiles rellenos de picadillo y frijolitos de olla, no faltaron las gordas y el tepache.

Buena cuenta dio Teófilo de tan sabrosa comida. Rafael pensó que después de tan agitado viaje su huésped estaría rendido, así que decidió llevarlo a su habitación en la planta alta. Con alegría contempló el muchacho una gran cama con sus dos colchones de borra, sábanas de hilo y cobertores de lana. Un aguamanil con una jarra de agua tibia y la imprescindible bacinica de cobre, la cual no tendría que desocupar él mismo, bastaba que la dejara afuera de la habitación para que la muchacha del servicio la recogiera. Cuando se acostó, no dejaban de deslumbrarlo tantos lujos. Extrañaba las imágenes de los santos que lo habían acompañado siempre. Rezó sus oraciones y no había terminado de apoyar la cabeza en la almohada cuando ya estaba dormido.

No se enteró de la hora cantada por el sereno, ni siquiera del pregón del carbonero que al amanecer ofrecía su mercancía sino que, de repente, empezaron a sonar las campanas de todas las iglesias y con más fuerza las de Santo Domingo, por estar más cerca. Sin pensarlo dos veces, se bañó sin olvidarse de persignarse y encomendarse a Dios. Salió al patio donde ya un mozo paseaba a los caballos. En el mismo momento salía Luján al corredor, decorosamente vestido. Lo llamó y lo hizo bajar a toda carrera. Ante sus disculpas le dijo:

—No te preocupes muchacho, yo duermo poco, tres o cuatro horas es lo máximo, pero a ti te hacía falta el reposo. Son demasiadas emociones, pero ya cogerás el ritmo —y, sin más, lo hizo entrar al comedor donde los esperaba una jarra de chocolate hirviendo y todos los panes imaginables.

Los platillos eran suculentos. De todo dio cuenta Teófilo, que estaba hambriento. Después del desayuno, en el que no apareció Concha, Luján lo llevó a su despacho, en la misma planta: un escritorio grande de cortina, dos sillones cómodos de cuero, un tapete de Saltillo en el piso; al fondo, una caja fuerte alemana y un librero con cuadernos y libros de contabilidad que le recordaron al abogado Bustamante.

—Hoy te voy a enseñar la ciudad, para que te vayas orientando —le dijo Luján—, pero mañana empezarás a trabajar en firme. —Teófilo contaba con dieciocho años pero tanto su estatura como su mente estaban más desarrolladas.

México se debatía en el constante enfrentamiento entre conservadores y liberales. Aunque las circunstancias por las que atravesaba el país no lo favorecieran, Rafael se había propuesto hacer del muchacho un hombre de provecho. Una constante lucha por la presidencia llegó al extremo de que el país contara con dos presidentes. Según el plan de Tacubaya, Félix María Zuloaga era presidente interino y el único legítimo. Benito Juárez se mantenía itinerante. Luján trató, en medio de esta lucha fratricida que mantenía a todo México expectante, de mostrarle a Teófilo la ciudad que lo deslumbró con sus grandes y hermosos edificios, algunos con las fachadas ricamente labradas, las extraordinarias iglesias, el palacio de Iturbide, que a pesar de estar ya casi en ruinas conservaba su prosapia y belleza. La calle de Plateros, llena de hermosas y novedosas tiendas que remataban en la catedral, con su inmensa plaza y edificios suntuosos que la encuadraban.

Teófilo no pudo menos que pensar en la admiración de los españoles al llegar a estas tierras, recordó las crónicas que había leído en el seminario, donde se hablaba de los cinco grandes lagos, de verdes islas cubiertas de flores, las embarcaciones deslizándose raudas a lo largo de los canales, sus hileras de casas bajas en contraste con las pirámides de los templos, los teocallis o casas de Dios, canoas surcando el espejo de los lagos, árboles corpulentos, las flores y el agua ahora ausente del paisaje, un valle fecundo rodeado de montañas eternas y de volcanes coronados de nieve. Los bellos jardines que ceñían su cintura. La Ciudad de los Palacios, fundada sobre las ruinas de la capital india.

Otro día, prometió Luján, lo llevaría más lejos, al Castillo de Chapultepec, que rodeado de cipreses y construido sobre una roca no guardaba más que el recuerdo de cuando alojó a Moctezuma. No pararon más que para almorzar en una fonda famosa por su buena comida y que estaba llena a reventar de militares y caballeros de levita, pero con la ausencia total de mujeres. Teófilo notó que éstas eran, aparte de la política, el tema que predominaba en las conversaciones. Luján lo había escogido por ser lugar preferido por liberales.

Después de mostrarle los almacenes donde se surtía de mercancía, le prometió que desde la mañana siguiente lo pondría al corriente de sus negocios. Y así fue. No tardó ni un mes el muchacho en conocer al detalle los artículos de más demanda y la utilidad correspondiente a cada uno, en cada mercado.

Durante un par de años estuvieron viajando a distintas regiones para comerciar y, cada vez que podían, iban a las reuniones y tertulias políticas, donde Teófilo conoció al general Ignacio Zaragoza, con quien trabó amistad de inmediato. Estaban al tanto, por correos diversos, del itinerario de Juárez por toda la república. Todos los liberales tenían y veían en él la esperanza de un México moderno, siguiendo las leyes que hasta ese momento solo habían procurado rechazo, hasta el primer día de 1861, en el que se llevó a cabo el desfile de la gran victoria liberal encabezada por González Ortega. Se celebró con vítores, músicas marciales y adornos en los balcones de las casas. Por supuesto que la de Rafael y Concha era de las más vistosas. La bandera nacional cubría todos lo balcones.

Teófilo se unió a todos esos parabienes pensando que por fin había triunfado una causa justa. El 11 de enero de 1861, Juárez se hizo cargo de la Presidencia de la República y con ello se vieron colmados los deseos de justicia de Rafael Luján y de Concha Barrios. Sin embargo, Teófilo guardaba un resquicio de duda, pues todos suponían que la persecución a la iglesia sería más encarnizada, y el muchacho no podía olvidar que esta misma iglesia lo había protegido y amparado desde su nacimiento. No se podía culpar a toda una grey sin tomar en cuenta la bondad y el sacrificio de tantos otros.

Parece que varios ministros pensaban como Teófilo, así que renunciaron a seguir en el gabinete pues las medidas que Juárez tomaba les parecían demasiado drásticas. Sin embargo, Luján estaba de acuerdo con todo. Teófilo trataba de no discutir con él y tuvo el buen tino de encauzar sus conversaciones directamente hacia los negocios. Así empezaron juntos a recorrer el Bajío con su mercancía. Teófilo resultó tan buen comerciante que Luján empezó a delegar en él cada vez más funciones y llegó el momento en el que él se ocupaba de las compras y Teófilo viajaba solo, surtiendo a los clientes.

Una tarde, regresando de Puebla, vio la casa casi apagada y envuelta en un silencio mortal. Concha Barrios, la fiel compañera de Rafael, había muerto de tifo esa misma tarde. El hombre estaba inconsolable.

Después de haber sido registrado su deceso sin el auxilio espiritual, innecesario porque tanto ella como Luján eran completamente jacobinos, fue enterrada en el panteón civil, en una sencilla fosa que Rafael dispuso, guardando una bóveda para él, pues pensaba que pronto la seguiría. De regreso del panteón al que lo acompañaron sólo unos cuantos amigos, pues ni Concha ni él llevaban una vida social muy activa, se encerró en su despacho sin ver ni siquiera a Teófilo. Para éste había sido también un rudo golpe ya que Concha había sido una verdadera y leal amiga quien durante su sociedad con Luján siempre le había brindado una calurosa acogida cuando regresaba y un gran aliento cuando se iba.

Al día siguiente del entierro, Luján llamó a Teófilo para decirle que se retiraba de los negocios, y le daría una participación en ellos. Tan generoso fue, que no sólo le cedió su numerosa clientela, si no que lo retribuyó con una cantidad considerable para que siguiera manteniendo el negocio por cuenta propia, ofreciéndole también la habitación que tenía en su casa mientras conseguía venderla, pues él pensaba retirarse a San Luis Potosí, de donde era originario, a vivir con su única hermana, viuda, y hacerse cargo de unas tierras que tenían en común.

Teófilo no sabía cómo agradecerle tanta generosidad sino con su amistad y compañía. Le propuso que siguiera en el negocio aunque él no trabajara. Lo abrazó Luján, agradecido también, pero le aseguró que su decisión había sido tomada con calma y era definitiva.

Se despidieron llorando como dos niños y Teófilo fue, por primera vez, dueño de su vida, con un porvenir por delante que nunca había esperado.

Al sentirse libre, Teófilo quiso cumplir con un deseo altamente acariciado: conocer la realidad de su patria. Para ello fue a ver al general Ignacio Zaragoza, quien lo convenció con acciones más de lo que había hecho su amigo con palabras. Lo conquistó con su congruente modo de actuar. Siempre con las armas en la mano, dispuesto a defender a su patria de las continuas invasiones. Así, cada vez que Nacho, como lo llamaba familiarmente Teófilo, lo mandaba a llamar en las vísperas del combate, él lo acompañaba.

Para ello usaba un traje de chinaco. Hubo periodos de inacción en los que Teófilo se dedicaba al comercio y Zaragoza cumplía sus encargos administrativos, pero siempre se mantuvieron en contacto. Fue así como Teófilo vivió tan cercana e íntimamente la gran aventura que supuso la Batalla de Puebla el 5 de mayo de 1862. En ella los mexicanos triunfaron sobre los franceses en un combate inolvidable. Sin embargo, tiempo después, Zaragoza fue derrotado en Orizaba, contrajo el tifo y no tardó en morir.

Fue otra gran pérdida para Teófilo. Asistió a todos los festejos organizados en honor de su amigo y se propuso no saber nada de un campo de batalla nunca más. Guardó su traje de chinaco y un pequeño escritorio regalo de su camarada. Esos dos presentes los conservaría hasta su muerte.

✳
LA RUEDA DE LA FORTUNA

13

El destino, pensaba Teófilo, no es más que un deseo encubierto que te hace escoger el camino que anhelas. Este destino lo llevaba a tener como meta la tierra que lo vio crecer. Así es que visitaba más que otras rutas la que lo llevaba a los alrededores de Querétaro. Sobre todo a San Juan del Río, lugar de su predilección y en el que, a veces sin notarlo, pasaba más tiempo del que necesitaba permanecer. Procuraba hacer sus negocios en la capital lo más pronto posible.

La hacienda El Refugio, cerca de San Juan del Río, tenía su entrada por la calle real. La fachada de la casa se llevaba como treinta metros y los veinte restantes, que habían sido bodegas, estaban sellados con polines de madera. Teófilo, pasando y repasando por ahí, concibió la idea de que si éstos no tenían un uso específico bien podían convertirse en un local donde podría abrir una tienda y establecerse, y dejar de recorrer caminos cada vez más inciertos. Un día pospuso su camino de regreso a la Ciudad de México y se dirigió directamente a tocar la puerta de la hacienda. Al segundo aldabonazo, le abrió un indio de mediana edad, vestido y calzado apropiadamente y con un sarape terciado sobre los hombros. A sus preguntas sobre el uso que se le daba a las paredes tapiadas, el hombre se rio diciéndole:

—Ay, señor, eso mismo se preguntaba ayer el patrón, don Enrique Alducín. Son bodegas vacías y creo que él está pensando en alquilarlas.

—Pues yo me intereso —le contestó Teófilo con el corazón como tambor batiente—. ¿Dónde puedo encontrar a su patrón?

—Bueno, no sé si ya se habrá ido para Querétaro, pues no habló de regresar, pero cuando viene, para en la Posada El Ciervo, ahí a la salidita del pueblo.

Teófilo sólo acertó a decir gracias y salió corriendo hacia la posada que, por fortuna, era la misma dónde él tenía rentado su cuarto. Había ido a pie y regresó corriendo al mesón. Sabía el nombre del propietario, quien tenía fama de campechano y que era uno de los hombres más ricos de Querétaro, con propiedades en toda la región.

Llegó a la posada al mismo tiempo que el señor Alducín ponía el pie en el pescante de su carruaje. Se atrevió a detenerlo y, a pesar de lo intempestivo de su arranque, fue bien recibido. El señor Alducín, al parecer, no tenía prisa, pues se bajó para atenderlo y lo invitó a que entraran al comedor de la posada para poder hablar con más calma. A don Enrique le hizo gracia el muchacho y pensó que era un buen pretexto para retrasar el regreso a su casa, donde estaba su mujer siempre malhumorada o enferma; llevaba el matrimonio más desavenido que pudiera concebirse: era el hombre más afortunado en títulos y dinero que pudiera existir, pero su vida sentimental era el mayor de los fracasos, así que solía pasar lejos de casa más tiempo del estrictamente necesario.

No pudo encontrar Enrique a ninguna persona más acorde a sus deseos. No sólo le alquiló las bodegas que eran dos, separadas por un muro, sino que le ofreció rentarle, por una suma razonable, toda la casa.

Ante las palabras de agradecimiento de Teófilo, Enrique sólo sonreía con satisfacción. Era un placer para él, según dijo, hacer feliz a una persona tan joven y con tanto ímpetu. Cuando se separaron eran ya íntimos amigos aun cuando se llevaban alrededor de veinte años de edad.

No era fácil en esos días emprender un negocio. Todo México era un caos. A pesar del triunfo del ejército liberal, la lucha parecía no tener fin, cada cierto tiempo seguían operando algunas guerrillas del bando conservador y la gente temía que en cualquier momento se desencadenara otra vez la sangrienta guerra fraticida. Sin embargo, el ser humano es de lo más complejo, en medio del mayor peligro se aferra a asuntos tan intrascendentes como la de hacerse de alguna joya, adorno o prenda de vestir, con carácter urgente. Así fue como Teófilo, sin amilanarse, acondicionó los dos locales, uno como tienda de los más variados artículos, el otro como botica. En ambos consiguió la más heterogénea clientela, desde el ranchero que necesitaba un sarape, hasta la propietaria de tierras que requería un mantel o un cuadro para una pared vacía. Él se habilitó una habitación en la casa de la hacienda que le servía solamente de cobijo, pues la mayor parte del tiempo se la pasaba asistiendo a sus negocios ya en la tienda o procurando mercancía que le habían encargado.

Lo más duro era el viaje a la capital para poder surtirse, pero todo indicaba que Teófilo poseía el don de la ubicuidad, pues su local estaba siempre lleno y todos salían complacidos; como si hicieran un paréntesis en aquellos momentos turbios. La tienda era un lugar neutral donde se forjaban ilusiones y se mantenían esperanzas.

De la botica ni se diga, pues con sus conocimientos de herbolaria y un claro instinto para detectar tanto enfermedades como sanar heridas, pronto cobró fama de curandero y muchos lo llamaban doctor. Para todo se daba tiempo y nunca lo abandonaba una sonrisa o un apretón de manos en los momentos más necesarios para compartir un deseo o una pena.

Incluso la Posada El Ciervo se vio favorecida, pues mucha gente llegaba a buscar a Teófilo desde Tequisquiapan, Amealco o del mismo Querétaro. Enrique Alducín era uno de los más asiduos, pues le gustaba conversar con su amigo, en quien encontraba siempre una opinión certera e, invirtiendo los papeles, parecía que el joven era el consejero del viejo.

Otro asunto que Teófilo consideró como prioridad fue el de acondicionar la casa de la hacienda, que poco a poco fue convirtiendo en un hogar confortable. De más está decir que en su despacho ocupaba un lugar preferente el escritorio que le había regalado el general Zaragoza. Pronto pudo recibir las visitas de Enrique que cada día pasaba más horas en San Juan, dedicándole a la hacienda el tiempo que le había escatimado antes.

Una mañana, en agosto de 1863, el sereno de noche llegó a contarle a Teófilo que le había parecido ver, por el lado trasero de la hacienda El Refugio, un cajón o avío repleto de mercancía que conducía, con dos yeguas, un cochero de sarape cuarteado, vestido de negro y seguido por un chinaco, también de negro, que montaba una yegua alazana.

Agradeció a éste el aviso y le dijo que no se preocupara, que a él no le faltaba nada en el almacén y que probablemente era un viajante de comercio que había tomado ese camino por ser más seco, pues había llovido mucho en los últimos días. Le dio una buena recompensa por su aviso, y le pidió que no lo comentara con nadie, pues en esos tiempos, cualquier cosa alarmaba a la gente.

No se preocupó pues el sopechoso era, nada más y nada menos, que Agapito, el portero de la hacienda, a quien Teófilo había hecho cómplice encargado de llevar cada mes ropa y alimentos al cuartel donde se refugiaba don Benito Juárez, quien se había visto obligado a abandonar el Palacio Nacional ante la ocupación de la capital por los ejércitos franceses.

Teófilo había procurado mantenerse neutral en la lucha, pero la intervención de una nación que pretendía imponer un príncipe europeo como emperador de México era más de lo que los mexicanos podrían soportar y él estaba dispuesto a dar hasta la última gota de sangre para impedirlo. Por lo pronto, lo que las circunstancias le permitían era ayudar con abastecimientos al gobierno en el exilio. Por ello recurría a Agapito, que compartía las ideas de su patrón y, más mudo que una tumba, era incapaz de comentar con nadie el secreto.

14

Una mañana de finales de agosto Teófilo recibió de mal humor a su amigo Enrique Alducín. Desde que lo vio llegar sabía el objeto de su visita, pues ya algo le había adelantado en una plática reciente, lo cual era la causa de su indisposición de ánimo.

Enrique venía a entregarle la invitación que le había conseguido para la presentación en sociedad de su ahijada Ludegarda Jiménez Pimentel, hija de su mejor amigo y compadre Salvador Jiménez de Ovando, quienes habían regresado de una larga estadía en Europa, con la esperanza de que ella fuera escogida entre las más preclaras familias de Querétaro como dama de compañía de la emperatriz Carlota.

Teófilo no cabía en sí de la indignación, pues lo que Enrique ignoraba era que el muchacho ya sabía del acontecimiento por propia boca de la interesada. Además, su rabia tenía raíces propias, ya que estaba locamente enamorado de la muchacha e indignado de que fuera presentada como en un mercado de esclavos para servir como criada, a la emperatriz impuesta a los mexicanos por una potencia extranjera.

Teófilo había conocido a Ludegarda por casualidad. Todo aconteció en Querétaro en un atardecer tan luminoso como la muchacha que surgió ante él. No contentos con exportar a México un imperio, los franceses también enviaban sus magazines, telas y operarios con que se adornaban las damas y caballeros más encumbrados desde la capital hasta la provincia, empeñados en deslumbrar a los emperadores con la moda imperante en la Ciudad Luz.

Teófilo era el encargado de surtir a la mayor parte de estas tiendas. Así que bajó de su carretela con un envoltorio de fieltros y entró a la sombrerería de monsieur Guillaume, justo en el momento en que una muchacha se probaba un sombrero que más bien parecía una gorra de cazador, cuyo único adorno era una pluma verde que descendía desde el casco hasta perderse en la comisura de la boca. Casi tan alta y esbelta como él, sus cabellos rojizos eran detenidos en lo alto de su cabeza con una redecilla. Su cara era de un suave color vainilla, adornada con los más deslumbrantes ojos verdes que le había tocado contemplar. Nariz afilada sobre una boca roja con el labio superior bien delineado y el de abajo un poquitín más grueso, coronada por dos indiscretos hoyuelos que le daba cierto aire de voluptuosidad a su sonrisa.

A la muchacha no pareció tampoco desagradarle lo que veía: Teófilo, con su camisa blanca que dejaba entrever sus fuertes músculos, sus candorosos ojos azules delatando la más absoluta admiración no borraron su sonrisa sino la acentuaron:

—Aux revoir, monsieur Guillaume —dijo mezclando el francés con el español—. Espero el sombrero a las siete en punto, pues mañana debo llevarlo a un desayuno. El nombre y la dirección ya los tiene usted —dijo, como quien no quería la cosa, para que el muchacho oyera lo que deseaba oír.

Pasó ante Teófilo como una reina, desdoblando su abanico y sin ocultar su sonrisa, con un "buenas tardes" que a él le pareció una caricia. El alma se le cayó al suelo cuando averiguó, casi inmediatamente, que se trataba ni más ni menos que de Ludegarda Jiménez de Ovando, cuya dirección le proporcionó monsieur Guillaume, y comprendió que se trataba de la ahijada de su mejor amigo. No sabía cómo le sentaría a Enrique enterarse de éste súbito enamoramiento por la que consideraba casi una hija, ya que su amigo conocía la oscuridad del nacimiento de Teófilo, así como su escasa fortuna. Sin embargo esto no le impidió descubrir dónde vivía ella y "pasearle la calle todos los días".

Vestido con diferentes y apropiadas indumentarias para que ella se olvidara del muchacho mal trajeado que había encontrado en la puerta de monsieur Guillaume y no lo contemplara como un simple empleado, paseó ante su balcón con su mejor traje de charro, montado sobre su yegua alazana. Otras veces, ataviado de ranchero rico con traje de gamuza y botas de cuero, con su cabriolé con traje de gabardina francesa y botas de charol. En ocasiones lograba vislumbrar que ella se asomaba a las cortinillas del balcón, mientras su silueta se recortaba con las luces del atardecer. Hasta que un día se atrevió a comprar al portero y pudo enviarle a ella un apasionado mensaje acompañado de una rosa blanca.

Al día siguiente la muchacha se asomó al balcón y él logró verla de cuerpo entero, con un vestido de muselina verde que acentuaba su cintura de avispa y caía en pliegues hasta el suelo, ignorante de que la muchacha había agotado a la doncella apretando los tirantes del corsé hasta perder la respiración. Un leve escote permitía ver la forma de sus senos firmes, al tiempo que ella le sonreía.

Poco a poco fue logrando un poco más, hasta que Ludegarda le contestó un billete en el que le pedía una entrevista, pidiéndole que se hiciera el encontradizo, pues iba a dar un paseo a caballo por el acueducto para visitar a su tía María

Esther, quien después de quedar viuda vivía sola con su hijo José, al que todos en la familia conocían como Pepín.

Ese día Teófilo logró tomarle la mano a Ludegarda, y esto lo estremeció como un temblor de tierra. También se estremeció por completo cuando ella, en respuesta a sus requiebros, soltó una carcajada en la que él se hundió como quien penetra en una cascada.

Como era de esperarse, y a pesar de su enfado inicial, Teófilo no puso ningún reparo en asistir al baile y confió en su amigo Enrique para acompañarlo.

Surgió otro problema concerniente al atavío que debía portar Teófilo para esta ocasión. Enrique lo resolvió en un dos por tres. Para concurrir al baile, le dijo, "tenemos que ir de inmediato con el mejor sastre de la región; estoy seguro de que te confeccionará el mejor frac que podrás lucir".

—¿Pero, Enrique, tú me crees capaz de enfundarme en un atavío semejante? Mejor sería que me vistiera con mi mejor traje de charro que lleva botonadura y espuelas de plata, haría un mejor papel.

—¿Estás loco? —le contestó Enrique—. Se trata de un baile de etiqueta, no de disfraces. Tú déjate guiar por mí y te presentarás ante tu adorada como un príncipe. De mi parte corre que impongas a todos con tu presencia.

Como el amor todo lo puede, accedió Teófilo a los consejos de su amigo y fue así como se presentó junto a su mentor ante las puertas de los Jiménez de Ovando, llamando la atención por su apostura que el frac hecho a la medida y la botonadura de brillantes prestada por Enrique contribuyó a realzar.

15

No era solamente el interés por la felicidad de Teófilo por lo que Enrique insistía en que fueran juntos al baile; necesitaba ir acompañado para que nadie notara que el motivo real por el que no iba con su esposa eran sus sentimientos por María Esther, quien desde varios meses atrás se negaba a recibirlo.

Hacía una semana que el señor obispo le diera a Enrique esperanzas de anular su actual matrimonio, así que deseaba comunicárselo a María Esther cuanto antes. A ambos los unía un paralelismo funesto, pues habían enviudado casi al mismo tiempo. Enrique se había casado con Margarita, la hermana de ella, que murió en labores de parto justo al año de su matrimonio, llevándose también al fruto de su unión. Para aliviar su dolor, él viajó a Europa, donde se encontraban Salvador y Luz con su hija, Ludegarda. Residió en España dos años, guardando el luto, y después volvió a casarse con Isabel, una española de la más rancia nobleza, que acrecentó su fortuna, ya de por sí considerable, pero convirtió su mundo en un tormento. Irascible, celosa y enfermiza, a Isabel se le iba la vida entre ataques de furia incontrolables o semanas de guardar cama con distintas enfermedades que se curaba con tisanas y hierbas de toda clase, prohibiéndole a Enrique verla. Siempre estaba custodiada por una negra filipina que habían traído desde España, y que tenía conocimientos de herbolaria. Las veces que la curiosidad hizo que traspasara las puertas de la recámara donde ella dormía, Enrique se quedó con la impresión de que olía más a alcohol que a hierbas. Supuso que su mujer era alcohólica, neurótica irredenta, por lo que buscó consuelo —eso sí, con la mayor discreción— en otras mujeres. En ninguna encontró el verdadero amor del que carecía desde niño, pues había sido huérfano de madre desde los cinco años. Educado por tutores o en el extranjero, su padre, que nunca volvió a casarse, jamás le proporcionó una caricia.

Durante su estancia en Madrid, Isabel se le había presentado como el partido ideal. Sin enamorarse de ella, se sentía intrigado por su manera de ser que consideró un poco excéntrica; lo deslumbró por ser dueña de una vasta cultura. Era apasionada de la música, asistieron juntos a conciertos y a la ópera. Se deleitaban con los espectáculos fastuosos de *Don Giovanni, Guillermo Tell, Rigoletto* y *Fausto*. Recitales de piano y conciertos como la fantasía *La Gloria* y la *Barcarola de Semiramide* de Rossini o sinfonías como la de Oyeron, *La Pengo* en la *Traviata*, la *Grissi* con Norma, Mario en *Il Barbieri*.

En la vida social no faltaban los paseos, la lotería de cartones, los juegos de prendas y los bailes con rigodones y habaneras. Todo este ambiente en que lo introdujo Isabel lo ayudó a tratar de olvidarse de su doble pena. Y, a pesar de que a veces lo desconcertaba con los cambios bruscos de carácter, una noche en que había bebido más champagne de lo acostumbrado le propuso matrimonio, lo que ella aceptó en el acto.

A los dos meses, en Santander y ya casados, se embarcaron en el Marqués de Comillas, en compañía de la negra filipina, doncella que era prácticamente esclava de sus viajes. Isabel apenas si gozó de la travesía, al llegar a Veracruz empezó a quejarse de la pobreza imperante y se mostró tan exigente, malcriada y despectiva que Enrique estuvo tentado de volverla a su tierra nativa, incluso llegó a proponérselo. Ella se negó rotundamente. Por nada del mundo se atrevería a volver a cruzar el océano.

Enrique que no tuvo más remedio que anunciar a todos su casamiento en cuanto llegaron a Querétaro. Sus circunstancias le obligaron a recibir sólo a las personas más allegadas que pronto desistieron de visitarlo, e incluso dejaron de recibirlo si iba en compañía de "esa bruja". Enrique tuvo que volver a reanudar su vida social con el inconveniente de ser un casado sin esposa. Y regresaba a su casa sin poder evitar las discusiones y las quejas continuas.

—¿Cómo no te vas a aburrir si no sales nunca? —le decía a Isabel.

—¿Salir?, ¿en este pueblo de indios con amistades nauseabundas? No, gracias.

—Si quieres regresa a España, yo te advertí que en México estaban mi vida y mis intereses.

—Sabes que me da pavor cruzar el mar. Maldigo la hora en que se me ocurrió hacerlo.

A la muerte de Margarita, Enrique y María Esther se habían acompañado en el luto. Pero cuando él estaba en España la familia recibió otro duro golpe. Luz, la madre de Ludegarda, había muerto. María Esther afrontó sola la muerte de su segunda hermana y esa primera unión entre ambos se tornó frágil. Por ello el recibimiento por parte de María Esther fue con bastante distancia y frialdad, lo que lo desconcertó sobremanera. Nunca le había perdonado que se marchara. En cuanto se encontraron de nuevo se lo dijo, nunca disculparía ese abandono. Fueron en balde todas las excusas de Enrique, ya que en realidad lo que la muchacha no podía perdonarle era su matrimonio tardío con una extranjera con la que ni siquiera era feliz.

No hubo excusas que pudieran ablandarla, y lo peor fue que desde ese momento él se sintió tan atraído por María Esther que la estuvo persiguiendo. En una sociedad tan cerrada como la de Querétaro pronto todos lo notaron. En realidad se portó como un niño acosándola hasta que ella le prohibió rotundamente volverla a buscar. Pero él no cejó en su empeño y la esperaba al salir de misa, le escribía interminables cartas declarándole su amor y a todo contestaba ella con el silencio.

Enrique sabía que María Esther iría a la fiesta de su sobrina y ahijada, no podría faltar. Moría de ansiedad porque conociera las esperanzas que le había dado el obispo. Tenía que jurarle, sí, jurarle que era ella la única mujer de su vida y hacer que le perdonara su cobardía ante la muerte de su hermana. Imaginando que su respuesta sería favorable, Enrique gozaba por anticipado este momento por el que había esperado tanto tiempo.

EL BAILE

16

La casa de los Jiménez de Ovando resplandecía cuando Teófilo y Enrique se presentaron vestidos de riguroso frac. Enrique, acostumbrado a estos menesteres, preparó a su protegido lo más que pudo. Así, el muchacho fue embutido en un frac que, hecho a su medida, le sentaba como un guante. Había ido a la peluquería con su protector, y el peluquero le puso en orden la rubia cabellera, las patillas, los bigotes y la barba. Con el frac adornado con la botonadura de brillantes que le facilitó Enrique, parecía un príncipe. Es más, se le podía considerar como un hermano menor del futuro emperador.

Nadie podía adivinar que llevaba un mar de furia en su interior, pues únicamente por ver a Ludegarda fue capaz de someterse a toda esa faramalla. Por fortuna estaba acostumbrado al lujo de esas mansiones, ya que había tenido que acudir con frecuencia personalmente al llamado de familias que requerían una vajilla, un cuadro, un tapiz o una tela. De todas maneras, no dejó de sorprenderse del lujo imperante en la mansión de los Jiménez de Ovando.

Un criado uniformado estaba a la puerta iluminada con faroles de petróleo que tenían la forma de luces imperiales. De inmediato fueron recibidos por Salvador, que los introdujo a un hall de grandes proporciones de cuyo techo artesonado pendían candiles de plata; las velas de cera prendidas hacían resaltar las paredes adornadas con gobelinos que representaban escenas de batallas famosas y cuadros con retratos de los antepasados de la familia. Grandes macizos de flores en vasijas de plata perfumaban el ambiente.

A Teófilo le pareció entrar a un cuento de *Las mil y una noches*. Sin embargo, nada alteró su fisonomía y penetró, seguro de sí mismo, provocando el orgullo de Enrique que ya había anticipado a Salvador que iría acompañado de un ahijado, al cual le había arrendado la hacienda.

Una orquesta completa se colocaba con el objeto de amenizar el ambiente durante el banquete y el baile. Enrique y Teófilo recorrieron el salón que ya se empezaba a llenar con una concurrencia tan distinguida y alhajada como en cualquier salón de París. Meseros uniformados recorrían el salón, ofreciendo bocadillos y champagne. Enrique presentaba orgulloso a su ahijado y éste le correspondía luciendo su mejor sonrisa.

Cuando Ludegarda bajó las escaleras, serena ante las miradas de los invitados, nadie pudo negar que hacía honor a la proverbial belleza de su familia materna. Su vestido era de tafetán color rosa con un pequeño polisón en la espalda que caía hasta el piso, donde se asomaban las puntas de los zapatos de raso del mismo color. El escote dejaba ver unos hombros redondos y el nacimiento de un busto firme. Era Ludegarda más alta que el promedio de las muchachas de su edad. De color apiñonado, destacaban en su rostro los ojos inmensos color de uva moscatel. El cabello lo lucía en rizos que le llegaban a los hombros. La boca, con el labio inferior un poquito más grueso, y ligeramente coloreada, lucía una sonrisa de tanta ingenuidad y belleza que bastaba para robar el corazón de aquellos a quienes miraba. Su cuello alto y delgado lucía una gargantilla de diamantes que hacía juego con los aretes, no demasiado grandes, pero que hacían brillar a aún más su mirada. Lo que más llamaba la atención en ella, era su natural sencillez y alegría que la hacía agradable a todo el mundo.

La orquesta se lanzó a tocar un vals, señal para que fuera rodeada por todos. Ella sonreía con ingenuidad hasta que su mirada se topó con la de Teófilo que se la comía con los ojos.

Desde ese momento, los dos se las arreglaron para ser presentados. Enrique había desaparecido tras los pasos de María Esther y Teófilo no dudó en acercarse a la debutante antes de que su carné se llenara de nombres. Ya le habían robado dos valses, pero cuando vio que él se aproximaba, ella se hizo la desentendida ante dos jóvenes a los que debía la primacía y esperó a Teófilo, quién atrevidamente le llenó todo el carné. Ella se rio ante su audacia y murmuró con una vocecita un poco enronquecida por la emoción:

—Caballero, ¿no es usted demasiado atrevido? Ni siquiera nos han presentado y ya quiere usted acaparar todos los bailes.

Teófilo rio satisfecho.

—Y lo peor de todo, señorita, es que usted me tendrá que enseñar a bailar, pues no sé hacerlo.

Ella volvió a reírse.

—Muy bien, entonces tendremos un pretexto si bailo con usted más de la cuenta. Es porque le estoy enseñando, ¿no es verdad? —le dijo con una sonrisa coqueta que hizo subir al muchacho al quinto cielo. No se cansaba de mirar con deslumbramiento tanta gracia reunida.

Bendijo a Enrique por haberle brindado tan magnífica oportunidad, pues en su vida se había sentido tan feliz. Entretanto, su amigo había logrado un buen lugar en la mesa junto a María Esther, lo que pareció muy natural, pues ambos eran los padrinos de la agasajada. Éste fue el momento en que aprovechó para comunicarle sus grandes esperanzas de que el obispo anulara su matrimonio. Ella no respondió nada, pero desde que lo escuchó el hielo se suavizó un poco.

La noche transcurrió como en un sueño. La música suave, los manjares exquisitos, los vinos incitadores, las miradas invitadoras convirtieron para Enrique y Teófilo la velada en un sueño.

Después de la cena continuó el baile y ambos amigos, enlazando con delicadeza las cinturas de sus parejas, conocieron la gloria. Enrique se atrevió a declararle su amor a María Esther, quien estuvo menos reticente que de costumbre pero lo amonestó por atreverse a hablarle de esa manera, pues si ella era relativamente libre, aunque tenía un hijo y una reputación que cuidar, él no tenía perdón, pues era casadísimo, pero como lo de "casadísimo" se lo dijo sonriendo, fue suficiente pago para Enrique.

Teófilo, torpe en el baile, fue conducido hábilmente por Ludegarda y los dos, mirándose a los ojos, no querían más felicidad que gozar de su abrazo y desear que fuera interminable.

Los dos amigos se retiraron cuando llovía y el sereno cantaba las tres bajo sendos paraguas, tan felices que se hubieran dejado empapar imperturbables.

17

Cuando Enrique y Teófilo salieron del baile no tardaron mucho bajo el agua, pues el cochero esperaba en la fila de carruajes a que salieran sus amos y a los diez minutos de traspasar la puerta pudieron guarecerse. Enrique decidió llevar a Teófilo hasta la hacienda y quedarse a dormir allí, pues si iba a su casa, temía que su mujer, a quien había dejado tranquilamente dormida, hubiera despertado y le armara un escándalo.

Él venía eufórico de la fiesta, pero no podía dejar de pensar en lo delicado de su situación. Nunca había dejado de lamentarse el haber abandonado México a la muerte de su primera esposa, pues si se hubiera quedado no habría cometido los más grandes errores de su vida: haberse vuelto a casar con una mujer que le pareció muy conveniente en aquel tiempo y no haber pensado antes en María Esther. Aunque siempre la consideró una mujer admirable, la sentía demasiado cercana a su difunta esposa y en realidad nunca había pensado en ella sino como en una hermana.

Su reencuentro con ella le hizo sentir su forma suave y dulce. Se encantó ante su belleza que parecía inalterable y se culpó mil veces de no haber permanecido en su hogar, en su pueblo. Al tratar de huir de la pena, se encadenó en un martirio que parecía no tener fin y al que se negaba a someterse para siempre.

En el camino a la hacienda, le confesó a Teófilo su amor por María Esther y su imposibilidad para poder ofrecerle a la mujer que amaba su nombre y su fortuna.

—Por eso, Teófilo, voy a hacer lo posible para que tú encuentres la dicha en la mujer que escojas, para que comparta tu vida.

—No tengas miedo —le contestó el joven—, estoy seguro de haberla encontrado esta noche y no habrá nada que pueda impedir que la haga mi esposa.

—Pídele a Dios que te allane el camino. Por mi parte haré todo lo posible para ayudarte, pues estaré feliz de que en ti se haga realidad lo que en mí no parece ser más que un sueño.

Hablando de amores llegaron a San Juan antes de que rayara un alba en consonancia con la velada anterior. Como no era la primera vez que pernoctara en San Juan, a Enrique no le fue difícil gozar de un buen baño de temascal en la posada, cambiarse de ropa y descansar todo el día. Al filo de las ocho se despidió de Teófilo y emprendió el viaje hacia su casa, rogando a Dios no tener que discutir con su mujer. Llevaba en su bolsillo una carta de Teófilo para Ludegarda y le prometió entregarla en propia mano al día siguiente.

Para Enrique nunca llegó ese día. Encontró a su mujer desmelenada, hecha una furia, rompiendo lo que encontraba a su alcance. En vano, la negra trataba de detenerla. Muebles, lámparas, cuadros, todo estaba fuera de lugar. Cuando Isabel lo vio llegar se le abalanzó como loca, pero él la sujetó por las muñecas y alcanzó a sentarla en la butaca de su escritorio. Mandó a la doncella por un poco de agua, pues le notó los labios resecos y la soltó unos momentos para que pudiera beber.

Pareció calmarse, aunque empezó a insultarlo; él no perdió la cabeza y se limitó a frotarle las manos, los brazos y la frente pidiéndole que recobrara la calma para poder hablar. La negra permanecía de pie, como una esfinge junto a su ama que ya le había roto la nariz de un manotazo, y Enrique le prestó su pañuelo para que contuviera la sangre que corría por su cara. Fue el momento que aprovechó Isabel para sacar el revolver que él guardaba en un cajón del escritorio y le disparó dos veces. El primer tiro dio en la sien y el otro en el pecho. Cuando él se desplomaba, Isabel soltó el revolver y empezó a gritar. La negra la sujetó por los brazos. Llegaron dos criados que hasta ese momento habían permanecido con llave en el comedor, después de forzar la cerradura con un cuchillo. Todo fue inútil. Enrique había muerto instantáneamente.

Uno de los mozos salió a la calle a pedir auxilio. Isabel había agotado todas sus fuerzas y yacía desmayada en los brazos de la doncella. No opuso resistencia cuando dos guardias, avisados por los criados, le pusieron grilletes en las muñecas. Un sacerdote llamado de urgencia aplicó los santos oleos en las sienes de Enrique, dándole la extremaunción.

El mismo cochero que lo había traído de San Juan del Río, decidió ir a avisar a Teófilo. Durante el camino, el viejo cochero iba llorando, como lloran los viejos, con sollozos contenidos y las lágrimas corriendo por sus agrietadas mejillas.

✳ CONTRASTES

18

Teófilo, entre tanto, había estado gozando al recordar a Ludegarda. Ajeno a la tragedia de su amigo, apenas si podía prestar atención a sus negocios, embebido con todo lo que sucedió.

Ya había decidido, en su exaltación de enamorado, que el día siguiente pasaría por Enrique para pedir la mano de la amada. Por un momento pensó que don Salvador le pondría obstáculos, ya que para él era un completo desconocido, lo que había logrado alcanzar con base en trabajo y esfuerzo no era nada ante las riquezas de los Jiménez de Ovando. Él no podía prometerle una vida de lujos como a la que ella estaba acostumbrada. Pero tenía a Enrique para convencerlo de su honradez y buenas intenciones. Su amigo se encargaría de demostrarle que era un buen hombre y que trabajaría día y noche para proporcionarle la vida que merecía.

Dejaba volar su imaginación y ya hacía planes para el arreglo de la casa. Tenía los suficientes recursos para hacerla digna de ella y después trabajaría incansablemente para proporcionarle todo a lo que estaba acostumbrada. Recorrió la casa haciendo mentalmente los arreglos. Seis meses necesitaría para que Ludegarda viviera y reinara ahí. Cuando vio llegar la carroza de Enrique, corrió pensando que al regresar tan pronto, tenía buenas noticias que darle. Todo se podía imaginar excepto que la desgracia se había adueñado una vez más de su vida, para arrebatarle no a un amigo, a un hermano, al que más que con los lazos de la sangre lo unían la gratitud, las ilusiones compartidas, los consejos.

Teófilo no podía creer lo que le contaba el cochero. Los gritos se ahogaban en su garganta y sólo podía llorar murmurando, "no puede ser, no puede ser, no". Se negó a montar en la carroza de Enrique, él mismo ensilló su yegua alazana y se lanzó, campo traviesa, emitiendo gritos de horror que sólo Dios podía escuchar.

Cuando llegó a la que había sido la casa de su amigo, ya Isabel estaba detenida en los separos de la comisaría, esperando a que el juez se comunicara con el embajador de España para tomar las medidas pertinentes. Obdulia no quiso separarse de ella, y se mantenía serena junto a su ama. Al primero que vio Teófilo fue a Salvador, tratando de mantenerse firme. Había ordenado que las mujeres permanecieran en su casa mientras él se ocupaba de los detalles inherentes a una tragedia de esa magnitud.

Al ver llegar a Teófilo, le pidió por señas que se acercara. Le pasó un brazo por los hombros pues el muchacho sollozaba de una manera incontrolable. Le explicó con calma, aunque también él lucía terriblemente afectado, todo lo que sabía acerca del crimen. Por haber sido el hecho tan claro, Salvador logró que no le hicieran la autopsia y que un médico certificara las causas del fallecimiento sin destrozar el cadáver.

Llenados esos trámites, fue colocado en un ataúd y sobre su traje negro le prendieron las medallas que había obtenido en su lucha contra los franceses en la primera intervención en 1839, así como en contra las estadounidenses en 1847. Teófilo ignoraba que su amigo hubiera luchado las guerras independentistas de México. También le pusieron las medallas de sus antepasados españoles así como sus títulos nobiliarios. Él no hablaba nunca de sus antepasados. Sólo los retratos figuraban en el vestíbulo, acompañando silenciosos el ataúd donde reposaba.

Teófilo se acercó al cuerpo de su amigo. Su cara lucía serena aunque de una blancura espectral, pues se había quedado sin una gota de sangre. Cuando estuvo listo, empezó la exhibición del cadáver, ante el cual desfiló toda la sociedad de Querétaro, donde era tan conocido como estimado.

Salvador, por ser el más cercano, recibía en silencio los pésames. Teófilo permanecía como estatua junto a él, esperando con ansia que entraran las mujeres, hasta que vio que se acercaban Ludegarda y María Esther, totalmente velada y temblando como una hoja al acercarse al ataúd.

Debido a lo imprevisto de la tragedia, a nadie pareció llamarle la atención el aspecto de ella. Estaba totalmente destrozada ya que, sin confesarlo nunca, Enrique había sido el amor de su vida. La sostenía por un codo Ludegarda, que totalmente vestida de negro y con mantilla, le pareció a Teófilo, a pesar de su dolor, más bella que nunca. Después de rezar junto al cadáver, se acercaron ambas a saludar a Teófilo, que no se había movido del lado de Salvador.

Ludegarda clavó sus enormes ojos cuajados de lágrimas en Teófilo, y a punto estuvo de abrazarlo al verlo tan desconsolado. Aunque ella estaba conmovida por la tragedia, había tenido con el muerto mucho menos contacto que Teófilo y era más su pena por éste que por su padrino.

Después del entierro, Teófilo empezó a caminar sin rumbo hasta situarse frente a la casa de los Jiménez de Ovando, queriendo adivinar cuál de las ventanas o balcones correspondía a la recámara de Ludegarda. Para su asombro, ésta apareció a su lado como un fantasma y burlándose de él, le preguntó:

—¿Busca usted a alguien, caballero?

Teófilo no pudo menos que reír, tomándola de las manos, ignorante de que la alegría pudiera estar tan cerca del dolor y de que las lágrimas se evaporaran con tanta rapidez tan pronto surgía la dicha.

María Esther iba con ella y los llamó a razón, conminándolos a caminar hacia la entrada, un gran portón de madera, claveteado y trabajado con grabados a cincel, donde ya los esperaban, además de Salvador, dos caballeros de riguroso luto que parecían estar aguardándolos.

Salvador los invitó a seguirlo y, subiendo unas gradas que precedían a la monumental escalera, los condujo hasta su despacho amplio y sobrio. Ahí requirió que abrieran los vitrales y encendieran las lámparas, pues reinaba la oscuridad más absoluta. Presidió la cabecera del gran escritorio de cedro cuyo único adorno era una plancha de mármol con dos plumas de ave, dos tinteros de cristal de bohemia con tinta negra y roja y una carpeta de piel sin el menor relieve. Cuando se encendieron las lámparas de centro, se advertían dos sillones amplios de cuero, un sofá del mismo material y libreros que ocupaban el resto de la estancia hasta llegar al techo. El piso era de madera de encino con dos grandes alfombras que casi lo cubrían totalmente. Cuando Teófilo procedía a despedirse, el señor de más edad lo tomó de un brazo y le pidió que aguardase.

Tomaron todos asiento y Teófilo se enteró de que ellos eran los inminentes abogados Leoncio Márquez y Tomás Urrutia, cuyo bufete llevaba desde siempre los negocios de las mejores familias de Querétaro.

—Nos alegramos de encontrarlo, señor Dorantes, pues ya le habíamos comunicado a don Salvador que el 15 de este mes, es decir, diez días después del fallecimiento de nuestro buen amigo Enrique Alducin, que en paz descanse, será leído su testamento en nuestro despacho, cuyo nombre y dirección verá usted en esta tarjeta, a las cuatro de la tarde. Aprovechamos de comunicárselo pues es usted uno de los favorecidos en el testamento que el señor Alducín extendió ante nosotros sin que tuviéramos la menor idea de que estaríamos cumpliendo su voluntad tan pronto. Don Salvador fue nombrado su albacea y a él corresponderá la correcta distribución de los bienes que se les adjudicarán y cuya lista ya figura en su poder. Así es que el día previsto serán convocados todos los herederos a nuestro despacho para cumplir con la última voluntad de nuestro buen amigo.

Inútiles fueron los esfuerzos de Teófilo para volver a ver a Ludegarda. Don Salvador lo despidió en la puerta de la casa, firme aunque cortésmente, haciéndole imposible volver a franquear la entrada. Le quedó un consuelo: al levantar la vista la vio en uno de los balcones diciéndole adiós con el pañuelo.

Ya en San Juan, no encontraba sosiego. Una mezcla de dolor y alegría lo agitaba constantemente. La más elemental cordura le conminó a esperar la fecha de la lectura del testamento para volver a ver a Ludegarda. Mientras tanto, le escribía dos veces al día, así que Agapito, al único que le tenía confianza, iba y venía todos los días de Querétaro.

Ludegarda también le escribía, y aunque con menos franqueza que él, sí le hacía ver que sus galanteos eran bien correspondidos. A veces a Teófilo se le hacía largo el tiempo y le mandaba un telegrama que llegaba junto a su carta.

Tenía Ludegarda muchas invitaciones para bailes, pues ya los emperadores se acercaban a Querétaro donde les tenían preparadas innumerables recepciones. Don Salvador se inquietaba pensando que el tiempo transcurría, ya se pensaba en los saraos que se organizarían tanto en La Lonja como en las casas más aristocráticas y él no quería que se le escapara la

oportunidad a Ludegarda de ser nombrada dama de la emperatriz. Pero lo tenía inquieto no poder participar ni invitar a lo
más granado de la sociedad queretana debido al reciente luto
por quien había sido su cuñado, compadre e íntimo amigo.

A él no se le escaparon las idas y venidas de correspon-
dencia entre San Juan y su casa, aunque no hizo nada para in-
tervenir. Era cierto que no le disgustaba el muchacho, pero no
lo consideraba digno de Ludegarda. Después de todo, no sabía gran cosa de él si no por Enrique. Al mismo tiempo, no se
atrevía a aconsejar a Ludegarda en su contra pues conociendo
el temperamento de su hija, su inteligencia y su buen criterio,
sabía que llevarle la contraria, sobre todo sin tener un motivo
claro, la heriría en su orgullo, además ella siempre le había
demostrado discernir y elegir con buen criterio.

De cualquier forma, Salvador se animaba con la lectura
próxima del testamento de Enrique, confiando en que éste había profesado un cariño entrañable hacia los dos jóvenes, por
lo que seguramente les habría dejado una buena tajada de la
herencia.

Llegó el día tan esperado. Aun en el corazón más desin-
teresado priva la esperanza de que, ante la pérdida inevitable
del ser querido, haya el consuelo de encontrar algún beneficio
material, lo que contribuye a hacer más transitable el recuerdo
del ausente. Puntualmente estuvieron los herederos en la no-
taría la fecha señalada, aunque hemos de decir, en honor de los
jóvenes, que eran éstos los menos interesados; sentían que con
su amor ya habían sido suficientemente recompensados. Los
abogados, graves y circunspectos, dieron las buenas tardes y
empezaron la lectura. Enrique no había olvidado a nadie, y si
lo hizo no fue por escatimar algo. Desde su servidumbre hasta
su fiel cochero, de su peluquero a su sastre, a todos compensó
y todos sonreían entre lágrimas. Se acordó del detalle que más
anhelaba cada uno, desde un pedazo de tierra hasta una casa

en el campo. El abogado leía despacio, con la satisfacción de empezar por lo más pequeño hasta notar la impaciencia en los que se consideraban mas favorecidos.

A su viuda le dejó en herencia la casa del Recoleto en Madrid, obra de un arquitecto francés, con magníficos jardines, invernaderos, plantas de Italia, Holanda y de los países tropicales. Abundaban el lujo y el buen gusto, con cuadros de Zurbarán, Ribera, Valdés Leal, Pablo Céspedes y Alonso Cano. Inclusive contaba con obras de Goya y de El Greco. Además le devolvía su dote que él personalmente había acrecentado con bonos situados en el banco de España.

La casa de su propiedad en Querétaro, con todo su menaje y dos vecindades del barrio de La Cruz, se las legó a María Esther, lo que provocó un gran sonrojo en ella, que no pudo evitar las lágrimas. A su compadre Salvador le dejó una respetable cantidad en onzas de oro, una cuenta abierta en bonos en la casa Lloyd de Londres y acciones en una fragata de carga anclada en Veracruz, que se dedicaba al tráfico de mercancías hacia La Habana. A su ahijada Ludegarda le dejó el rancho de reses bravas, colindante con El Refugio, con todo el ganado, su profusión de árboles y la nogalera.

A Teófilo, su ahijado de adopción, le dejó la hacienda El Refugio, en San Juan del Río, con toda la siembra que le correspondía en el valle del mismo nombre, la huerta y toda la casa de la Calle Real número 64, y sus bodegas o locales. Ni Teófilo ni Ludegarda podían hablar. Entre los dos recibían la mayor parte de la cuantiosa fortuna de Enrique, lo que los convertía en propietarios de casi toda la región. Teófilo ahogaba los sollozos pues jamás contó con que le legaran semejante fortuna. Pero así había sido Enrique, pródigo en la vida y hasta en la muerte.

No hubo nadie defraudado. Los deseos más recónditos, sus cajas de estampillas, los burós importados, los fistoles y las mancuernillas, todo fue a parar a las manos de los que por un momento habrían deseado poseerlos. Como si hubiera adivinado lo que cada uno merecía y lo que más había querido obtener. Se fue desnudo como un árbol deshojado en pleno otoño, pero no hubo nadie que no lo bendijera, pues había tenido el don de la generosidad sin medida.

Con Teófilo y Ludegarda fue más explícito. Como si en realidad hubiera deseado unirlos. Ambos se lo agradecieron desde el fondo del alma, seguramente desde su tumba estaría satisfecho de que se cumpliera uno de sus últimos deseos. Se miraron uno al otro con los ojos llenos de lágrimas y le dieron las gracias, poniendo sus manos delante de todos como un acuerdo tácito de que aceptaban unirse para toda la vida. Salvador también lo entendió así, y dejó a un lado sus deseos de que Ludegarda aspirara a un destino diferente al que le había procurado su padrino.

Salvador fue testigo de la época de continuas revueltas e infortunios de su país. Había pensado, como muchos en su tiempo, que México debía ser regido por un monarca para así obtener un gobierno estable y que asegurara el orden de la nación. En esto estaba en completo desacuerdo con el modo de pensar de Teófilo, por lo que desde que la primera vez que entabló una conversación con él, se descubrieron como adversarios políticos.

Pero a los dos los unía el amor que sentían por Ludegarda y supieron con inteligencia y voluntad evitar las conversaciones donde se mezclara la controversia política o ideológica. Ambos eran demasiado inteligentes y la amaban demasiado como para anteponer sus diferencias.

Fue así como se entabló entre ellos una amistad hecha de confianza y respeto mutuo. Salvador había sido un hombre tan entregado a su hija, que ella nunca sintió la falta de madre y hermanos. Los hubiera deseado, sí, pero nunca podría compararse con la fuerza de lo que sentía por un padre que veía sólo por sus ojos y que la había rodeado de todo lo necesario.

Era tal la entrega de Salvador hacia su hija, que no salía de casa sin haberla dejado en manos seguras y otorgarle una libertad sin precedente en la época para escoger a la institutriz adecuada o el colegio de su preferencia, sin descuidar la disciplina en casos necesarios. Fue padre y madre y, si no se volvió a casar, fue porque nunca encontró a la mujer que pudiera sustituir a su esposa. No es de extrañar por lo tanto que Ludegarda lo adorara.

Cuando llegó la hora de que otro hombre surgiera en la vida de su hija, supo ceder el terreno que ya no le correspondía. Admiraba de Teófilo sus cualidades de probidad e inteligencia, así como su entrega al trabajo. Así que accedió gustosamente al compromiso matrimonial de los jóvenes, pues estaba seguro que en manos del muchacho radicaba la felicidad y la seguridad de su más amado tesoro.

Durante el tiempo que duró el noviazgo, no hubo de parte de ninguno de ellos el menor roce. Se descubrieron virtudes y se respetaron mutuamente, sabiendo que cada uno tenía su lugar en el corazón de la persona amada.

LUDEGARDA

19

El noviazgo de Teófilo y Ludegarda transcurrió sin mayores sobresaltos. En octubre de 1865 se casaron en la iglesia de Santa Rosa, en Querétaro, a las diez de la mañana de un día nublado que para ellos relucía como si un brillante sol los hubiera acompañado. Estaban perdidamente enamorados. Se sirvió un desayuno para veinte personas, los más íntimos, en casa de don Salvador, padrino de la boda. La madrina fue María Esther.

A pesar de que aún recordaban a Enrique Alducín, los novios no podían ocultar su dicha. Contra lo que dictaba la costumbre, Ludegarda no se quiso casar de negro, sino que llevaba un vestido blanco. La mejor modista de Querétaro había hecho una creación basada en los magazines que venían directamente de París, y que, con el advenimiento del imperio, se habían hecho famosos en todo México. Teófilo vestía el frac negro que Ludegarda había insistido en que luciera, en recuerdo de la noche en que se habían conocido. Él había estado un poco renuente, pues le traía memoria de su inolvidable amigo Enrique, pero ella insistió:

—Precisamente por eso, a él le hubiera encantado que lo volvieras a usar el día de tu boda. Sobre todo, porque las cosas sucedieron como Enrique quería, que me conocieras y nos enamoráramos. Yo no me puedo poner el azul de esa noche, pues una novia se casa de negro o de blanco, y yo he preferido el blanco.

La pareja destacó por su belleza, pues no faltó quien los comparara con los emperadores, ajenos todavía a la tragedia que los envolvería, pues el imperio estaba en su apogeo, sobre todo en Querétaro, donde se habían dado tantos festines en su honor y la emperatriz había escogido a dos queretanas famosas por su hermosura y talento, como Salvador hubiera querido para su hija. Ni un ápice de envidia sintió Ludegarda por las elegidas, ella se sentía más dichosa que la misma emperatriz y su consorte no tenía nada que envidiar al emperador. Aunque sin atreverse a manifestarlo, Teófilo aborrecía a la pareja imperial, le parecía que atentaba contra la integridad de su patria. Pero era incapaz de contrariar a su adorada.

El día de su boda fue para Teófilo el más feliz de su azarosa vida. A su novia la creyó una aparición celestial. Ludegarda resplandecía en su traje blanco bordado totalmente en perlas, cerrado en el cuello, que ajustaba su talle y realzaba su busto para deslizarse sobre sus caderas y formar una cola de dos metros que cubría un velo de encaje de Brujas que caía hasta el suelo; tenía además su diadema de brillantes y perlas que la hacían ver resplandeciente. Se había recogido su cabello en dos rodetes, arriba de sus bien formadas orejas, en donde resaltaban los aretes que habían pertenecido a su madre, de perlas y brillantes del tamaño de almendras. Era una novia regia, digna de un mayor público. En el daguerrotipo que los retrató, aparecían como una pareja real que pasó a la posteridad.

A las doce terminó la ceremonia, con un sol esplendente, y se brindó con champagne y bocadillos exquisitos, al estilo francés, para el desconsuelo de la concurrencia que hubiera preferido algo más mexicano y sustancioso. Sin embargo, la boda resultó preciosa. Los asistentes fueron regocijados cuando el dueño de la casa anunció que a las tres de la tarde se les esperaba para una comida mexicana.

Los novios no asistieron, el carruaje los estaba esperando para conducirlos a El Refugio. Ludegarda no quiso ni quitarse el traje de novia. Tenían planeado su viaje a la capital pero ella insistió en que los primeros días quería pasarlos en la hacienda, para inaugurar la casa que Teófilo arregló detalle por detalle y que ella no había tenido oportunidad de ver. Llegaron al atardecer. Toda la servidumbre estaba en la puerta para recibirlos. Teófilo contrató a la mujer de Agapito, el conserje, como cocinera y a dos sobrinas suyas. "Pa' lo que se le ofrezca, patrona", le dijo Agapito a Ludegarda cuando bajaron del carruaje. También había quedado a su servicio el viejo cochero de Enrique.

Aparte, estaba el administrador, don Casimiro Secades, su mujer y tres hijos. Ellos vivían en el pueblo, aunque ya Teófilo había tomado providencias para construirles una casita en la huerta, donde estarían más a la mano de sus múltiples quehaceres. Después venía la peonada, con el mayoral a la cabeza, un indio sabedor de las bondades de la tierra.

Todos se pusieron a la orden de la patroncita, que sonriente recibía el agasajo y las flores que iban acomodando en vasijas de cobre. El administrador, Casimiro Secades, adivinando el deseo de los recién casados de estar solos, dio la orden de retirada y todos dejaron a los novios agotados pero felices para que descansaran.

✳
MARIDO Y MUJER

20

Ludegarda quiso dejar para el día siguiente el recorrido de la casa y de la hacienda. Le dio tiempo de admirar los corredores engalanados, subir las escaleras iluminadas con faroles de petróleo, admirar el boudoir o antecámara que le había preparado su marido para su guardarropa y el sitio para sus muchos libros selectos, dado el gusto por la lectura que ella profesaba y que había heredado de su madre, además de un escritorio con figuras orientales que hacía juego con el librero, todo rodeado de espejos e iluminado con faroles de porcelana, figuras y flores de loto.

Una chimenea con leños encendidos hacía más acogedora la estancia. A través de un arco se veía la recamara con dos balcones que daban hacía el florido jardín, haciendo juego con la antecámara que estaba totalmente tapizada en colores pastel con flores orientales.

En la alcoba, la gran cama matrimonial con sus balaustradas cubiertas de gasa del más sutil hilo de Flandes comunicaba directamente con el baño, donde se encontraba una gran tinaja y dos tinajones para llenarla, y una repisa con frascos de la misma porcelana china con los más finos aceites orientales y mexicanos.

Todo el caserío contaba con grandes candiles de numerosas luces con velas de cera, lo que hacía las estancias más acogedoras y luminosas. En fin, no faltaba detalle para hacer las habitaciones de los recién casados un verdadero nido de amor.

Ludegarda se paseaba de un lado a otro recogiendo su cola de novia por las mullidas alfombras y proclamando que ni siquiera la emperatriz gozaba de tantos lujos y que su marido no tenía nada que envidiarle al emperador.

Teófilo la contemplaba extasiado. Abrieron dos botellas de champagne y brindaron por su eterna dicha. Ante su admiración, la joven esposa le pidió a Teófilo que despidiera a la servidumbre pues quería que él mismo fuera el que la desvistiera.

Con manos temblorosas pero hábiles, Teófilo fue desabrochando cada botón del vestido hasta que la dejó sólo con el corsé. La despojó de él para poder contemplar sus senos desnudos, mientras caían sus numerosas enaguas al suelo. Sólo le quedaron las medias y los zapatos de raso. En medio de besos y caricias, ella también lo desnudó, dejándolo sólo con su camiseta y unos calzones largos de lana. Con la misma delicadeza que lo había hecho él, lo acarició y le daba tiernos besos en su cabello y su barba. Teófilo entró al paraíso cuando ella con delicadeza tomó entre sus manos el miembro viril y, osadamente lo colocó entre sus piernas, facilitando con movimientos gráciles su entrada. Sólo se escuchó un débil quejido y unas gotas de sangre enrojecieron el pañuelo de batista que Ludegarda había conservado entre sus manos. Exhaustos, cayeron sobre la cama, alcanzando el cielo que súbitamente había descendido sobre ellos. Ninguno de los dos podía pronunciar palabra aunque los dos supieron que habían encontrado la dicha. Tendidos sobre la cama descansaron hasta que él tomó en las manos un poco de aceite de romero perfumado para suavizar las pequeñas estrías que sobre su cintura había dejado el corsé.

La luz del día siguiente los sorprendió abrazados, ebrios de dicha y de champagne.

A la llamada del patrón acudieron las muchachas del servicio con las jarras de agua tibia y perfumada. Los señores permanecieron arropados hasta la barbilla en lo que las muchachas preparaban el baño, escondiendo lo mejor que podían las risitas que les bullían en la garganta.

Se bañaron entre caricias y procedieron a vestirse con las ropas correspondientes a un nuevo día, el primero que estrenarían como marido y mujer.

✳
LUNA DE MIEL
21

Teófilo había contado con pasar dos o tres días en la hacienda y después gozar de su luna de miel en la capital, ya que Ludegarda había sido educada en Europa y poco conocía de su país. Soñaba con mostrarle las bellezas de México, que él había recorrido como nadie, y mostrarle antes que nada la bien llamada Ciudad de los Palacios, con toda su historia de canoas y paisajes de ensueño, plena de una cultura ancestral de leyendas y mitos.

Ludegarda se negó. Quería disfrutar de su nuevo hogar y conocer cada escondrijo de él, pero sobretodo gozar un tiempo del paradisiaco amor. Ella que había vivido en un ambiente más libre, ayudada por lecturas que su padre nunca había vigilado, soñaba con una pasión de ensueño ya que, para su suerte, había encontrado al hombre ideal, con el que podía gozar del amor que había leído, sin temor al pecado y a la condenación eterna, ya que ese hombre, del que se sentía apasionadamente enamorada, era su legítimo esposo ante Dios y los hombres.

Nada podía detener su imaginación, y lo que más deseaba era poder gozar de su desbocado deseo, lejos de todo y de todos, podría disfrutar la oportunidad de entregarse a su marido en cuerpo y alma, sin temor de ningún castigo.

Pospuso Teófilo su visita a la capital, ya que también él gozaba de ese apasionado amor no conocido antes. Fue Ludegarda la que dispuso para sus primeros días de casados disfrutar con su marido de la soledad de una naturaleza ubérrima. Lo primero que quería obtener de la vida era una libertad sin límites.

Le confesó a Teófilo que le estorbaba el corsé, se sentía aprisionada. Por lo que eligió, aun para montar a caballo, vestiduras más ligeras, así cubría apenas sus senos y optaba por ceñirlos apenas con una tela suave. Cortó por lo sano la largura de sus refajos y sólo se ceñía con un calzón recortado. Por arriba usaba túnicas de las que le era fácil desprenderse.

Teófilo oía y reía de todas sus disposiciones con la mayor alegría, aunque pensaba que se había casado con el ser más extraño de la Tierra. Una mujer de sociedad que parecía querer vestirse como una ramera. La única imposición que le puso fue que sólo él podía gozar de su semi-desnudez.

Ludegarda estaba dichosa de deshacerse de tanto trapo por un tiempo. Daban grandes caminatas a caballo, de las cuales regresaban a veces empapados ya por la lluvia o porque a ella se le había antojado hacer el amor en una acequia. El muchacho asentía a todo con la misma pasión que ella, pero pidiéndole a Dios que le permitiera conservar su vigor el mayor tiempo posible.

Además estaba perdidamente enamorado y no cesaba de agradecer la dicha de poseerla. Hacían el amor sobre el campo, resguardados por la sombra de los olmos de la huerta o cubiertos de mazorcas de maíz.

Regresaban a la casa tan felices que hacían reír a las muchachas y a Agapito, que estaban encantados con esa manera tan libre en que vivían los patrones a los que consentían con

sus buenos caldos, sus gorditas de maíz, su arroz con guaca-
mole y botellas de vino, pues ambos se habían negado al pul-
que, que se curaba en la misma hacienda.

Hasta que ambos convinieron que no podían seguir viviendo así y decidieron hacer el viaje a la capital y recibir al
administrador Casimiro Secades correctamente, como dueños
y señores de sus grandes posesiones. Ludegarda le comentó a
su marido que había sido la mejor luna de miel que nadie había podido imaginar, pero que se avenía a sus razones; estando
junto a él, cualquier lugar y vestimenta le parecían correctos.

Así es como los vieron partir una mañana; Casimiro con
órdenes contundentes de Teófilo sobre la marcha de la hacienda y los sirvientes pesarosos de que se hubiera terminado tan
pronto la diversión de ver a sus patrones disfrazados de campesinos.

La Ciudad de México había cambiado. En la que había sido la residencia de Moctezuma, se acababa de edificar una réplica del castillo de Miramar que parecía en verdad realzar la belleza del paisaje con su prosapia europea.

Empezaba a trazarse la calzada que la emperatriz había querido que le recordara la de Bruselas, y que conducía directamente del castillo al Palacio Nacional en el Zócalo. Ludegarda quedó encantada con la capital de su país.

La calle de Plateros resplandecía con sus tiendas y joyerías. El palacio de Iturbide seguía medio derruido pero el convento de San Francisco y la iglesia de La Profesa conservaban todo su esplendor. No dejó de chocar a Teófilo la abundancia de uniformes franceses y la altivez de quienes los portaban. Los indios seguían encogidos en los rincones de los zaguanes pidiendo limosna, pero las tiendas y las joyerías lucían repletas.

Deseaba comprarle a su mujer un ajuar completo, pero ella no aceptó de sólo pensar en las maravillas que guardaban sus baúles en la hacienda. Al principio sólo condescendió a comprarse una sombrilla, pero no dudó cuando Teófilo quiso regalarle un aderezo de brillantes y esmeraldas que hacían juego con sus ojos.

El hotel Ritz, en la misma calle de Plateros, gozaba del lujo de los hoteles europeos. A Teófilo y su mujer les fue asignado un apartamento completo con su recibidor de fino cedro recubierto con terciopelo.

—Para llamar —le dijo el empleado— sólo necesita bajar esta cinta —señalando una hecha del mismo material que los sillones, que colgaba junto a la puerta que conducía al hall. Por el otro lado se accedía a la alcoba con las paredes forradas de terciopelo verde adornado con florecitas rosas. La cama, endoselada con encaje de Brujas, era de cobre dorado y los grandes cojines de pluma que cubrían el final de la colcha de terciopelo hacían juego con el dosel. Las habitaciones contaban con un baño —como no lo había en Europa, según les hicieron notar— con su gran tinaja de porcelana, un lavabo sostenido por cuatro patas doradas y sendas jarras de porcelana blanca.

—Si los señores quieren un baño no tienen más que llamar —les dijo afectadamente el empleado al ver por su aspecto y equipaje que eran gente de postín—. El servicio de comedor abre a las ocho y está a sus órdenes hasta las doce, que por disposición real se cierran todos los locales.

A Ludegarda, más hecha a las costumbres europeas, no le extrañó nada, pero Teófilo estaba indignado por los ademanes y empalagos del empleado, con su acento francés pareciendo ignorar que estaba en suelo mexicano.

Por las noches asistían al Teatro Principal, donde tuvieron la oportunidad de escuchar las estrofas de *Don Juan Tenorio* que recitaba el propio José Zorrilla, ya que había empezado la temporada de noviembre.

Gozaron de las delicias de una capital donde se ocultaban las profundas diferencias de clases, el dominio de un gobierno extranjero y la rebelión de un pueblo sojuzgado. Compartía su indignación con Ludegarda que llegó a medio entender las profundas inquietudes de su esposo, acérrimo enemigo de la impuesta monarquía. Sin embargo su pasión y su juventud podían más que las dificultades latentes.

Un día Ludegarda amaneció indispuesta, no quiso levantarse ante la insistencia de Teófilo que le había preparado un paseo por Santa Anita. Preocupado por la salud de su esposa, quiso llamar de inmediato al médico del hotel. Ludegarda lo tranquilizó con su sabiduría femenina, asegurándole que ella entendía el motivo de sus achaques.

Estaba embarazada... Teófilo no supo cómo ocultar su alegría; preocupado, quiso que la revisara el médico del hotel, que no hizo más que corroborar el diagnóstico. La futura madre, sabia, sonreía ante la dicha que reflejaban los ojos de Teófilo.

DÍAS FELICES

23

De extraordinario podría llamarse el cambio que sufrió Ludegarda durante su luna de miel en la capital.

Regresó convertida en toda una señora, cuya actividad, a pesar de las nauseas en los primeros días de su embarazo, no tenía fin. Empezó por el arreglo de la casa, cuyo menaje cambiaba constantemente de lugar hasta hacer de las estancias un lugar confortable, a pesar de la adustez de algunos muebles. Sabía convertir su espacio en un lugar risueño y agradable. Los corredores los llenó de toda clase de pájaros cuyos trinos hacían a veces inaudibles las voces de los habitantes de la casa. Hasta dos cotorras mandó traer Teófilo de tierra caliente, que aprendieron sus nombres y los recibían a carcajadas.

Empezó de inmediato con el arreglo de lo que sería la nursery o cuarto de los niños. La cuna fue adornada con la esplendidez de las casas reales y los canastilleros de mimbre se fueron llenando con encajes y estambres azules, rosas y blancos. Tejió y cosió con la asistencia de su tía Esther, quien pasaba un buen tiempo con ellos ante los ruegos de Teófilo y

Ludegarda. Los pañales de manta de cielo, bombasí y franela orlados de estambres de colores cubrían las estanterías hechas con ese propósito. Sus lecturas sufrieron un cambio radical y se llenaron los libreros de ejemplares de *La perfecta casada* o *El diamante de las niñas*, pautas para ser una mujer acorde con los tiempos en que vivía, títulos que no había leído en su etapa de soltera y que señalaban el adecuado comportamiento para las mujeres, desde la primera edad hasta ser perfecta esposa, madre y abuela.

Mandó a hacer corsés especiales para su nuevo estado, que sin afectar su gravidez disimulaban las formas de su cuerpo, que había comenzado a cambiar.

Como todos los varones de su tiempo, Teófilo contemplaba admirado estos cambios, con la felicidad de ver cómo su mujer adoptaba todas estas temperantes actitudes.

Las fiestas decembrinas de 1865 las pasaron en familia. En la capital se habían suspendido todos los festejos imperiales debido al luto de Carlota, que el 10 de diciembre había perdido a su padre, el emperador Leopoldo; además, ellos hubieran temido hacer cualquier viaje que alterara el término seguro de su embarazo.

Ludegarda pasaba su gravidez en un renacimiento de la fe en la que había sido educada y Teófilo le explicaba que las convicciones liberales no tenían por qué afectar a sus creencias religiosas. También le recordaba que él había sido educado dentro de la más estricta doctrina católica y era un creyente convencido.

Reconocía que tanto colegios como hospitales debían a los religiosos los mayores beneficios, pero estaba en contra de las arbitrariedades de una iglesia poderosa e intransigente, acumuladora de riquezas, que se debía a los pobres, a quienes exigía un diezmo que mermaba sus economías; no podía aceptar leyes absurdas, como negarles la extremaunción o arrebatar la posibilidad de enterrar sacramente al que se rebelara ante sus pretensiones siempre acumulativas.

Ludegarda oía a su marido y comprendía sus razones, sobre todo porque lo veía cumplir todas las enseñanzas religiosas.

Festejaron la navidad con gran despliegue en toda la casa, cantando las posadas. El nacimiento fue armado con las figuras de reyes y pastores que Ludegarda no había permitido cambiar, pues fueron las de procedencia europea que siempre había conocido. Así nació un niño de porcelana de Sevres, rodeado de unos padres del mismo material, también pastores, reyes magos, estrellas y figuras con materiales del otro continente. Sólo Pepín, en su inocencia, se atrevió a agregar unos pastorcillos de barro que había comprado en el mercado.

Se celebraron así las posadas más hermosas que se habían festejado en el pueblo y en las que todos colaboraron. La virgen fue representada por una jovencita de catorce años, rubia como una ascua de oro ataviada con una manta de lana blanca. San José fue representado por un joven y fuerte campesino con vestiduras apropiadas, prestadas por un pastor, llevando un viejo burro de la hacienda con paso lento. Guiado por el muchacho que portaba unas barbas postizas, recorrió todo el pueblo hasta regresar a la puerta de la hacienda, donde con los tradicionales cánticos se esperaba a la caravana. Cuando ésta por fin entraba, después de romper la correspondiente piñata, era recibida y agasajada con churros y chocolate.

En Noche Buena, después de la misa de gallo oficiada por un franciscano joven y dicharachero, se sirvió una espléndida cena con la concurrencia de la mayoría de los habitantes del pueblo.

El bacalao a la vizcaína fue preparado personalmente por María Esther, que no olvidó ponerle todos sus condimentos. También hubo mole para chuparse los dedos, gorditas de maíz, tamales de dulce, chile y manteca, botellas de vino de Rioja, postres de pepita y mamoncillo, buñuelos con miel de piloncillo y copitas de anís.

A las tres de la mañana terminó la opípara cena de la que ya se había retirado el ama de casa, agotada por tantos días de tensión pero llena de felicidad.

Teófilo, eufórico, subió a Ludegarda en brazos por la escalera y la ayudó a desvestirse, agradeciéndole conmovido, por la esplendorosa Noche Buena con la que él había soñado desde sus días en el convento.

Fueron unas fiestas maravillosas y nadie pareció recordar en esos días el temblor que sacudía a todo el país, ya que empezaba a dar muestras de bamboleo un incipiente reinado que no acababa de cuajar en el ánimo de los mexicanos.

La euforia por la causa del imperio había empezado a decaer y Juárez seguía su camino itinerante. Maximiliano había perdido muchas de las simpatías iniciales de los conservadores, debido a sus ideas liberales y su negativa a concederle a la iglesia sus antiguas prerrogativas.

Voló el tiempo e iniciaron 1866 con las preocupantes noticias que llegaban en un país con revueltas constantes y sin la menor esperanza de ser pacificado. A pesar de los pesares, no había nada ni nadie que sacara a la pareja de su estado de bienaventuranza y, tanto en la mesa, cuando bendecían los alimentos, como en la noche, cuando rezaban el rosario con todos los sirvientes unidos, se respiraba un ambiente de paz tan ajeno al exterior, como la luna de la tierra.

Nunca escapó de la atención de Ludegarda la constante inquietud de Teófilo ante la incertidumbre de su país, ni el ir y venir de "cajones" con que seguía proveyendo a la caravana de don Benito Juárez.

Transcurrieron los meses, sin que la actividad y la felicidad del matrimonio se alteraran por ninguna preocupación; se alimentaban de la vida que bullía en el vientre de Ludegarda y los hacía sentir fuera del mundo.

Eran las nueve de la mañana del 7 de agosto de 1866, cuando se le presentaron los primeros dolores de parto a Ludegarda. Teófilo mandó a buscar de inmediato a un doctor recién llegado al pueblo, que ya contaba con fama de buen partero. No conforme con esto, también mandó por la comadrona oficial de San Juan del Río para que ayudara en el parto.

Él, entre tanto, no se atrevía a alejarse de las habitaciones desde donde salían los gritos ahogados de Ludegarda, que valientemente resistió los dolores. A las cuatro de la tarde, al escuchar el último grito seguido de un llanto infantil, comprendió que había llegado el momento más feliz de su vida.

No tardó en asomar su sonriente cara el joven cirujano para avisarle que era padre de una robusta niña y que madre e hija lo esperaban.

A pesar de su deseo por conocer a su niña, la primera mirada de Teófilo fue para su mujer, que lo recibía con su mejor sonrisa mostrándole la muñeca que ya reposaba en su seno.

—Entra, papá. Mira que belleza. Es tu vivo retrato. —En efecto, la niña lucía una pelusita dorada y en el parpadear de sus ojos ya se advertía el azul de los de Teófilo. El orgulloso padre veía a una y a otra con tal arrobamiento que provocó las risas del doctor y de la partera.

Mandó a buscar en seguida al sacerdote para que de inmediato fuera bautizada, pero en voz más baja ordenó también que fuera llamado el oficial del registro civil para que conforme con las leyes de Reforma, que seguían en vigor, fuera registrada oficialmente como María de la Luz Dorantes Jiménez, primogénita del matrimonio.

Y SIGUE LA MATA DANDO

24

La recuperación de Ludegarda fue asombrosa. Su tía María Esther se burlaba de ella, diciéndole que parecía una campesina. Obligada a guardar cama durante cuarenta días, a los tres se llenaron sus pechos de una leche espesa y nutritiva y ella se negó, contra la costumbre imperante en las damas de alcurnia, a que su hija fuera alimentada por una nodriza.

Llevaba una dieta sustanciosa, que consistía en champurrado y pan de dulce por la mañana, una comida fuerte mandada por el médico, almendras y chocolate por la tarde y pan de dulce a toda hora. Su carita afilada fue transformándose en una redonda manzana. Además, el doctor agregó un elixir ferruginoso para recobrar las fuerzas perdidas. De la cuarentena ordenada se levantó más gorda de lo que se había acostado para dar a luz. Era tal su felicidad que se limitó a ceñirse más el corsé hecho a la medida, aunque había perdido su agilidad y gracia.

Sin embargo a Teófilo nunca le había parecido más hermosa, tanto que no transcurrieron dos meses sin que supiera que estaba nuevamente embarazada y esta vez sin las molestas náuseas; este nuevo embarazo hizo que se ensancharan más sus caderas.

Aunque la niña le robaba la mayor parte del tiempo, siguió entregándose a sus actividades acostumbradas, agregando las tardes de los martes, imitando a su tía María Esther, la reunión con las señoras del pueblo para coser, bordar y rezar, regalándolas con las acostumbradas galletitas hechas en casa y sus copitas de rompope. Las pueblerinas se sentían tan privilegiadas por esas visitas que no cesaban de alabar a la maravillosa anfitriona que nunca parecía carecer de una sonrisa o de una palabra amable, a pesar de que la mayor parte de ellas apenas sabían leer, sólo cumplir con las tareas para el orgullo de varones satisfechos que las rodeaban. Algunas veces Ludegarda tenía que ahogar un bostezo ante las insulsas palabras de las mujeres que formaban la crema y nata del pueblo. Pero su dicha era tan completa cuando sacaba a relucir a su pequeña Luz, eran tantas las alabanzas que la niña despertaba, que ella daba por bien empleado el tiempo que pasaba escuchando las innumerables conversaciones de sus pueblerinas invitadas.

Mientras tanto, las actividades de Teófilo no cesaban. Había convertido la huerta en un vergel y la hacienda en la más productiva de la región. Esta dicha debía de haberle bastado, sin embargo, no cesaba en sus inclinaciones políticas y en el aborrecimiento que sentía por la causa imperialista que, para su fortuna, se bamboleaba.

Ese mismo año, se había corrido la voz de que Francia iba a retirar sus ejércitos de México. Esto propiciaba que la causa republicana se reforzara, todo parecía marcar el principio del fin. Cuando el monarca francés, al abrir en París las sesiones de la cámara, lo anunció ante el mundo, Teófilo pudo respirar más tranquilo. El imperio terminaría después de todo.

Se esperaba que el emperador abdicara, pero Carlota, mostrando signos de la locura que la iba a seguir hasta el fin su vida, decidió irse a Europa a impetrar a Napoleón III y al papa su intervención y apoyo al imperio.

A medida que las fuerzas conservadoras se iban retirando, el imperio ya sólo conservaba el control del puerto de Veracruz, esperando su caída a manos de los republicanos.

Se sostuvo Maximiliano en Querétaro con diez mil hombres, pero las fuerzas contrarias establecieron un sitio en toda regla. La ciudad al fin cayó y el emperador, Miramón y Mejía fueron sujetos a consejos de guerra que los condenaron a pagar con su vida, siendo fusilados en el cerro de las campanas el 19 de junio de 1867.

Ludegarda nunca olvidaría ese funesto día en que vio a su esposo salir, en compañía de dos hombres, vestido con el traje de chinaco que no había usado desde los tiempos en que se reunía con Zaragoza. Iba a presenciar la ejecución que ya se había dado a conocer públicamente. Quedó aterrada ante el empeño de su marido de ser testigo presencial de lo que ella consideraba un crimen. En efecto, él había obtenido de las autoridades correspondientes el permiso para presenciar la ejecución del príncipe extranjero y de los condenados como traidores a la patria.

Cuando Teófilo vio desplomarse el cuerpo del infortunado emperador, un escalofrío lo recorrió todo al comprender que se había excedido en su sed de venganza. Era una venganza sí, una venganza atroz. El príncipe había representado para él no sólo la imagen del invasor, sino su propia semilla sembrada en el vientre materno, su desdicha, su orfandad, el hecho mismo de ser extranjero en su propia patria. Regresó más triste de lo que se había ido. Ludegarda lo vio como a un desconocido y él descubrió en esos labios un rictus de amargura y desencanto. También a ella la había herido su actitud.

Todos esos acontecimientos en que se debatía el país los impresionban de diferentes formas. En tanto Teófilo gozaba intensamente, Ludegarda no dejaba de apenarse por la suerte de los emperadores, sobre todo por Carlota con la que se identificaba, sabiéndola sumida en la desesperación.

En medio de esos reveses, sin embargo, su matrimonio seguía una vida tranquila, dedicada a las labores propias de los terratenientes, junto a la pequeña Luz que ya empezaba a caminar, con su gracia y alegría los mantenía embelesados.

En agosto de 1867 nació Esther, su segunda hija que, sin desdeñar la belleza de la primera, les pareció aún más hermosa, con la cabellera rojiza de su madre y unos inmensos ojos negros. Fue desde su nacimiento una criatura más apacible que su hermana. Un bebé rollizo y feliz que no hacía sentir su presencia más que a la hora en que su madre demoraba un poco más en alimentarla. Y apenas cumplió Ludegarda la cuarentena por su segundo parto, no tardó en quedar encinta de nuevo.

La vida siguió su marcha bajo la imperturbable dirección de Benito Juárez que había sigo reelecto para una nueva sucesión presidencial. Los vaivenes políticos no cesaron del todo, pero no acontecieron mayores sobresaltos. Las lluvias de junio de 1868 empapaban una tierra fuerte y agradecida cuando Ludegarda volvió a dar a luz. Esta vez a un varón que dio motivo a grandes festejos, ya que la sucesión masculina era muy apreciada. Don Salvador Jiménez fue el padrino de su primer nieto ante la algazara no sólo de la hacienda, sino del pueblo entero. Teófilo Dorantes tenía al heredero de la fecundidad de sus tierras que llevaba su nombre y se veía tan sano y fuerte como sus hermanas, aunque con un aire taciturno. Ludegarda estaba orgullosa de su descendencia, se le notaba un aire de madurez que daba a las mujeres de su época, el prestigio de matrona a pesar de rondar la treintena de años.

Dos varones más, Salvador y Enrique vinieron a robustecer el tronco familiar. Ya la familia Dorantes Jiménez gozaba de la respetabilidad necesaria para poder disfrutar de una sólida madurez. Fue cuando Teófilo sintió que una mano mágica hubiera puesto freno al carrusel de su vida, preguntándose porqué no se sentía feliz, si en su existencia no podía caber más dicha.

A la mujer que había amado desde siempre, convertida en una respetable dama, la había construido él mismo con todos los atributos que adornaban a la mujer ideal. Administradora excelente de su casa y sus bienes, madre incomparable y esposa fiel. Su aspecto y su conducta eran el espejo de "la perfecta casada". Aun cuando se había robustecido y sus carnes se habían tornado flácidas, en las partes vulnerables seguía cuidando su figura apretando más el corsé, mandado a hacer a la medida, cada día de mayor tamaño, pero siempre incapaz de cubrir la flacidez que iba invadiendo su cintura y sus caderas y que ya parecía insuficiente para sostener el peso de sus senos siempre en un crecer y decrecer, según las exigencias de sus continuos embarazos.

Una noche sin luna y sin deseos Teófilo encontró la respuesta al vacío que sentía. Extrañaba a la muchacha irresponsable y feliz con que se había casado, la que con sus propias manos había abierto el seno de su virginidad para entregársele completa y plena de deseos compartidos. Extrañaba la locura de sus primeros tiempos en que le había dado por vestirse como una gitana y que se tendía ante él en pleno campo bajo la luz de un sol omnipresente, testigo de su lujuria.

Los primeros años había sufrido con paciencia y resignación las prohibiciones de la iglesia con sus constantes abstinencias que santificaban la unión sexual entre el matrimonio, excluyendo 160 días reglamentados en el año, añadiendo a esto las cuarentenas obligadas antes del parto, en el parto y después del parto. Las exigencias de sueño de un cuerpo joven sobrecargado por los trabajos de las sucesivas maternidades, de las desgastantes vigilancias de nanas y preceptores, de un menaje de casa superior a sus fuerzas.

Una noche se encontraron ambos acostados ante la luz de una inclemente luna que bañaba toda la recamara, en una fecha permitida para concebir, sin poder pronunciar palabra más que un quedo "buenas noches" con los deseos vencidos por el tiempo y el agotamiento enterrados en la funda de la almohada.

CAMBIOS DE HUMOR

25

Don Salvador Jiménez murió súbitamente. Una noche se había dormido, simplemente, para ya nunca despertar. Su cuerpo se había entregado al reposo final, sumiendo en la tristeza a todos los suyos. Todo mundo atribuyó a este hecho los cambios de humor de Ludegarda. Desde el terrible evento en que perdiera la vida su padrino, Enrique Alducín, no se había visto enfrentada a la muerte de un ser querido; además, en aquel entonces era demasiado joven y estaba tan locamente enamorada que se recuperó de la pérdida aun más rápidamente que Teófilo.

En cambio la muerte de su padre la desquició por completo. Olvidada de su marido y sus hijos, se entregó a un dolor tan incontrolable que llegó a poner en duda su capacidad mental. Se despertaba agobiada por el recuerdo del ser que —pensaba ella— más la había querido. Se sentía arrepentida de haberle entregado tan poco de su juventud, olvidando la dedicación y el amor con que la había protegido y cuidado desde que perdió a su madre, siendo tan pequeña. Ni siquiera la presencia de sus hijos y la preocupación por ellos la hacía salir de su luto permanente. Se le hacía pesada la presencia de Teófilo, a quien inconscientemente culpaba del aparente abandono que había tenido para con su padre.

Teófilo se vio obligado a verla sólo por unos momentos al día, pues su presencia parecía hacérsela insufrible. Desesperado, agotados sacerdotes, médicos y reconstituyentes nerviosos acudió a pedirle ayuda a la tía María Esther que ya casi no salía de la hacienda, para que se trasladara definitivamente junto con su hijo Pepín a vivir con ellos. Ésta comprendió perfectamente la necesidad que se tenía de ella. Teófilo la convenció de que ambas partes se verían beneficiadas pues con la educación del muchacho ella no daba pie con bola, ya que su hijo se negaba rotundamente a estudiar, apenas si se desempeñaba con las cuatro reglas matemáticas y con rudimentos gramaticales. Su gran deseo era trabajar y para eso sí era completa su entrega.

Teófilo, siempre en busca de nuevos horizontes para la familia, dio con la solución acertada. Hacía tiempo que pensaba abrir un nuevo negocio que ampliara las exigencias de la familia. Y la oportunidad llegó rápidamente. Un obrero inhábil le traspasó a buen precio un telar de donde se podían obtener beneficios con la fabricación de mantas para sábanas y sarapes para el invierno. Pepín podía aprender y trabajar con él en este nuevo negocio, que sintieron como mandado del cielo. Así entraron dos miembros más a la casa y enseguida se notó el beneficio de su presencia.

La vigilancia de María Esther alivió considerablemente a Ludegarda de sus deberes de casa. De paso procuró para sus hijas la compañía de un muchacho que gracias a su natural alegría los incitaba a los más intrincados juegos y locuras, y por miedo de que siguieran su ejemplo también los hacía estudiar.

Las niñas acudían a casa de unas señoritas que se preciaban de ser las mejores educadoras de niñas en San Juan del

Río, y los varones habían empezado a ir con el sacerdote a recibir sus primeras clases. Pronto se vio el resultado. La casa volvió a relucir como en sus primeros días y, con la compañía de su tía, Ludegarda abrió su sonrisa compartiendo con su marido y sus hijos casi con tanta alegría como antes de la imprevista muerte de su padre.

Teófilo respiró satisfecho al comprobar la buena marcha de su familia, aunque se topaba con la creciente necesidad de satisfacer su sexualidad que había surgido mas potente que nunca. Eran en vano sus cabalgatas al amanecer y a media tarde, con las que pretendía calmar y mantener tranquilo al animal que le bullía entre las piernas.

La vida se le iba en constantes erecciones que la mayor parte tenía que calmar por sí mismo, pues la falta de apetencia sexual por su mujer no había hecho más que aumentar durante su luto.

La cabeza no lo dejaba en paz y de día y de noche aumentaban sus deseos encabritados. Se sentía sucio y degradado ante Ludegarda y éste fue el principal motivo por el que no se acercó a la Posada del Ciervo, alrededor del cual acudían mujercitas vestidas con llamativos colores para complacer a la clientela masculina que desaparecía con frecuencia para ocupar transitoriamente las habitaciones preparadas ex profeso. Con la aparente normalidad de su ritmo familiar pareció recuperar parte de su tranquilidad, aun cuando seguían persiguiéndolo ardientes e inclementes escenas a las que lo incitaban los olores de la tierra húmeda a la que siempre había sido tan afecto. El valle de San Juan del Río, ignorante de que en el mundo se renovaban las estaciones, sólo recibía dos al año: la de lluvia y la de secas.

26

Desde siempre el personal de servicio de la hacienda El Refugio se dividía en dos periodos de descanso para prestar su devoción a la imagen de la virgen del pueblito en San Francisco Galileo, objeto de la fe más acendrada en toda la región.

La virgen concibiendo en su seno al Dios niño, presidía el altar conmemorando el día en que la santa sede la reconoció como patrona de la diócesis de Querétaro, concediéndole su misa el 2 de junio. El otro novenario se celebraba en febrero, conmemorando el traslado de una ermita a su santuario, lo que ocurrió un 5 de febrero.

Ese año se les concedió como siempre a Elodia, Agapito y a casi todo el personal de la casa, así como a los caballerangos, el permiso para que asistieran a las fiestas religiosas.

En realidad no era un momento afortunado. Ludegarda se encontraba muy débil debido a que a duras penas empezaba a salir de la tremenda depresión en que la sumió la muerte de su padre. María Esther apenas podía con el trabajo impuesto por tan gran menaje de niños y casa. Teófilo y Pepín estaban ausentes por haber ido a San Luis Potosí para una compra de material para el recién abierto telar al que dejaron a cargo del administrador Casimiro Secades.

Las dos mujeres de la casa esperaban con ansiedad la llegada de la servidumbre que no tardaría en aliviarlas de su carga, cuando el paisaje se abrió como un lienzo extendido, donde la tarde se recostó con calma, y empezaron a llegar los peregrinos. Venían presurosos y empapados gastando sus últimas fuerzas para brindarle a la patroncita de la tierra los dones recibidos de la patroncita del cielo.

La lluvia pertinaz que los había seguido todo el camino hacía fructificar los campos, la vista de la hacienda había sido apagada por un sol esplendoroso que iba dejando su paleta de colores escondiéndose entre los árboles. Venían felices, entonando cánticos, reconfortados por la asistencia que habían recibido del cielo y seguros de que sus suplicas habían recibido buena acogida. Gastando sus últimas fuerzas para llegar a una nueva ofrenda que ahora se traduciría en trabajo.

María Esther y Ludegarda sintieron que con la presencia de ellos renacía el susurro apagado de la casa y que todo anunciaba un despertar lleno de voces y risas contenidas.

Pasaron unos días terribles. Las dos niñas habían estado muy enfermas con unas anginas llenas de pústulas blancas que cubrieron la garganta y ocasionaban fiebres altísimas. Los tres varones habían aprovechado el descuido en que se les había dejado para organizar verdaderas batallas campales en la ausencia de su padre y de Pepín. Habían puesto toda la casa patas arriba, haciendo volar cojines y convirtiendo los muebles en trincheras, detrás de las cuales se apertrechaban con fusiles de cartón, saltaban a los cojines de los burós y de las cómodas donde se encontraban los batallones llenos de soldados de plomo.

El descanso de las mujeres se tradujo en un gran aliento contenido y salieron a la calle a recibirlos. Venían contentos y con sonrisas encubiertas como quien ha descubierto un gran secreto y que quiere traducirlo sólo en sonrisas y en dádivas.

Esta vez traían además un gran regalo. Una muchacha que había encabezado la procesión y que por su aspecto les parecía la representación de la majestuosidad de la patrona que habían dejado atrás. Pero la gran diferencia estribaba en que ésta era de su raza, con sus facciones y de su mismo color. Tan alta como una ceiba, vestida con un huipil blanco de manta, calzada con pencas de maguey alisadas hasta suavizarlas y amarradas con tiras del mismo material. Era maciza y fuerte, sus cabellos peinados con dos trenzas tan gruesas como puños que acariciaban el suelo. Se llamaba Cósima y tenía diecisiete años. Hablaba poco español, arrastraba las eses y apenas susurraba las vocales como el trino de un pájaro. Tenía una sonrisa que parecía dibujada en su rostro y dejaba asomar una dentadura perfecta de dientes blancos y fuertes como puntas de marfil, pero sobre todo destacaba su olor. Un olor a tierra fresca, humedecida por las lluvias; exhalaba un aroma a flores y a membrillos, a fruta fresca y flores del campo. Su aspecto era imponente debido a su estatura y al tamaño de sus extremidades pero acogedora y tierna como un remanso.

Las dos señoras de la casa sintieron de inmediato la fuerza de su presencia como un viento refrescante. De inmediato, con agilidad inmerecida por su tamaño y su fuerza, se hizo cargo de los niños. Los bañó con menjurjes que traía en un chiquihuite. Puso orden en las piezas y refrescó baldeando las losetas de patios y azoteas. La casa parecía sacudirse un aire de pereza y desaliño y al caer la tarde ya se había asentado en un ambiente de paz.

La hora de la comida llegó con sus olores apetitosos, despertando el hambre de las señoras y los niños. María Esther respiró satisfecha al ver que las mejillas de Ludegarda habían tomado color y las lluvias de la tarde fueron acogidas en un transcurrir lento de susurros y risas.

Cuando Teófilo y Pepín llegaron, a las nueve de la noche, ya se había cenado y rezado el rosario. El dueño de la casa se vio despojado de la fuerza de sus remordimientos por haber abandonado a los suyos en momentos tan críticos.

Recorrió su casa con el nuevo orden restablecido, respiró tan hondo como quien se despoja de un pesado fardo, ya se disponía a descansar cuando llegó a su olfato un aroma desconocido y tenaz que se adhería a su piel y despertaba sus sentidos. Le pareció que una fuerza misteriosa lo penetraba y que un escalofrió lo recorría todo. Cerró los ojos al mundo hundiéndose en un sueño profundo que lo hacía alejarse en un campo que se abría ante él rezumando aromas desconocidos que lo llevaban a perderse en un abismo del que no lograba salir.

CAMBIO DE COSTUMBRES

27

Cósima pareció hacerle recobrar a Ludegarda el amor por la vida.

Por la mañana, después de dejar preparados a sus niños para los quehaceres del día, se acercaba a la habitación de la señora ya provista con las toallas tibias y olorosas a retama para el baño de la mañana. Regresaba con sendas jarras de agua a temperatura ideal para no enfriar su piel y sacaba un canastillo lleno de yerbas secas, maíces y de pedacitos de palo de diversos tamaños y colores.

Todo ello procedía de Jipila, eran hierbas aromáticas y medicinales que servían para apretar la cintura, suavizar el pelo, dar lustre a la piel, aromatizar el agua, mantener la dureza de los pechos. Cósima tenía tratos con las herbolarias, y sabía que los remedios mágicos de Jipila eran mejores que las drogas de las boticas y las pomadas y perfumes de las peluquerías. Llegaba provista de cuatro o seis ollas grandes llenas de agua. A una le echaba puñados de flor de romero, a las otras los palitos, hojas secas y raíces. Iba vaciando una olla grande con agua hirviendo con la flor de romero y otra más pequeña.

Conforme las diversas infusiones de las plantas de Jipila penetraban en el agua, la recámara se nublaba con los vapores del agua que llenaban el ambiente de un olor intoxicante. El líquido, al influjo de las plantas, se hacía más suave. Cósima enjabonaba a Ludegarda con destreza y entibiaba el agua para enjuagarla; corrientes pequeñas de un líquido color de jerez pálido resbalaban por el pecho, los brazos y el torso de Ludegarda y la despojaban del vestido espumoso del jabón. La ayudaba a salir de la tina, la envolvía con una sábana y la secaba sacando un canastillo provisto de un pequeño espejo, peines, escobetas y tijeras.

Le secaba el reluciente cabello, que gracias a los muchos cuidados había recobrado su sedoso color rojizo, delgado, fuerte lleno de vida, con movimientos casi imperceptibles recogía en onditas envidiables en la nuca y en la frente. Separaba el cabello en dos trenzas con listones y las recogía en un voluptuoso peinado. Seguía con el cuidado de los pies pequeños de su ama y ya completamente seca y aromada procedía a vestirla con el cuidado que requería una muñeca. Ataba con fuerza el imprescindible corsé a las carnes de su ama, que no protestaba ante la esperanza de la devolución de su belleza. Después seguían los refajos atados a la cintura que descendían hasta el suelo entre volantes y encajes. Los calzones entramados y las medias detenidas por ligas de colores. Ya calzada con los zapatos de raso venía la crinolina y el vestido de seda negro o de tafeta. Porque ella seguía guardándole luto a su padre. Algunas veces en los días cálidos se permitía el alivio de una muselina. Ludegarda coqueta se dejaba hacer. Para la india era su muñeca. Ya correctamente ataviada bajaba a la hora de la comida pues en su cuarto había desayunado churros y chocolates.

No pasó desapercibido para nadie, y menos para Teófilo, el cambio de su mujer. Se congratulaba de haber recobrado la paz familiar y de que Ludegarda se había convertido a través de los años en la mujer madura y sobria pero que le traía el recuerdo de la muchacha apasionada que había sido su esposa.

Fue tratado con más delicadeza por su mujer desde ese momento, y una noche al despedirla en la puerta de su habitación, y tras una mirada invitadora, la siguió dentro y se ofreció a ayudarla a desvestirse. Cayeron uno en brazos del otro y aunque con menos pasión que antaño, sus relaciones conyugales se reanudaron. Él terminó sintiendo más ternura que deseo y sin dejarla de amar comprendió que el anhelo por su cuerpo había disminuido. Todo pareció tomar el cause de antaño, sino fuera por la antipatía irracional que Teófilo había concebido por Cósima.

A pesar de que se imaginaba que usaban los mismos ingredientes para su baño, en la piel de Ludegarda se convertían en aromas discretos y suaves como su piel. En cambio en Cósima eran una mezcla de aromas traídos de la tierra misma, humedecida por interminables noches de lluvia. Fragancias de flores, bosques, hondonadas y desfiladeros. De metales fundidos por seres milenarios, de lava de volcán y nieve de montañas. De abismos y tormentas.

Se alejaba de ella como de un ser maligno, procuraba no mirarla y, cuando lo hacía, siempre encontraba algo que reprobar. Esto provocaba disensión entre la familia que no veía motivo para la dureza con la que el señor de la casa trataba a Cósima, adorada por todos los demás y por la servidumbre. Ella permanecía impasible ante la antipatía manifiesta de Teófilo y ni por un gesto se notó jamás que su actitud de sumisión fuera para él distinta. Si acaso más respetuosa que la guardada para el resto de la familia.

Ludegarda y María Esther no dejaron de notarlo con disgusto y su mujer le pidió a Teófilo que suavizara sus modales para con la muchacha, pues ella parecía haber tranquilizado con sus manos toscas una casa que parecía estar a punto de desmoronarse.

Teófilo se propuso moderar su antipatía en bien de los demás. Hasta que una noche, al rozar por casualidad su mano, se dio cuenta que había disfrazado de aversión una tempestad de deseos inconfesables que la presencia de la india despertaba en él. Desde ese momento no tuvo paz. Procuraba pasar el menor tiempo posible en la casa y cuando lo hacía, la evitaba. Sin embargo, día y noche estaba atormentado por su deseo. Era como un abismo que lo atraía. Un día, ante su proximidad, tuvo temor de que notara su erección.

Comenzó a alejarse de la casa. Nada más concluido el rosario después de la cena, se encaminaba a centros de reunión como la cantina de un español que agasajaba a sus huéspedes con un buen coñac y los hacía disfrutar de juegos de naipes o cubiletes, desfalcando muchas veces las fortunas más sólidas.

Una noche regresó a casa alterado porque sus pérdidas en el juego habían sido superiores a las de veladas anteriores. Un poco borracho —él, que sólo tomaba en raras ocasiones—, vio a través del cristal que separaba la recámara de Ludegarda del cuartito de Cósima destacarse la figura desnuda de la muchacha que, saliendo de la tina, procedía a secarse con una manta de lana. Tiró la lámpara de petróleo que llevaba entre las manos y, ciego de deseo, la sujetó, le tapó la boca y la violó como un salvaje, hundiéndose en ella una y otra vez. Notó la rotura del himen que manchaba el piso con goterones de sangre. La volvió a tomar ya rendida en el suelo y sus labios y sus manos no dejaban de descubrirla, mordiendo sus pezones morados, deslizando sus manos ávidas por todo el cuerpo vencido, en lo que la muchacha ahogaba sus gemidos para no despertar a la patrona. Cuando se retiró de sus piernas donde corría la sangre, se miró sin reconocerse.

Una luna redonda y brillante como un plato contemplaba la escena. No tuvo valor para levantar a la muchacha y fue en busca de su yegua para cabalgar, entre lágrimas, hasta traspasar los llanos perdidos de la hacienda. Recordó que ella no había pronunciado palabra. Sólo al recoger y envolverse con la toalla húmeda había alcanzado a murmurar: "Esto no se hace, patrón". Fue el único reproche que escuchó de sus labios antes de lanzarse a su loca cabalgata.

Regresó al amanecer y se bañó en el aljibe de la huerta. Se secó al calor del sol que empezaba a asomar en el horizonte y, agotado, se quedó dormido bajo un árbol.

Cuando despertó eran las seis. Como un ladrón alcanzó a llegar hasta su habitación de la que ya había salido su mujer y esperó sin poder dormir la hora del desayuno. Cuando subió al comedor, su esposa lo esperaba en el pasillo y alcanzó a ver a Cósima que, impasible, colocaba en la mesa la jarra del chocolate.

Ludegarda lo detuvo sin darle los buenos días. Lucía pálida y alterada como en su peor época, demacrada y con los labios blancos se dirigió a él hablándole de usted.

—Exijo una explicación, señor Dorantes —dijo, retirándole el nombre de pila—. Siempre pensé —agregó— que un esposo se podría convertir en un hombre cualquiera al salir de su casa, pero que estaba obligado a guardar la compostura en la suya propia. Necesito una explicación y una reparación.

Teófilo enegueció de rabia, atenazado por su propia culpa y sin decir palabra se dirigió directamente a Cósima que, con manos temblorosas, servía en las tazas un chocolate hirviendo, más cetrino que su piel.

Inundado por la ira, la tomó por las trenzas y la arrastró por la escalera, por los dos pisos que conducían a la calle, con su cabeza y cuerpo rebotando hasta dejarla inerme a las puertas de la casa.

Ludegarda contempló esto sin fuerzas para acudir en ayuda de la muchacha, que yacía desmayada a las puertas de la hacienda. Teófilo todavía enfurecido se acercó a decirle:

—¿Está usted satisfecha señora?

Ludegarda lo barrió con una mirada de desprecio:

—No era ésta la reparación que esperaba. Es usted un animal.

Empezó a dar órdenes como en sus mejores tiempos para subir a Cósima, mandó llamar al médico de inmediato. La muchacha tenía la cabeza deshecha por los golpes y dos costillas rotas. Cuando el médico llegó, la encontró casi en agonía. Le cortó las trenzas, le curó las terribles heridas de la cabeza, le fajó con vendas las fracturas de las costillas y las heridas de los hombros, y la llevó a la habitación que ocupaba al lado de las de su ama. Fue tendida para su atención sobre un colchón de plumas, la cubrieron con sarapes y trajeron botellas de agua caliente.

—No respondo por ella —dijo el médico—, apenas tiene pulso, pero es tan fuerte y sana que puede recuperarse.

—Por ello se asombró mucho al día siguiente, al ir a visitarla y encontrarla de pie, vendada la cabeza con un paliacate rojo, la túnica de algodón cubriendo sus heridas e, imperturbable, sirviendo otra vez la jarra del chocolate.

✳ EL DESPLOME

28

El desplome total de la hacienda El Refugio fue evitado por dos mujeres: Cósima y María Esther, que se multiplicaron para que el orden de la casa siguiera su ritmo habitual, a pesar de la tormenta que había amenazado con destruirlos.

Teófilo había huido con todos los fantasmas de su remordimiento a buscar el único consuelo que le era permitido: la asistencia divina. Llegó hasta el sacerdote a confesarle todos sus pecados. Él lo escuchó con la benevolencia que pudo sacar del asombró que le causaron tan terribles faltas en un hombre al que siempre había visto como ejemplo de caballerosidad, y le impuso una grave penitencia, la más adecuada para una persona en sus condiciones.

En primer lugar, y de por vida, la abstinencia sexual en pago por sus desenfrenos. En segundo, un alejamiento temporal de su casa y sus intereses, a la que no regresaría sino cuando fuera inevitable su presencia. Y en tercero, la búsqueda de la serenidad en la paz de la oración para poder resolver los conflictos que él mismo había suscitado. Aceptó Teófilo todas las condiciones que en realidad estaban más acordes con sus deseos que con sus temores. Desde la iglesia mandó a un propio para que llamara al administrador Secades y a Pepín para dictarles su determinación. Cuando terminó con ellos, aunque alarmado por el cariz con que le pintaron el desarrollo que iban teniendo las cosas, tomó con fortaleza el camino hacia el norte con la esperanza de que el Dios misericordioso de su infancia le permitiera regresar al seno de su familia, convertido en el hombre de bien que siempre había querido ser.

Entretanto, en El Refugio las cosas no se presentaban con la serenidad con que quería tomarlas Teófilo. Ludegarda parecía haber perdido por completo la razón. Sus aullidos de dolor se escuchaban por toda la casa y María Esther se vio obligada a alejarse con los niños a Querétaro, dejando a cargo de Cósima. Ludegarda ya había sido atendida en sus primeras crisis por el doctor, que se presentó a la primera llamada y lo primero que hizo fue darle un jarabe de láudano para contener sus contracciones y aullidos histéricos. Sólo salía de sus terribles aullidos, arrullada como una niña por los brazos y cánticos de Cósima, que la hacía entrar en un estado de paz inaudito.

María Esther, entretanto, después de dejar encarrilados a los niños, se apersonaba en la hacienda a dictar sus disposiciones y a enterarse del curso de la enfermedad de su sobrina. Enterada por Pepín y el administrador de las disposiciones de Teófilo, se dispuso a encarar con serenidad, como siempre, otra carga de las muchas que había sufrido en la vida.

Las crisis de Ludegarda fueron amainándose con el transcurso de los días y bajo las manos calmas de Cósima se fueron transformando en una melancolía que parecía no tener límites. Dentro de ellas entraba la imagen de su marido, el hombre al que había entregado su vida. Y le parecía increíble que la hubiera traicionado de una manera tan cruel. Empezó a leer sus cartas que le llegaban cotidianamente y, aunque no las contestaba, lo iba perdonando su corazón, achacándose muchas veces la culpa de su alejamiento. Su imagen sufriente la perseguía.

Al pasar el primer mes, una súbita transformación se operó en ella y en Cósima. Se dieron cuenta que estaban embarazadas del mismo hombre. No se lo comunicaron, pero esto forjó entre ellas una unión más sólida. Se sentían más unidas por una misma felonía. La barriga de Cósima crecía fuerte, se endurecieron sus senos y se ampliaron sus caderas. No ocultó su estado, sino que lo glorificó como una aceptación a la madre tierra, supeditada al amo y a las fuerzas de la naturaleza. En cambio, Ludegarda se empequeñeció ante este descubrimiento que la hacía sentir doblemente traicionada. Con el embarazo, aumentó su melancolía, que ya había afilado sus facciones y la hacía compararse, sin quererlo, con la fuerza con que crecía el hijo de Cósima. La suya era una rama casi marchita que ya se había agotado de dar fruto. En vez de embarnecer adelgazó, sus ojeras se marcaron y los ojos verdes y apagados parecían preguntarse qué extraño destino había ligado su vida a la muchacha que, sin avergonzarse de su vientre, lo masajeaba suavemente en una caricia anticipada.

Cuando María Esther se dio cuenta, le escribió una enérgica carta a Teófilo, tachándolo de irresponsable y haciéndole ver que mientras más demorara su regreso, sería mejor para el bienestar de ambas mujeres.

El embarazo no provocó ningún alejamiento entre Cósima y Ludegarda, y ayudó a que ésta última empezara a entretenerse tejiendo chambritas, que celebraba la india entre carcajadas diciéndole como a una niña "esta para ti y esta para mí". Empezaron a llenarse las canastillas de estambres azul, rosa y blanco y de pañales y mantillas. Esto entretenía a Ludegarda más que otra cosa observando cómo la labor de la india aumentaba más rápidamente que la suya; se aplicaba en su labor, compartiendo con alegría su embarazo.

Esta situación extraña, turbaba a María Esther que no comprendía cómo dos mujeres tan dispares podían unir sus deseos por el hijo de la traición de un sólo hombre. Los niños volvieron a El Refugio, pues su madre los extrañaba y en sus mentes fue creciendo la idea de que iban a tener dos hermanitos.

—¿Como cuates? —preguntaba Luz.

—Como gemelos —contestaba Ludegarda muerta de risa.

Esos tiempos de inocencia en que a los niños los traía la cigüeña, hacían más creíble el misterioso advenimiento que hacía más cercana la navidad, celebrada con la estricta asistencia de la familia, ya que la ausencia del padre y el embarazo difícil de ocultar para ojos más avezados hacían casi imposibles cualquier visita.

Teófilo continuaba viajando, entreteniendo su soledad con los quehaceres de la política que siempre le habían interesado. Don Benito Juárez prolongaba sus periodos presidenciales, lo que provocó el descontento en muchos sectores que veían con desconfianza este asentamiento en el poder al que se sentían tan afectos los presidente de México. Se entretenía con los rejuegos de la política, desechando la esperanza concebida en su juventud en que México gozara algún día de una paz libre y merecida. Pero también ponía menos pasión en estas materias, pues su interés se mantenía atento a los acontecimientos en El Refugio.

Previsto por las cartas de María Esther, y cuando se suponía que tendría lugar el alumbramiento, se aprestó a regresar a sus deberes, con la culpa de haberlos abandonado.

Su casa parecía volver a respirar tranquilidad cuando se vio aparecer al patrón con la frente enhiesta, pero ocultando lo mejor que podía sus lagrimas mientras abría con mano firme el portón de El Refugio.

No podía llegar más a tiempo. Desde la recámara salían los primeros gritos del parto de Ludegarda.

La asistían, como siempre, el médico de cabecera y la co-madrona de sus partos anteriores. Los gritos se convirtieron en pujidos. Junto al médico, preparada con el agua hirviendo, se alzaba la poderosa figura de Cósima. No había nada que pu-diera alterarla, con su mano fuerte asida a la de su ama. Hasta que unas gotas de sudor perlaron su frente y le obligaron a soltarla. Se dirigió directamente a su habitación. Ya iba provis-ta de un cuchillo de la cocina. Dio a luz en cuclillas, como si estuviera en el campo. Ahogó sus gemidos ayudándose con sus manos hasta que logró sacar a la criatura; cuyo primer grito llego a oídos de Teófilo, que no se atrevió a seguirla.

A la media hora, cuando Ludegarda seguía debatiéndose con los dolores del parto, Cósima colocó a su hija bañada con agua tibia y flores de olor en los canastillos de los estambres, arropada con una franela blanca y asegurándose de que respi-rara. Dio un beso en la frente de su niña con pelitos de elote y acudió a ayudar en el parto de su señora.

Los dolores de Ludegarda parecían no tener fin. El doctor logró extraer a una criaturita blanca como un ratón que apenas exhalaba un gemido. Era una niña, pero era tan débil y delicada a diferencia de la otra, maciza y fuerte. El parto dejó a Ludegar-da exhausta y sólo pedía el auxilio de Cósima que con pasos lentos, se acercó a su lecho, diciéndole palabras de consuelo.

—Ya está, mi niña, ya pariste, ya estás sana, ya te aliviaste.

Tomó a la niña de manos de la partera para darle el pri-mer baño y tuvo todavía fuerzas para colocarla húmeda y ca-lientita en brazos de su madre. Después no supo de sí y cayó de rodillas empapando de sangre la alfombra persa del cuarto de su patrona.

29

La escena debió ser desconcertante —comentó Juana, años después, a su hija...

Se imaginaba a la sirvienta tendida en el suelo, a Ludegarda moribunda, al abuelo con sus dos hijas en los brazos.

Recordando, en su renacida fe, que era el 19 de marzo, día de San José y que las dos niñas debían de ser bautizadas de inmediato. Cuando llegó el sacerdote ya estaba preparada la casa para el bautizo. Ambas eran sus hijas, entonces dijo:

—Las dos se llamarán Josefina.

Después fue llamado el oficial del Registro Civil pues Teófilo no olvidaba sus compromisos patrios. Al registrarlas, dio los nombres de él y de las madres respectivas pero se atoró con el segundo apellido pues cuando se lo preguntaron a Cósima ella no lo sabía, por lo que le pusieron Dorantes Cox, recordando no sé que códice antiguo.

Después de bautizadas las niñas, Cósima se recuperó y empezó desde el día siguiente a atender a Ludegarda y a las cuatas. A las dos les dio de mamar durante dos años y las cuidó como si hubiera tenido gemelas. Aunque hay que reconocer que la hija de Cósima era mucho más sana y bonita, no como la otra Jose, que parecía un ratón desde que nació.

Ludegarda siguió enferma, probablemente de fiebre puerperal, pues no le bajaba de los cuarenta grados y fue perdiendo cada día más su lucidez.

Un día que amaneció más tranquila llamó a toda la familia para despedirse. Con perfecta tranquilidad dictó sus disposiciones y repartió la herencia que había heredado de su padre. Pidió ser amortajada como su madre con uno de los rebozos de aromas que ésta había destinado para las mujeres de su familia. Y para los que tenía preparados seis.

Le ordenó a Teófilo que conservara a Cósima a su lado hasta que las niñas pudieran valerse por sí mismas y después la dejara ir con su hija. Le entregó un cofrecito lleno de monedas de oro para que se lo llevara con ella y ordenó a su marido que atendiera cualquier necesidad que tuviera.

No olvidó a nadie ni nada y se fue en paz, dormida en los brazos del que fue el amor de su vida. El desconsuelo de Teófilo parecía no tener fin. Después de amortajarla con su rebozo de aromas, la enterró en el panteón de la iglesia acompañado de todo el pueblo y hasta las mulas que arrastraban el carruaje con el ataúd de caoba llevaban gorros y levitas de luto. A Ludegarda se le recordó siempre como la esplendida mujer que había sido, olvidando sus trastornos mentales, y sólo se pensó en ella como la alegre muchacha que había inaugurado la hacienda con sus modas extranjeras y su alegría.

30

Cuando murió Ludegarda llegaron las golondrinas. Desconcertadas, María Esther y Cósima las vieron llegar en bandadas. Dejaban los corredores hechos un asco. En cada solera hacían un nido tan cerca de las mujeres que parecían saludarlas, se colocaban en fila en los carrizos que servían de canales. A Cósima le parecieron enviadas por la difunta, pero María Esther se cansaba de bregar con ellas y ordenó desterrar a esos animales por cojijosos, destruir sus nidos y sahumar con pólvora y azufre para que no volvieran. Cósima escuchaba asombrada las quejas de María Esther pues ella insistía en que eran mensajes de Ludegarda.

Entretanto, las gozosas golondrinas cantando y formando un concierto que aturdía, iban y venían del campo verde y del cielo azul a revolotear sus alas delante de sus polluelos y a dejarles en el pico los mosquitos y palomitas de San Juan que habían cazado. María Esther se dirigía a una de las bodegas en busca de cartuchos y de la escopeta vieja, pero se detuvo al contemplar la alegría y la confianza de las aves que pasaban junto a ella como queriendo posarse sobre sus hombros.

Como si hubieran escuchado el perdón de sus vidas se lanzaron en bandadas al cielo azul, cantando muy alegres. Daban de comer a sus crías que asomaban sus cabecitas calvas de sus nidos, regresaban al aire puro y volvían, pasaban cerca de las mujeres dando la impresión de saludarlas. Hasta que ante su persistencia y al regocijo de Cósima, María Esther se dio por vencida y llegó a aceptar a sus inesperados huéspedes. Las relaciones entre ellas distaban de ser tan cordiales como las que habían privado entre Ludegarda y su sirvienta.

A pesar de las recomendaciones del sacerdote para que María Esther comprendiera que Cósima no había sido más que una víctima de la pasión desenfrenada de Teófilo, a ella le parecía que con la llegada de la india a la hacienda se habían desatado fuerzas malignas traídas desde un mundo desconocido, regido por demonios ancestrales. La paz era completa, se decía, hasta que esa mujer había llenado la casa de extraños aromas y de conjuros que musitaba en una lengua desconocida.

El comportamiento de Teófilo siempre había sido el de un perfecto caballero hasta que esa mujer lo había sacado de su templanza, transformándolo en un desconocido. Ya que ella había conocido a su sobrino político muy bien, podía aseverar que había sido acometido por una fuerza diabólica para atentar contra su propio honor, con lo que había sembrado vergüenza y provocado la pérdida de su Ludegarda.

Por otro lado, Cósima se sentía rechazada por esa mujer enlutada que parecía una higuera marchita. En efecto las penas habían transformado a María Esther y sólo conservaba de su juventud la prestancia de su cuerpo y su inalterable belleza de la que no había podido borrar la sombra de dulzura que fuera su principal encanto. Hasta los niños notaban la diferencia.

Cósima compartía los juegos con ellos y llenaba las habitaciones de ese salvaje olor a campo abierto como estaban siempre sus brazos para acogerlos en su regazo fuerte y seguro, igual que una roca cubierta de muelles, de prados y bosques acogedores y seguros.

La figura triste de María Esther cuando vigilaba los juegos infantiles siempre era inquisidora y parecía penetrarlos haciendo que olvidaran sus pasatiempos inocentes al sentirse vigilados. No quedaban en ella los rastros de aquella ternura que había enamorado a Enrique Alducín, cuando su presencia parecía suavizar cualquier ambiente.

Cuando llegaba a las habitaciones de los niños, después de haber descansado en la siesta de la tarde, ya iba arreglada para conducirlos al comedor a cenar y al oratorio para el rosario. Hacía que Cósima recogiera sus juguetes y fijaba su mirada inquisitiva sobre los rostros infantiles como en búsqueda de algún acontecimiento reprobable.

Esa noche miró a Luz y a Pepín, quien había tomado la costumbre de acompañarla, mirando risueños los libros de estampas. Como una ráfaga cruzó en su imaginación, el recuerdo de años atrás, de cómo una noche los había descubierto jugando a que eran novios. Ella con un velo blanco sacado del material de costura de su madre y él con un viejo sombrero de Teófilo. En ese momento los reprendió enérgicamente prohibiéndoles esos juegos.

—¿Por qué mamá? Cuando seamos grandes Luz y yo nos vamos a casar.

Arrebató con furia los artilugios de la supuesta boda.

—Ustedes nunca se podrían casar —les dijo—, son primos consanguíneos.

—¿Consan... qué, mamá?

—Quiero decir que llevan la misma sangre. Ni de chiste quiero que repitan un juego así. —Los niños la recordaron y no lo repitieron. Pero esa noche, cuando María Esther descubrió sus miradas encontrándose divertidas sobre el libro de estampas, recordó la escena y un escalofrío la recorrió. Procuró acallar su disgusto pero desde ese momento no despegó de ellos la mirada.

LAS JOSEFINAS

31

Hacia 1874, los trabajadores de la hacienda se aprestaban a hacer la distribución del personal que, como todos los años, se ausentaba en la peregrinación para presentar sus respetos a La Inmaculada Concepción de la Virgen del Pueblito. Cósima pidió ser considerada para ir. Desde su llegada a El Refugio no había abandonado la hacienda sino hasta los límites de San Juan del Río, concurriendo sólo a la iglesia para ir a misa, sus visitas semanales al panteón para ir a saludar —decía ella— a su "amita" y hacer sus recorridos por los campos siempre con las cuatitas.

Cuando empezaron a dar sus primeros pasos, su hija iba ya acompañándola en sus paseos pero a la niña de Ludegarda la llevaba envuelta en el rebozo a sus espaldas, pues era mucho más débil.

La diferencia entre las cuatas era notable aunque las dos habían sacado el cabello rubio de Teófilo. Ya la Josefina de Cósima lucía un fuerte cabello enredado en dos trencitas con listones rojos; en cambio la de Ludegarda podía mostrar sólo una pelusita dorada en una cabeza tan pequeña, que hacía contraste con una frente ancha y desproporcionada. La de Cósima tenía una mirada de relucientes ojos negros y rasgados como los de su madre. Los de la otra eran de un azul desvaído que se perdía en la inocuidad de su mirada que se adivinaba iba a ser de miope. El colorido de las dos también era distinto; la de Cósima lucía un color canela claro en la que brillaban unos cachetes como manzanas, la otra era tan blanca como un copo de nieve, pero pálida como una luna trasnochada. Los labios de la indígena eran gruesos y ya asomaban los dientes fuertes y filosos como los de su madre. En cambio, la boca de su hermana se veía apenas dibujada por unos labios delgados que le hacían prestar a su sonrisa un no sé qué de desvalidez. La una lucía rozagante y sana; la otra débil y enfermiza. —Y les di del mismo pecho —se reprochaba Cósima— ...y a las dos el mismo calor, si acaso un poco más a la que no era mía, para compensarla por la pérdida de su madre.

Teófilo seguía sintiendo por Cósima un deseo tenaz que lo obligaba a apartarse, pero el olor de ella lo perseguía incanzablemente; a veces sentía no poder contener el anhelo por la mujer que lo había enloquecido con su fragancia, y se sentía envuelto con tal fuerza que a veces temía que iba a sofocarse.

Pero Cósima lo temía, sintiendo los arrebatos de su pasión y procuraba alejarse. Así fue como llegó un día en que se presentó ante María Esther para pedirle permiso de irse. Ésta se alarmó.

—¿Y te llevarías a las dos niñas?

—Me llevo a la mía, doña Esther, a la chiquita la dejo al cuidado de su mercé.

—Necesitarás de autorización del patrón —contestó María Esther, para no decir el padre.

—Del señor no necesito nada. Así habíamos quedado con la seño Ludegarda antes de morir.

El orgullo pudo más que el temor y María Esther otorgó su venia.

—Muy bien —contestó aparentando serenidad—, desde esta noche pasa su cuna y sus cosas a mi habitación. Dormirá conmigo.

Y así se hizo. Muy de madrugada partieron los peregrinos. La caravana la encabezaba Cósima, con su niña de la mano, el chiquihuite donde llevaba sus ropas y el baulito con monedas de oro que le había dejado Ludegarda.

Desde las ventanas de su estudio de la hacienda las vio partir Teófilo, con los ojos llenos de lágrimas y una tenaza en el corazón. Sabía que no las volvería a ver. Siguió conteniendo los sollozos hasta verlas perder de vista: la hija que había empezado a querer y la mujer que aún deseaba.

✳
DESAPARICIÓN

32

Volvieron otra vez los peregrinos pero ésta vez sus cánticos eran de tristeza y desesperanza. La madre del cielo había dejado de oír sus suplicas. No sabían cómo llegar con la terrible noticia: Cósima y la niña habían desaparecido nada más depositar su ofrenda. Después se perdieron entre la gente y no las volvieron a ver. Creyeron unos que se habían escondido entre los altares para rezar más tranquilas pero cuando terminó la ceremonia y el señor cura les dio su bendición a todos, ellas no aparecieron. Las buscaron por todos lados pero tal parecía que la misma señora del cielo se las había llevado, por eso eran ahora sus cánticos tristes y de su súplica a la santa patrona para que se las devolviera. Fueron vanos sus ruegos aunque habían buscado debajo de cada altar y hasta a la sacristía habían ido a darle la noticia al señor cura, que no le dio importancia.

—Se habrán adelantado —les dijo, pero ellos sabían que no era así. Volvieron como les aconsejó el sacerdote buscando por todo el camino. No hubo árbol ni hoyanco que no bajaran hasta que pensaron que había que avisar al patrón, pues en la casa tampoco estaban.

Empezaron a llorar los muchachos desconsolados y fueron a avisarle a su Teófilo, que aunque ya lo presentía, sintió un calambre en el corazón ante el hecho ya manifiesto de la desaparición de Cósima y la niña.

Inmediatamente ordenó que se formaran diferentes grupos con hachones encendidos para iluminar el camino que pudieran haber tomado las desaparecidas. Así se formaron brigadas para buscar en cualquier recoveco del bosque. Hasta Pepín y los demás hijos de Teófilo no dejaron atajos sin escudriñar, unos a pie, otros a caballo.

Las mujeres rezaban ante La Inmaculada para que Cósima regresara. Sólo la tía María Esther permanecía impávida, sentada en un sillón de su cuarto, rezando el rosario para que no fueran encontradas. Josefina no se separaba de María Esther, su hermana, y rezaban en voz baja a la virgen para que no se llevara a su cuata.

Las demás niñas, impulsadas por Luz, que era la más atrevida, buscaron en el cuarto de Cósima, debajo de las camas, atrás de las cortinas, hasta en las letrinas del patio y en la acequia. Ni rastro de las desaparecidas. El desconsuelo fue grande, acabaron por asegurar que la Santísima Virgen se las había llevado a su seno donde las guardaría bajo su amparo.

Poco a poco el tiempo fue borrando la pena y aceptando que la misma virgen se las había llevado. Sólo la pequeña Josefina guardó en su corazón el hueco que había dejado su hermana gemela y sus ojos se empequeñecieron aún más de tanto llorar. Esther, su hermana, le regaló su mejor muñeca que tenía unas trenzas como mazorcas de maíz y sólo abrazada a ella pudo dormir hasta que llegó el consuelo de tenerla siempre junto a ella.

Sólo Teófilo aceptó en su ánimo la certeza de que Cósima había desaparecido por su voluntad y que él era el culpable. Pensó que la desaparición era una nueva culpa que se añadía al caudal que llevaba acumulado, mientras fingía creer que era la misma virgen la que se las había llevado en cuerpo y alma.

33

Cuando Cósima se fue desaparecieron también las golondrinas.

—Mejor, menos trabajo —pensó María Esther, queriendo ocultar un presagio que por unos instantes le engarrotó el corazón.

Nadie dejó de notar la ausencia y la casa pareció resquebrajarse un poco, sólo un poco, como el ligero oscilar de un péndulo.

Todo parecía pacificarse con la jura del general Porfirio Díaz como presidente de México. Al parecer, el arribo al poder del general ponía fin a toda una era de disturbios, ya que a la muerte de Juárez el país seguía desgarrado por sus luchas y sumido en inconformidades. A su llegada a la presidencia, don Porfirio supo rodearse de varios potentados y gente de clase acomodada. En 1880, con motivo del octavo aniversario luctuoso de Juárez, Teófilo fue invitado a la inauguración del mausoleo construido por el régimen porfiriano en el panteón de San Fernando. El 18 de marzo se inauguró el monumento que constaba de dieciséis columnas y en el centro una efigie en la que el Benemérito reposaba en brazos de una figura femenina que representaba a la patria.

Teófilo aceptó la invitación y se hizo acompañar de sus hijos. A pesar de que había estado contra Díaz cuando éste se opuso al Benemérito, empezaba a reconocer sus méritos y quiso manifestárselo con su adhesión y la de toda su familia, poniéndose al frente de su hacienda El Refugio

Para esta ocasión volvió a vestir Teófilo sus mejores arreos de charro con botonadura y espuelas de plata, su sombrero enjaezado en la misma forma y los atavíos de los muchachos que columbraban la adolescencia. No quiso llevar carruaje sino que ensilló su misma yegua alazana que piafaba de emoción y las cabalgaduras adecuadas a la edad de cada uno de sus hijos. El carruaje venía atrás con el equipaje y dos caballerangos. Quiso regalar al presidente una gran charola de plata grabada con el nombre de la hacienda y los años transcurridos desde su fundación hasta la fecha de su entrega. Así como los pergaminos que lo acreditaban como propietario próspero a través de los años.

Al frente de sus propiedades, para que no faltará la asistencia masculina, dejó al señor Casimiro Secades y a Pepín con el encargo del taller y sus negocios. A María Esther, como siempre, al cargo de la casa con las dos sobrinas, ya convertidas en preciosas mujercitas y de la pequeña Josefina. Lo despidieron con todo el personal, batiendo pañuelos y con orgullosas sonrisas. No haciendo caso de los cuervos que venían en manada al refugio de los árboles, en un atardecer que se acababa de despedir de un copioso aguacero llenando el cielo de resplandores.

Salió Teófilo de la hacienda con sus tres hijos tan diferentes entre sí pero, como él, vestidos de charros de hacienda perfectamente enjaezados. El pequeño Teófilo era el más parecido a él, no sólo en el nombre, también en lo físico, su porte era diferente al de su padre ya que éste tenía el aspecto de un militar en batalla y el hijo los hombros caídos y la mirada huidiza como si se sustrajera a las bellezas de la vida, y ya se adivinara en él la tendencia espiritual a la que se sentía estar destinado. En cambio el segundo, Salvador que era moreno e hirsuto, parecía comerse la vida con los ojos abiertos a lo que ésta le ofreciera, con arrestos de aventurero y luciendo su porte. Enrique, el más pequeño, lo era también de estatura; sus ojos parecían buscar más la belleza del paisaje y todo su aspecto ofrecía un aire de desamparo y el deseo de protegerlos. Teófilo estaba orgulloso de los tres, de su prestancia que le hacía soñar para ellos un destino que estaría lejos de cumplirse.

LA TRAGEDIA

34

E ra domingo en El Refugio y ya se estaban aprestando los recibimientos para recibir a los viajeros. Se les esperaba para el mediodía siguiente.

María Esther había pasado los días de la ausencia ajetreada con el quehacer de la casa que quería luciera reluciente. Con descanso, vio llegar el domingo que le iba a permitir salir. La llevó un carruaje al panteón y después fue a misa.

"En realidad, se dijo, puedo descansar un poco." La pequeña Jose lucía fresca y rozagante. Ella, desde los días posteriores a la ausencia de Cósima, se había desentendido bastante de la niña, pues Esther, su hermana, se ocupaba íntegramente de ella. La niña la seguía como una sombra. Había aprendido las primeras letras, inclusive seguía ya las enseñanzas del catecismo del padre Ripalda y sólo al lado de su hermana perdía su habitual timidez en largas conversaciones que Esther siempre amenizaba con sonrisas.

En la casa se respiraba paz. Eran Luz y Esther unas jovencitas preciosas con su diferente, aunque parecida belleza. Luz había heredado la tez blanquísima de Teófilo, su cabello dorado y sus inmensos ojos azules, sombreados por negras pestañas. Su hermana en cambio era pelirroja como Ludegarda y heredera de ojos profundamente negros como su abuelo Salvador. Pero era el carácter, la forma de ser lo que más las distinguía. Luz era alegre, poco afecta a las labores del hogar y menos dispuesta de lo que había sido su madre a la lectura. Le gustaba vestir con ropas ligeras, lo que le recordaba a Teófilo, quien no era afecto a reprenderla, la época en que a Ludegarda le gustaba vestirse como una gitana. Revoloteaba por toda la casa como un pájaro y montaba como una amazona. "Es la alegría de la casa", decía Teófilo con ternura.

En cambio Esther había heredado la gravedad de su padre. Siempre estaba atenta a las necesidades de su hermanita. Era la que ayudaba a su tía en las labores de la casa. Vestía como una señora con colores serios, perfectamente bien encopetada. No dejaba que se alterara el orden y estaba pendiente del menor detalle. Había heredado de su madre el gusto por la lectura y a la luz de su lámpara de petróleo, devoraba los libros que había desechado Ludegarda, por profanos, y encargaba a su padre en sus viajes a Querétaro los de los últimos escritores. Leía, hablaba y entendía perfectamente francés e inglés, pues desde pequeña recibía clases de una institutriz francesa que, cuando su esposo murió, luchando por la bandera imperial, no había querido abandonar el pueblo ni regresar a su nativa Francia, porque se había enamorado de los indios y del paisaje.

Esther era "la intelectual de la casa" como la llamaba Teófilo, muy orgulloso por lo demás de sus cualidades, que la hacían ser, según él, la mujer perfecta. En sus disimilitudes, las hermanas se llevaban muy bien, riéndose Esther de las travesuras de Luz y admirando ésta la sabiduría de Esther.

Respiraba en paz la casa en ese domingo, cuando vieron venir a Pepín en su cabriolé para invitarlas a dar un paseo por la hacienda. Esther desechó la invitación pues la niña estaba dormida y la casa sola, ya que su tía se había ausentado. Empezaron el paseo con buenos auspicios. Un resplandeciente sol de mayo los acogía y dándole la mano a Luz para que subiera, Pepín dichoso de su compañía, empezó con un trote ligero del caballo a encaminarse hacia un bosquecillo, que se adivinaba acogedor. No lejos de los senderos habituales, tuvo Luz el antojo de bajar para tener un cobijo del ardiente sol y formar un ramillete. Pepín la ayudó con placer, simulando ser un caballero completamente atento a las órdenes de su ama. En un montijo coronado de flores amarillas se dejó caer Luz, invitadora y suave; el muchacho no pudo más que seguirla para retirarle unas briznas de paja. Y entonces sucedió: un maleficio oscureció sus ojos y acercó sus labios.

No fue un beso, fue un entregarse de aguas profundas, un mezclarse de olas perdidas en un arrecife. Un encuentro donde se vencieron todas las resistencias.

Salieron del remolino sólo para volver a encontrarse uno en brazos del otro, jadeando como quien no ha podido alcanzar la otra orilla. Para volver a hundirse en un viaje que sabían no tendría rescate.

Pepín se levantó ante lo que por unos momentos le pareció inevitable y la ayudó a unírsele, fundiéndose otra vez en un abrazo y dándose besos apasionados.

—Tenemos que huir —le musitó—, nunca dejarán que nos casemos.

—¿Pero cómo? ¿Por qué?

—Somos primos ¿No te das cuenta? Motivo suficiente para que nos nieguen el permiso y para alejarnos a uno del otro para siempre.

Luz asentía con una gravedad desacostumbrada en ella.

—¿Y cómo huiríamos? Sería infame separarnos.

Pepín empezó a recuperar la serenidad y a exponerle sus planes, pues no era la primera vez que los trabajaba en su mente.

—Mira, tengo un tío, hermano de mi padre que, aunque casi no me conoce, me ha ofrecido su ayuda para cuando haga falta. Tiene un rancho en San Miguel Allende y es amigo de personas importantes. Estoy seguro que me dará trabajo si se lo pido. Es una persona influyente, él se encargará de conseguir el permiso correspondiente de las autoridades eclesiásticas para que podamos unirnos ante Dios. Pero antes es preciso ir a su lado para explicarle nuestra situación.

"Tenemos que pensar con serenidad —prosiguió—. Actuar con decisión y sin que aquí se percaten de que huimos. Yo tengo un dinero ahorrado. Me llevaré hasta el último céntimo. Tú no tienes nada que hacer. Nada más que empacar en un baúl pequeño las cosas más necesarias. Mañana al amanecer, antes de que llegue tu padre, sales de la hacienda. Yo te estaré esperando en la puerta de El Refugio con el cabriolé y la yegua listos para partir. Esta noche tendremos que disimular. Sé que mi madre no nos quita los ojos de encima. Regresaremos a la casa como siempre que salimos a dar un paseo. Es preciso que mamá no noté nada diferente.

Así lo hicieron, llevando cada uno su propia tempestad llegaron a la casa. Esther le contaba un cuento a la pequeña Jose. Ni siquiera notó cuando entraron Pepín y su hermana. El arrebol en las mejillas de Luz no era diferente que el del regreso de un paseo por la hacienda. El mismo Pepín le puso una labor entre las manos y él se puso a leer un libro. Su madre no tardaría en llegar.

Y así fue. No había pasado media hora desde que representaron la comedia cuando María Esther llegó, apresurada con ese temor siempre latente en ella de que en su ausencia hubiera pasado algo.

Lo que vio la tranquilizó. Suspiró con descanso y se dirigió a la cocina para dar las órdenes para la merienda y el posterior rezo del rosario.

La casa pareció recuperar su respiración normal, y normal les pareció a todos lo que para Pepín y Luz había sido una magistral puesta en escena.

Sin pegar los ojos, la muchacha no quitaba la vista de su hermana que dormía con ella. La siguió en todos sus movimientos. La vio llegar hasta donde Josefina ya dormía plácidamente. Con respiración pausada sintió cómo María Esther hacía su recorrido nocturno y, ya en camisón, entraba tranquila a su recámara después de comprobar que todos descansaban.

Esperó unos minutos más y procedió a prepararse para la huida. Bajo la luz de un quinqué de petróleo, escogió cuidadosamente su ropa de viaje y vistió con ella una silla. Después escogió lo más imprescindible y acomodó todo en un baúl pequeño que siempre usaba en sus ocasionales desplazamientos. Tuvo que esperar hora tras hora el canto del sereno sin que el corazón dejara de latirle en la garganta. A veces sentía que el sueño le nublaba la vista y se pellizcaba para mantenerse despierta. A las cinco se levantó para su aseo y se vistió, trenzó sus cabellos y se hizo un pequeño moño en la nuca. Empezó a despedirse con la imaginación de todo lo que amaba y que había hasta ese momento conformado su mundo.

Apenas una cinta tornasolada asomaba en el horizonte, cuando ella, ya lista con su baulito pequeño, traspasó la puerta trasera de la hacienda. Pepín la esperaba en el cabriolé con la yegua piafando de impaciencia. Sin permitir que un abrazo les robara los minutos necesarios para partir, ayudó a Luz a subir. Compartían una sonrisa de complicidad. Pepín tomó las riendas y el animal se lanzó a correr a campo traviesa. Inútilmente el muchacho trató de detenerla en su desbocada carrera. Ciega de ansiedad, tropezó con una roca que señalaba los confines de la hacienda y los estrelló contra ella. Un último grito mezcló sus voces y sus miembros despedazados rodaron cuesta abajo hasta detenerse, ya exánimes, al pie de la barranca. Los primeros rayos del sol alumbraban un amanecer esplendido que ellos ya no alcanzaron a mirar.

Un batiente desprendido, azotando la ventana, despertó a María Esther de un sueño premonitorio. No hizo más que encender el quinqué de petróleo y cubrirse con el chal, con el que había regresado de casa de sus amigas, y deslizarse en las pantuflas de terciopelo. Bajó las escaleras con el corazón latiéndole en la garganta. En la puerta de la hacienda alcanzó a mirar ya con la luz titubeante del amanecer a dos peones que llamaban a gritos al pie del cabriolé. Corrió hacia allá sin hacer caso de ningún obstáculo y se encontró con los dos cuerpos que aún no habían perdido su calor.

Se dio cuenta inmediata de lo sucedido y ayudada por las fuerzas de las buenas costumbres, se apresuró a borrar toda huella de la huida. Escondió el baulito con las pertenencias de Luz. Con el apoyo de los hombres hizo trasladar los cuerpos a la casa. Los despojó de sus atavíos de viaje. Los bañó para limpiarlos de la sangre y del barro y vistió sus miembros destrozados con ropas apropiadas para amortajarlos. Salió a la puerta de la casa para recibir a Teófilo y avisarle la infortunada noticia de que su hija y su sobrino habían encontrado la muerte cuando pretendían realizar un inocente paseo en terrenos de la hacienda.

Después se dejó caer en una sima de silencio y terror. No volvió a pronunciar palabra nunca más.

La magnitud de la tragedia sobrepasó a Teófilo. Se encontró por primera vez en su vida sin palabras y sin lamentos. Se transformó en una masa pétrea que había que conducir de la mano. Sólo sentía el golpeteo de la sangre contra sus sienes. Se nublaron sus ojos y si no cayó al suelo, fue porque su instinto le gritó que si lo hacía no volvería a levantarse.

Obligó a sus miembros a moverse tratando de ordenar su mente, hasta que la costumbre de la soledad se impuso, al darse cuenta que no contaba con nadie más que consigo mismo para enfrentar la tragedia. Empezó a musitar órdenes para mandar a buscar al sacerdote y al administrador Secades para que trajera al encargado de las honras fúnebres y disponer de los dos ataúdes.

La casa empezó a llenarse de lamentos. María Esther, como un fantasma más, permanecía de pie al lado de sus muertos. Transcurrieron minutos interminables que se convirtieron en horas de espera para al fin encontrar el cauce de lo inevitable.

Esther y Josefina permanecieron encerradas en sus habitaciones, abrazadas la mujer y la niña envueltas en un mismo horror, sin valor para enfrentar a los que llenaban con sus gritos toda la casa.

El entierro fue el duelo de todo el pueblo. Todos parecieron creer la versión del paseo y al día siguiente fueron conducidos con sus ataúdes en las carrozas arrastradas por las yeguas enjaezadas de luto.

María Esther ya no regresó con todos, sólo por señas indicó que seguía acompañada por el sacerdote hasta Querétaro para ingresar al convento de las Capuchinas, en donde recibió el cobijo de las monjas en clausura.

La casa se sumió en un silencio sólo traspasado por lamentos. Toda la fachada, por órdenes de Teófilo, se ornamentó con lazos de luto.

Al día siguiente se empezó el novenario con la asistencia de todo el pueblo. Teófilo tuvo el valor de presidirlo. A Esther no le alcanzaban las lágrimas para llorar a su hermana desaparecida, Jose la contemplaba con el asombro que causa en los niños la muerte y no hacía más que seguirla en sus lágrimas sin poderse explicar tantos misterios que habían ennegrecido la casa; los tres muchachos también ahogándose en sollozos trataban en sus mentes infantiles de explicarse tantos secretos que ni aun entre ellos se atrevían a compartir.

Cuando terminó la última misa fúnebre, Teófilo avisó que se ausentaría por unos días para poner en orden sus posesiones y su mente. Con su ausencia la casa cayó en un marasmo de muerte y sólo se escuchaban susurros y sollozos.

DECISIONES CRUCIALES

35

Las disposiciones de Teófilo semejaban a un testamento. Regresó después de su retiro, emulando a Moisés, con las Tablas de la Ley que desde ese momento debían regir su casa.

Lo recibieron todos con el descanso de una nave que pareciera tocar tierra. La familia con peticiones y quejas, con resquemores escondidos y las esperanzas puestas en su fallo. Salieron a relucir rencores y peticiones y la casa se sentó a esperar el dictamen que determinaría el cauce de sus vidas. Aguardaron en el gran salón de recibir. En el fondo estaba su patriarcal sillón adosado a la pared y la mesa con incrustaciones de marfil cubierta de papeles.

Teófilo había convocado a todos, se sentó rodeado de su familia. En este caso reducida a sus hijos. Esther a su derecha pues ahora era la más grande. A su lado, asida de su mano, la pequeña Josefina con sus ojos miopes llenos de temor. A la izquierda los tres varones que ya empezaban a lucir una incipiente barba. Frente a ellos, ocupando sillones y espacios vacíos, esperaban oír el fallo que determinaría sus vidas. Empleados y sirvientes por orden de importancia. Al fondo, de pie, el personal de servicio.

Todos esperaban las palabras de Teófilo con la respiración contenida. Cuando entró a presidir la mesa, se escuchó un susurro de esperanzas contenidas.

Empezó por sus empleados. Había decidido retirarse del frente de sus negocios. Sólo una vez al mes recibiría cuentas de la marcha de éstos. Para ello empezó por otorgar a Casimiro Secades plenos poderes para la distribución de los cultivos, compra y venta de las producciones agrícolas, así como del tráfico de animales, para nombrar al personal de confianza que hubiera menester. Secades se ruborizó de satisfacción ante esta muestra de confianza, jurándose ser digno de ella. Los tres hijos de Secades también fueron favorecidos: el mayor fue llamado para dirigir los telares, dando cuenta solamente una vez al mes de la marcha de éstos; los otros fueron llamados a dirigir la tienda, con plena potestad. Toda la peonada obtendría un descuento especial. Los trabajadores de la tierra podrían obtener a precio de costo los productos de la tierra que ellos habían trabajado, gozando de una despensa mensual extra que les sería entregada por Agapito y Elodia, a los que ponía al frente. En un local ex profeso, se crearía un dispensario con un local anexo como hospital, además de una escuela para niños y adultos donde se enseñarían el catecismo, las primeras letras y las cuatro reglas matemáticas, bajo las órdenes del maestro que hasta ahora había enseñado a sus hijos.

Él sólo se ocuparía de la botica y rebotica con la ayuda de las dos sobrinas de Agapito y Elodia, sus servidores más antiguos. Teófilo necesitaba tiempo para sus investigaciones de la tierra y sus beneficios tanto químicos como metalúrgicos, para atender las necesidades de salud que requirieran sus servidores como el pueblo en general, con la ayuda profesional del doctor que se había prestado a brindarle su colaboración.

Se levantaría una capilla con la aquiescencia del señor obispo y la asistencia del sacerdote, bajo el patronato de san José de la Montaña, con permiso de la santa sede, que estaba en trámites para bautizos, misas, confirmaciones y comuniones.

Con el tiempo y permiso correspondiente, se destinaba un predio anexo que serviría de panteón consagrado por la iglesia.

Entretanto, la familia esperaba impaciente el fallo que determinaría sus destinos, en manos de su padre. Sólo Esther parecía aguardar con serenidad las decisiones. Josefina se rebullía impaciente asida de la mano de su hermana mayor, hasta que Teófilo dio la venia a sus subordinados de que podían retirarse.

Se fueron poco a poco: escondiendo risitas, algunos con lágrimas, empujándose unos a otros. El señor Secades y sus hijos se atrevieron a darle un abrazo, otros a extender una mano rígida, los más para besar sus dedos, con timidez y respeto. Muy pocos para decirle unas palabras. Un "gracias, patroncito" apenas audible pero todos satisfechos de los dones recibidos.

Teófilo estaba asombrado ante tanta gratitud. Él no les había regalado nada, sólo no les cobraba el fruto del trabajo en unas tierras que él había heredado por casualidad. Todavía emocionado, los despidió esbozando una sonrisa para enfrentarse a las disposiciones que había tomado con respecto a sus hijos, seguro de que también serían cumplidas al pie de la letra.

※
LA FAMILIA
36

La familia escuchó el fallo de su omnipotente padre.

—Los tres —dijo refiriéndose a Teófilo, Salvador y Enrique— partirán mañana al seminario de Querétaro, donde proseguirán, como internos, la educación iniciada en casa. Nada me satisfaría más que eligieran la vida del sacerdocio, pero el tiempo y sus vocaciones las decidirán ustedes mismos. Al terminar sus estudios, sea cual fuera la decisión determinada por sus aptitudes, podrán regresar a mi lado para continuar la obra que consolidará la fortuna familiar. Mientras tanto, y hasta que no se definan sus vocaciones, permanecerán internos. Cada mes recibiré un reporte de la marcha de sus respectivos comportamientos que espero, más bien dicho exijo, tendrá que ser ejemplar para seguir contando con mi apoyo.

Los muchachos se miraron entre sí consternados. Esto significaba que en pleno florecimiento de su juventud se verían obligados a un destierro forzoso. No se atrevieron a replicar ni con un gesto las órdenes de su padre cuya mano férrea tenía el suficiente poder para marcarles su destino.

—En cuanto a Josefina, ya he hablado con la madre superiora del Convento de las Capuchinas cuya orden depende directamente de monseñor Rosas. Entrará también de interna a iniciar seriamente sus estudios.

Ante esta decisión, sí se crisparon las facciones de Esther que, instintivamente, apretó contra sí a la niña que empezó a llorar y a gritarle a su hermana, ya que no se atrevía a hacerlo con su padre.

Esther no se contuvo:

—Pero, papá, Jose es muy pequeña, apenas sabe leer y escribir. Yo puedo perfectamente encaminarla y enseñarla.

—Te equivocas —contestó el padre—, tú eres demasiado blanda con la niña. Además, ella tendrá la prerrogativa de que la podamos visitar cada semana.

A pesar de los sollozos de Jose, su hermana no se atrevió a replicar.

—Como usted mande, papá —dijo, temerosa del destino que se había elegido para su hermana.

—En cuanto a ti, como me has manifestado en otras ocasiones no tener vocación religiosa, permanecerás en esta casa haciéndote cargo de su administración. No es poco esfuerzo, pues sé el trabajo y tenacidad que implica el mantener la casa. Te lo exijo: tendrá que volver a ser la misma que dejó tu madre.

"Tú tía, por sus achaques, la fue abandonando en manos de la servidumbre y si tú no pones orden, lo sabré poner yo mismo.

—Lo que usted mande, papá —contestó temblando Esther.

Así fue determinado el futuro de los hijos de Ludegarda por la voluntad del jefe de familia.

37

Entre todas las disposiciones de su padre, la más difícil para Esther fue la separación de sus hermanos. Con ruegos logró que su padre pospusiera por una semana la partida de la pequeña Jose.

Se dedicó por completo a la niña en este lapso, contándole historias, preparando su ropa, haciéndola reír hasta que aseguró que nunca la abandonaría, que la tenía encargada con el niñito Jesús y que éste la amaba tanto que para sentirla cerca la quería mandar al colegio de monjas.

Sin embargo todo significó para ella un esfuerzo terrible. La llenó de cuentos y de mimos. Le regaló dos muñecas preciosas que habían sido el juguete preferido de Luz y de ella cuando niñas. Le hizo la promesa de visitarla cada semana y le aseguró que si no estaba contenta ella iría a buscarla y se quedarían juntas en el colegio.

El día de la partida amaneció con los ojos hinchados a fuerza de llorar en silencio toda la noche. Así logró hacer que Jose sintiera que su hermana no le fallaría nunca. Hizo lo posible por convertir la separación en un paseo, y hasta le hizo creer que la envidiaba por poder vivir estudiando en ese colegio tan hermoso mientras a ella no le quedaba más remedio que barrer y quitar el polvo de esos muebles viejos y desvencijados.

De cada quehacer que le contaba tenía que hacerse cargo, se disfrazaba con trajes viejos y se ponía pañuelos en la cabeza. Hacia la representación del peso de sus labores tan bien que su hermana acabó por compadecerla.

Logró que su padre le permitiera acompañarla hasta el colegio. Con zalamerías consiguió de sor Brígida, una risueña monja que las condujo con la madre superiora, que cambiara su semblante adusto por otro más risueño. La niña que iba a romper en llanto cuando se iban lo trocó en carcajadas por sus desfiguros y muecas para hacerla reír. Sólo logró contenerse hasta que se cerró tras de ellos la puerta del convento. Ya en el coche, sin importarle la presencia de su padre, se echó a llorar tan desconsoladamente, que éste no tuvo más remedio que calmarla, asegurándole que si la niña se mantenía tan triste la sacaría del convento.

No hubo necesidad. Cuando la fueron a visitar el domingo siguiente, ya Jose se había acomodado tan bien a la vida del colegio, a las monjas y a sus compañeras de clase que Teófilo consolaba a Esther diciéndole que Jose estaba tan bien adaptada que hasta se hubiera negado a irse con ellos.

Esto tranquilizó la conciencia del padre y a ella le facilitó el poderse entregar en cuerpo y alma a su nueva tarea de renovar la casa.

✳
EL REFUGIO
38

Como Ludegarda en su tiempo, Esther inició con sorprendente actividad la reconstrucción de la casa. Un enjambre de sirvientes con sus risitas apagadas la seguía en su labor. Las ventanas biseladas fueron despojadas de cortinas amarillas por el tiempo y sustituidas con telas blancas de encaje recubiertas con terciopelos rojos para la sala, verdes para el comedor.

Retapizó muebles y barnizó mesas. Sustituyó vajillas incompletas por nuevas de porcelana francesa traídas de la capital y de Talavera de Puebla, cubiertos de plata y servilletas de lino, juegos de copas de cristal de Bohemia, mantelería de Brujas. Descolgó cuadros para despolvarlos y escoger los adecuados para cada estancia.

Pulió las grandes fuentes de servir de plata y de cobre. Con varas de membrillo se azotaron las alfombras y colchones. Deshollinó cocinas y pulió balaustradas. Renovó los corredores sustituyendo los antiguos ladrillos por mosaicos decorados. Instaló barandales relucientes en los pasillos y los adornó con macetas de geranios y malvones.

Llenó las nuevas jaulas con canarios, y de cualquier ave que la emocionara con su canto. Colocó macetones con helechos gigantes cuyas puntas dobladas por el peso acariciaban las baldosas de los corredores.

Se reconstruyó la vieja fuente con otra de cantera para que murmurara continuamente. Se enjalbegó la fachada que la reluciente pintura blanca envolvió como un manto donde se advertían claramente, bajo la luz de dos faroles, las letras negras que la caracterizaban con un "Hacienda El Refugio".

Ostentaba un gran aldabón para llamar al portero, lo que además le daba la seguridad de que todo huésped sería bien recibido y toda necesidad cubierta, lo que honraba su nombre como un emblema de El Refugio.

Teófilo miraba todos estos cambios, sin elogios pero con una aceptación tácita que era su mejor manera de alabar.

Le había dado a su hija carta abierta en los gastos y veía con beneplácito que éstos eran los más justificados. La casa revivía y para él tenía un efecto sedante el llegar a ella. Observaba cada adelanto en la obra con creciente orgullo. Casi no hacía ningún comentario. Ni la sombra de un elogio dio a Esther motivo de satisfacción. Pero la hija sabía descifrar sus silencios, a los que estaba tan acostumbrada. El sólo hecho de notar su mirada de complacencia la hacía sentir feliz.

Teófilo, por su parte, también ponía todo su esfuerzo en coordinar sus diversas actividades pero lo que absorbía su mayor interés era la botica y sus investigaciones de herbolaria.

Por disciplina y placer, siempre había sido escrupulosamente limpio y la botica se encontraba reluciente. En cuanto entraba, veía entusiasmado los diferentes frascos de porcelana blanca con letras negras indicando su contenido. Una pequeña balanza y juegos de cucharillas aseguraban la exactitud de las medidas de cada elemento y día a día aumentaba su caudal de conocimientos. El latín aprendido en su infancia le era de gran utilidad para descifrar contenidos y medidas y era su mayor goce cuando al amparo de antiguos códices, encontraba la respuesta. Investigaba también en el campo, de donde traía diferentes componentes tanto vegetales como minerales. No por sus estudios, que eran su mayor placer, abandonó totalmente sus preocupaciones, así que de vez en cuando seguía revisando asuntos de administración de la hacienda o verificaba cómo iba la construcción del dispensario, la escuela y el pequeño hospital.

También se había puesto la primera piedra en la construcción de la iglesia y se continuaban las tareas de la compra de las imágenes, bancos y reclinatorios. Para ello pensaba dar un viaje a la capital acompañado de Esther; quería imágenes de tamaño natural para el altar mayor.

Tampoco él gozaba de un minuto de descanso, pero parecía rejuvenecer con el trabajo, había recuperado el peso perdido después de la tragedia en la que habían perecido Luz y Pepín. Sus largas caminatas por el campo hacían enrojecer su cara lo que le daba un aire de juventud y su paso seguía siendo firme y seguro. El único cambio que acusaba su edad eran su cabello y barba completamente blancas pero sin una sombra de calvicie.

Se advertía en su madurez un aire de firmeza y seguridad y gozaba de una magnífica salud.

Padre e hija no necesitaban de muchas palabras para comunicarse. Se sentían seguros y satisfechos uno del otro, sólo rogaban que el cielo los siguiera favoreciendo con una vida tranquila.

No le faltaban pretendientes a Esther. Tanto hijos de los terratenientes o profesionales de Querétaro se encantaban pensando en que podían casarse con la rica heredera que, además de su belleza, gozaba de la fama de ser poseedora de grandes virtudes. Sin embargo ella, para tranquilidad de Teófilo, se conformaba con la lectura de los libros que había leído su madre y que la hacían soñar con una gran pasión. De todos sus pretendientes, no había uno solo que gozara de su predilección, para el asombro de sus amigas del pueblo que ya hubieran deseado la mitad de lo que despreciaba Esther.

✳

TERCERA PARTE

✳

AMADOR

39

Amador de Campomanes nació en Mieres del Camino, un pueblecito en Asturias. Hijo de un matrimonio de estirpe noble pero pobre. Fue el primer vástago de la pareja, sucediéndole dos hermanos más: María y Alfredo.

Desde pequeño se le notó una desmedida afición por la letra escrita. Aprendió a leer a los cuatro años y desde entonces, siempre se las arregló para tener un libro y un cuaderno a la mano. Esto le ocasionó graves desavenencias con su padre, que lo empujaba a trabajar en las duras labores de la mina. Su madre, hija del descalabro de una condesa, no condescendía con la dureza del padre. Se las ingeniaba para mantenerlo a salvo de la miseria, que como un ave negra sobrevolaba la población. Apoyado por ella, Amador un día salió del pueblo, pues su madre había logrado que lo admitieran de grumete en el barco Marqués de Comillas, que hacía su travesía de Santander a La Habana. Partió con un pequeño atadillo con sus escasas ropas, un cuaderno, un lápiz y un ejemplar de las aventuras de Salgari que su madre le había conseguido en una librería de viejo.

No desarmaron al niño ni jalones de orejas ni empujones. Desde que la costa de España se borró a lo lejos, se le notó esquivando golpes. Era frecuente encontrarlo al amparo de cualquier cobijo con el papel, el lápiz y el libro bajo el brazo. "Sandeces de chiquillo", decían los marinos que lo descubrían, pues tenía unos ojos negros tan brillantes y sus modales eran tan zalameros que lo dejaban vagar a su antojo, evitando las tareas más arduas y enseñándolo a esquivar golpes y manotazos.

—Pero es que este mocito no sirve para nada —decían los marineros al verlo tan inocente y confiado, tan entregado a su labor de escribanía que les provocaba más lástima que rabia y lo dejaban hacer su voluntad. Afortunadamente la travesía fue en una mar tranquila. Aliviados, divisaron la silueta del Morro de La Habana que les señalaba el camino con sus linternas de luces.

Amador no hizo más que desembarcar y se perdió por las calles de La Habana cargando su atadillo con una mano y con la otra el libro, el cuaderno y el lápiz. Durmió en un portal donde le dieron cobijo y dejó las pocas monedas que le habían pagado. Cuando el hambre lo acució comió un buen potaje de garbanzos con chorizos y patatas. Empezó a caminar al azar, cuando sus ojos, siempre abiertos a lo inesperado, descubrieron un edificio de paredes blancas donde un gran letrero anunciaba la entrada de El Imparcial, un periódico que se dedicaba a ensalzar las virtudes de España y a tildar de desagradecidos a los criollos que pugnaban por la libertad de la isla.

Entró decidido a pedir trabajo y, sin más, le pusieron una escoba en la mano. Empezó barriendo las salas de los redactores y llevándoles humeantes las tacitas del retinto café criollo cuyo aroma perseguía con ansia. Trabajaba duro y ganaba poco pero el olor de la tinta y el papel de imprenta, las agitadas conversaciones de los redactores, la llegada de algún rezagado que se hacía perdonar por traer buenas noticias, lo iban llenando de ilusiones de poder algún día ser uno de ellos. Así las cosas, mal comido y durmiendo a la sombra del periódico, se acostumbró con tal gusto a su trabajo, que no lo hubiera dejado. "Aunque me ofrecieran mejores oportunidades", se decía así mismo, algo que, naturalmente, no ocurría. Con el tiempo, llegó a llamar la atención aquel chiquillo que estaba en todas partes y que, a pesar de su corta edad, recorría con avidez todas las noticias y hasta se atrevía a comentarlas. Un buen día se acercó al redactor en jefe y le pidió que leyera algo que había escrito. El hombre que estaba de buen humor y al que siempre le había hecho gracia el chiquillo, aceptó leerlo y le dijo que lo haría cuando tuviera tiempo.

—No, ahora —le contestó Amador con una voz grave que ya denotaba su adolescencia; había tanta seguridad en ella y tanta súplica en sus ojos que el jefe accedió a hacerlo. Era una crítica tan certera y profunda de una situación acaecida el día anterior, que el hombre levantó los ojos y le preguntó con fuerza:

—¿De verdad lo escribiste tú?

—Póngame a prueba —le contestó el muchacho sonriendo— y le hago otra de algo que acabo de enterarme.

En silencio el hombre le puso el papel y la pluma a su alcance y lo vio escribir, con precisión y detalle, la mejor crónica que había leído en mucho tiempo. Trataba de un caso en que un negro había sido salvado por dos blancos hispanos de la persecución de otros mulatos que decían haber sido robados, cosa que había sido falsa, como se comprobó. El negro no sabía cómo agradecer a sus salvadores y se ofreció a servirles de esclavo, cosa que estos no aceptaron y por el contrario le ofrecieron libertad y trabajo. En esta forma logró Amador a sus catorce años entrar a la redacción de El Imparcial.

"Así era Amador" —lo recordaba su hija Juana con el orgullo que éste le provocaba. Sin embargo, la familia tenía la idea de que él, más que escritor, había sido hombre de negocios. Pero el recuerdo lo mantenía como "forjador de sueños que hacía realidad gracias a su talento".

SOLEDAD

40

Cansada de su trajín, después de la merienda y el rosario, con la sola luz que salía por la rendija del estudio de Teófilo, Esther recorría toda la casa. Su silencio la transportaba a los gritos y algazara que provocaban en los salones y recámaras, ahora desiertas, las risas y las voces de sus hermanos. Le gustaba pasar su mano suave por las maderas recién pulidas de los muebles. Se sentaba a comprobar el muelleo de los sillones.

Le confortaba el olor a pintura que le llegaba de las paredes. Acariciaba las carpetas tejidas a mano que resguardaban los brazos de los sofás y el olor de las flores que le llegaba por las ventanas, unido a las que cobijaban los esbeltos floreros. Se sentía satisfecha de su labor. La casa resplandecía como en sus mejores tiempos.

En los huecos de sus esquinas había quedado el eco de las voces infantiles, del tintineo de la risa de su madre, del roce de los vestidos de la tía. La casa parecía despertar con sus recuerdos y sonreír con sus ropajes nuevos. El reloj, una columna de porcelana suiza, hacía sonar las horas, y una dulce somnolencia le hacía llegar el tiempo. Como una sombra se deslizaba hasta el boudoir que había sido de su madre, junto al cual la esperaban los anaqueles de libros que Ludegarda olvidara en sus tiempos de madre de familia, muchos de ellos prohibidos por la iglesia. La llamaban a conocer mundos desconocidos. Así se sumía en la lectura de Pérez Galdos, de Dumas, de Zola, que le ampliaban el horizonte de muchacha pueblerina y abrían su imaginación a otros mundos lejanos y desconocidos.

Muchas veces la sorprendió la madrugada, y recordando sus quehaceres matutinos, le dedicaba dos o tres horas al sueño para reemprender sus labores.

Así, entre el trabajo y las lecturas, le fue ganando el silencio y la soledad.

✳
"AY"

41

El Imparcial era un periódico con tendencias colonialistas en el que todos los redactores eran peninsulares. Su objeto era resucitar entre los criollos el amor a España que había hecho de Cuba su hija predilecta, la ingrata que la quería abandonar después de los favores recibidos. La Perla de las Antillas, la que Colón descubriera como "la más fermosa tierra que ojos humanos hayan visto". La madre patria lloraba por la ingrata que luchaba por independizarse cuando había sido la escogida, la bien amada. De este tenor iban todos los artículos, además se hablaba de los bien urdidos beneficios que ésta les había otorgado. Amador era de los más ardientes reporteros en hacer destacar los beneficios que reportaba a Cuba seguir dependiendo de España. Era ya redactor en jefe y muchas veces había recibido amenazas de los independentistas, a los que acusaba de ingratos y traidores. Después de cada insurrección venía un artículo candente condenando la ingratitud en lo que para él no era una atadura sino un lazo.

Un buen día escribió uno que se hizo famoso y al que tituló "Ay". Era una queja doliente de una madre a la que le arrebatan a su hija predilecta. Estaba tan bien escrita que llegó a muchos corazones. Fue este artículo el que prendió la llama que puso su vida en peligro.

Al filo de la madrugada, después de haber recorrido cafés y tugurios en busca de noticias, regresó a la casa de huéspedes de una española que sólo recibía hispanos y en la que la comida y la habitación le costaba a él casi nada, pues para ella Amador era como el hijo que nunca había procreado. Tomó el camino del muelle cuando notó que lo seguían. Apresuró el paso, pero la asfixia provocada por el férreo brazo de un negro le impedía todo movimiento. Era seguido por tres o cuatro más.

—¿Así que España se queja? ¿Y nosotros, desgraciado, que seguimos siendo esclavos, a nosotros también nos ama la madre patria?

A pesar de la fuerza hercúlea del negro, Amador logró desasirse lo suficiente como para asestarle un codazo en plena boca del estómago y echó a correr a todo lo que le daban las piernas. Lo persiguieron pero pudo llegar a la orilla del mar y se escondió tras una bolla para esperar la ocasión de huir nadando, si era preciso. Luego empezó a correr con la intención de echarse al mar, cuando varios tiros de escopeta lo pararon en seco. La bala le atravesó la rodilla, lo habían herido con arma de fuego que asustó tanto al que lo desarrejó como al que lo había recibido, que quedó detrás de su escondite, hecho un ovillo. Se oyeron voces y los ajustadores de cuentas huyeron.

Cuando recobró el sentido, estaba en la bodega de un barco carguero. Un hombre barbado, alto como una estaca, trataba de restañarle la herida, hundiendo en ella trapos húmedos que salían empapados en sangre. Volvió a perderse en un mundo fantasmal del que salió a los tres días ya con la herida vendada. También en la frente tenía trapos húmedos, los labios menos resecos con agua que sacaba el hombre de una vasija.

—Quieto, muchacho —le dijo—, creo que ya ha pasado lo peor, te ha salvado tu juventud.

—¿Cómo te llamas? ¿Quién eres tú?—le preguntó el muchacho.

—Baltasar —le contestó el hombre—. ¿Para que quieres saberlo?

—Para bendecirte todos los días que me queden de vida. ¿Dónde estamos?

—En alta mar. Te tengo escondido en una bodega para que no se dé cuenta el capitán.

—¿A dónde vamos?

—A Veracruz, un puerto de México.

Amador lanzó un suspiro de descanso.

—Entonces, ¿estamos a salvo?

—En alta mar nunca se pregunta eso, pero sí, creo que estamos a salvo.

Al tratar de levantarse, le dolía la herida de una manera atroz. Su juventud, su fuerza y el deseo de vivir le salvaron la vida, no así a su rodilla hecha astillas, que lo dejaría medio cojo para toda la vida. Le pidió papel y lápiz a su bienhechor y empezó a escribir un largo poema que llamó "Perdón", en el que le pedía perdón a Dios por su ceguera, por su orgullo. No sólo perdonó al negro que lo había herido, sino que sus palabras taladraban su mente. ¿Y los esclavos? Tenían razón en haberlo perseguido y hasta en haber pretendido matarlo. Había luchado por una causa injusta. España no era la madre amorosa que él había creído ver.

En ese poema reconocía el derecho del hombre para regirse por el don más preciado que tenía, la libertad, y si lo olvidaba, tendría su cojera para recordárselo.

42

Cuando llegaron a Veracruz, Baltasar se las ingenió para conseguirle unos pantalones que no desentonaran tanto con su camisa y chaqueta, que estaban intactos. Afortunadamente para Amador, acababa de cobrar en el periódico y en un saquito guardaba las monedas de oro que le habían pagado, no muchas pero sí las suficientes para subsistir por un tiempo. Las sacó para darle unas a su salvador y recompensar en algo lo que no tenía precio. Pero éste no quiso recibir ni un céntimo.

—No le quites mérito a lo que he hecho por ti. Yo no necesito el dinero. El precio sería demasiado alto. No hay nada que me recompense de la felicidad de haberte salvado la vida. Lo único que espero y deseo es que seas un hombre de bien, dispuesto siempre a ayudar a su prójimo en la desgracia.

A Amador se le llenaron los ojos de lágrimas y con un último abrazo, sellaron lo que habría de ser un pacto para toda la vida: "Socorrer al caído".

Baltasar lo sacó a escondidas, a media noche, cuando ya el carguero había entregado su mercancía y hasta le dio unas palmadas en la espalda para animarlo a seguir.

—Esta noche entra a ese lugar —le dijo señalándole una casa que no estaba lejos de los muelles—. Se llama El Mesón del Puerto. Pregunta por Benigna. Ella te dará alojamiento. Dile que vas de mi parte.

Amador se despidió con un abrazo de quién había sido su salvador, y se lanzó rengueando con el apoyo de un rudimentario bastón que también le procuró Baltasar, hasta llegar a una casa de adobe con techumbre de paja y un portal en donde se refrescaban, a la brisa de la noche, una mujer morena ya madura y un hombre muy anciano. La mujer conservaba la agilidad de la juventud y se aprestó a conducirlo a un banco que lo acercaba a una mesa, en medio de la cual deslumbraba una jícara llena de frutas tropicales.

Amador se sentía confuso y harapiento pero fue bien recibido en cuanto pronunció el nombre de Baltasar. La mujer quiso ayudarlo pues era muy reciente su cojera y caminaba con lentitud. Sin hacerle preguntas le sirvió un caldo de camarón que casi no pudo probar por ardiente y picoso, pero lo reconfortó. Después le sirvió en un plato de barro, arroz blanco, frijoles negros y plátanos maduros fritos. Un rimero de tortillas que Amador nunca había probado, pero que le parecieron deliciosas ante las risas de la mesonera que tuvo que enseñarle como comerlas. Después de alimentarlo lo condujo a un catre de paja y, ante la insistencia de Amador por un baño para asearse, le prometió que después de dormir, cuando despertara a la mañana siguiente, le tendría un balde con agua fresca.

—Mientras tanto —le dijo—, déjame verte la herida.

Sin hacer aspavientos se la lavó cuidadosamente y la cubrió con hojas húmedas de un árbol que casi estaba al alcance de la mano.

Cuando descansó su cuerpo sobre la paja fresca, era tal su agotamiento que no oyó ni sintió a los mosquitos que llegaban por decenas.

Al día siguiente y después del baño que le había prometido, la mujer le volvió a curar la herida, con lo que Amador se sintió un hombre nuevo. Engulló, sin más preámbulos, el suculento desayuno de frutas frescas y huevos fritos con los imprescindibles plátanos y tortillas acabadas de sacar del comal.

Salió hacia el centro siguiendo las indicaciones hasta encontrar una tienda, no muy lejos de los muelles veracruzanos, donde encontró ropa interior, unos pantalones de dril y una camisa holgada y fresca a su medida. En un puesto cercano se hizo de un buen bastón y salió remozado con el ánimo de encontrar un buen trabajo.

SAN JOSÉ DE LA MONTAÑA

43

Mientras Esther remozaba la casa, Teófilo había iniciado la construcción de la capilla. Escogió un lugar ideal justo debajo de la montaña que circundaba el valle, bañado por un venero. Fue construida totalmente a su gusto con las mismas piedras que formaban el basamento del monte, pero la rodeó de ventanales que dejaban pasar una luz incandescente.

Era pequeña pero acogedora. Con los conocimientos que adquirió desde el convento, con nociones también de astronomía, calculó el efecto de la luz y el agua sobre los ventanales, lo que la convertía en una vasija de colores.

Hizo traer el mármol de Querétaro para la confección de los altares. El principal contenía el sagrario con sus copones para las hostias y justo atrás la figura de san José, que había comprado ex profeso en el convento que fuera de las Josefinas en tiempos de la colonia. Era una talla de madera antigua de tamaño mediano, con vestiduras verdes y doradas. Llevaba en la mano un ramo de azucenas y un cayado. Debajo de la estatua estaban la virgen y el niño reposando en un nidal de paja, pero lo que más llamaba la atención era la mirada del santo arrobado ante el milagro del que era parte y del que se sentía protector.

Era el único altar de la iglesia. En las paredes de los lados escenas del Vía Crucis en un fondo totalmente pintado de blanco. Sólo los bancos de cedro, el púlpito del oficiante, un confesionario y la puerta de la pequeña sacristía eran de madera.

Escogieron para estrenarla el día que Josefina hizo la primera comunión y todas las monjas y sus compañeras fueron invitadas.

La niña resplandecía ante tantos agasajos y con su timidez habitual corría de los brazos de sus maestras a su familia. En cierto momento, se atrevió a decir a Esther en voz muy queda:

—¿Y de mi hermanita Jose, qué?

Teófilo la escuchó al parecer imperturbable pero sus ojos se llenaron de lagrimas, pues había pedido el milagro que apareciera su otra hija, la desaparecida, llevada por la mano de Cósima, cuya ausencia se le hacía a veces muy dolorosa y de la que, a pesar de los años, se seguía sintiendo culpable.

UN CAMINO ABIERTO

44

Caminando lento, sin acostumbrarse al bastón ni al escozor de la herida, llegó Amador a Los Portales de Veracruz. Lo recibió el bullicio de los vendedores ambulantes y de las conversaciones en voz alta de los transeúntes. Acostumbrado como estaba al tráfico incesante de La Habana, se sintió en un ambiente ya conocido, y esto levantó su ánimo, algo no muy difícil a su edad.

Veracruz se parecía a La Habana, tanto en el clima como en el ruido, pero en el puerto mexicano sobresalía una intensificación del color que se hacía notar en la vestimenta de los indios, con sus blusas bordadas en colores fuertes, como si la paleta de un pintor las hubiera iluminado. Sobretodo le sorprendió la metálica voz de la marimba que sobresalía triunfante sobre los demás ruidos de la calle. El café de La Parroquia, repleto ya de una clientela alegre y despreocupada, con su tintinear de los vasos de café con leche, lo atrajo en el momento en que comprendió que su pierna herida le aconsejaba reposo. Se sentó y fue atendido de inmediato por un mesero joven que le colocó enfrente un vaso espumeante de la bebida y uno más pequeño con agua helada. Se sintió encantado y optimista. Un bolero se le acercó a limpiarle los botines de charol que ya la caminata había ensuciado. Desde su salida forzosa de La Habana no se había sentido tan reconfortado. Pero pronto recordó que su viaje no había sido de turismo y preguntó al mozo por el mejor periódico y la ubicación de sus oficinas. Se enteró que las instalaciones de El Dictamen sólo estaban a media cuadra, y que mucha de la clientela del café eran los reporteros y redactores que aprovechaban su tiempo libre para sentarse a cambiar impresiones, bajo el aire fresco proveniente de los ventiladores eléctricos. Todo este ambiente lo llenó de optimismo y lo empujó a levantarse, pues lo primero era lo primero, y le urgía empezar a trabajar.

Entró a la sala de redacción del periódico bajo el amparo de sus propios méritos, aunque no contaba con ningún papel que lo acreditara como periodista. Se presentó con seguridad y fue visto con desconfianza. Su acento peninsular no era un buen pasaporte a pesar de la abundancia de españoles en el puerto. Eran muy bien recibidos como industriales, vendedores y en toda clase de comercio tenían fama de trabajadores. Pero eran muy mal vistos en todo lo que concernía con la marcha política del país, ya que se guardaba el recuerdo del dominio de España y por primera vez México empezaba a vivir una época de paz y prosperidad que los enorgullecía. No querían volver a los tiempos de la injerencia extranjera.

El secretario del director lo previno de que, para lograr la entrevista, tendría que esperar mucho tiempo. Pasó más de una hora para que lo recibiera, con una distante cortesía, el subdirector. Una actitud distante que se hacía más notoria ante las recomendaciones que Amador daba de sí mismo. Con la agudeza de su ingenio y aplomo, habló de sus capacidades, pero con la misma cortesía que fue recibido fue rechazado. Veracruz no era La Habana.

Bajó las escaleras un poco desanimado y, antes de emprender su búsqueda de otro periódico, se detuvo para regresar al café a tomar aliento. Una sorpresa grata lo esperaba. Con un vaso lleno hasta el tope de la espumosa bebida y con un puro en la boca, reconoció al que había sido su mejor amigo en tiempos mejores: Leopoldo Cavanzo.

Polo era un criollo con una magnífica estampa varonil, muy alto e impecablemente vestido de lino blanco. Atraía las miradas femeninas y las conquistaba con una facilidad asombrosa, hasta que en una fiesta en el Centro Gallego de La Habana se encontró con la horma de su zapato. Conoció a Clotilde, quien llegaba de Europa en compañía de su familia para pasar un mes en La Habana, y después regresaría a México. Por primera vez, Leopoldo sintió el atractivo de la mujer que había soñado toda su vida, pero ella lo miró con una gran indiferencia, lo que acució su deseo de conquistarla. Después de varios intentos, logró que le concediera un danzón en cuyo baile se consideraba maestro. La muchacha lo siguió con singular habilidad pero sin dedicarle la menor sonrisa. Esto motivó que el interés de Leopoldo por ella se intensificara y, valiéndose de amigos comunes, hizo que su padre accediera a que los tres dieran un paseo por las calles habaneras. Se recomendó a sí mismo como el mejor guía que podían encontrar.

Los invitó a almorzar al día siguiente al sitio donde se preparaban los mejores platillos y bebidas de la cocina cubana. Durante el almuerzo sacó a relucir todos sus encantos de buen conversador y, como les prometiera, los llevó a los rincones más desconocidos y bellos de la ciudad de las columnas. Lo más que logró de parte de la muchacha fue una sonrisa de agradecimiento. Pero el padre de ella, ya en el vestíbulo del hotel, lo invitó a tomarse una copa con ellos y comer un bocadillo. Esto fue esperanzador, y desde ese momento Leopoldo no se desprendió del lado de la que ya consideraba iba a ser su mujer. Ella fue cediendo poco a poco pero puso como condición para casarse con él vivir en México.

Pudo más el amor que todo. Él era huérfano y lo único que lo ataba a Cuba era el natural afecto por la patria. Fue así como nada más esperaron la lectura de las amonestaciones que tenían que hacerse en los dos países para contraer matrimonio. Polo empezó su vida en México con mucho desconcierto pero, pronto, con las amistades de su suegro, se metió de lleno en la colonia española y en el negocio de los seguros. Era la época en que se iniciaba el mandato de don Porfirio, lo que parecía traer una paz duradera y un porvenir abierto.

El asombró que sintieron los amigos al encontrarse en La Parroquia fue mutuo, así como la alegría del encuentro. Varios años mayor, Leopoldo solía ser su protector y darle consejos desde su época común en los periódicos de La Habana. La confianza de tantos años dio pie para que Amador le contara toda la aventura de su salida de Cuba, con sus dramáticas consecuencias. Y después pasó a narrarle cómo no le habían dado la menor esperanza de conseguir trabajo como periodista, el único terreno donde sabía desempeñarse.

—Ahora estoy cojo de por vida —le confió—, en un país extraño y sin ninguna recomendación que me acredite como buen redactor. La recepción en el periódico fue muy fría y distante, no mostraron el menor interés aunque les hablé de mi experiencia y les sugerí que me tomaran a prueba.

—No me extraña nada —contestó Leopoldo—. Como dicen en Cuba: "No todo es soplar y hacer botella". En primer lugar, tu acento peninsular no te ayuda nada. Yo ya hace tiempo que ni por asomo me acerco a la redacción de un periódico. Pero tengo algo mejor que ofrecerte. En México, con el aumento en la producción, ha prendido la idea de los seguros... Se asegura todo: las haciendas, las fábricas recién fundadas, los latifundios que se empiezan a fraccionar. Yo dependo de la Lloyds de Londres y acabo de asegurar un ingenio en Tlacotalpan. Tú serías un magnífico vendedor, tienes una labia que convence y te extrañaría saber cuantos compatriotas nuestros se han enriquecido y cuantos estarán dispuestos a ayudarte.

"Aquí tu vida cambiará, un mundo nuevo lleno de sorpresas, éste país está saliendo del marasmo en que lo han sumido desde su independencia todos los impedimentos y al fin parece haber encontrado su rumbo definitivo. Tenemos ante nosotros un campo abierto, minas de oro y plata, cumbres nevadas, maderas seculares, mármoles más bellos que si fueran de Carrara, artífices de mascaras de cobre, artesanías de oro y plata, frutos tropicales, volcanes y desfiladeros, un mundo nuevo se abre a tus ojos.

"Hoy por la tarde, después de que almuerces conmigo, iremos a los muelles que desembarcan las mercancías más exquisitas de Europa y se llevan los tesoros de oro, plata y cobre. Las maderas de caoba más finas, los costales de frutas tropicales aún verdes, los sacos de cacao y de corcho. Verás pronto que en este país abren fábricas y telares, se cosecha el maíz, el trigo, el café y el azúcar, en fin, todo el trueque de ambos mundos. Aquí hay de todo hermano, se cría ganado y se curten pieles, yo te voy a abrir un mundo nuevo con el único riesgo de convencer a los propietarios que lo que tienen que hacer es asegurar sus bienes.

"Como mi mujer es celosa y está embarazada, acabo de conseguir que me den un puesto central en la Ciudad de México y te puedo ceder mi cartera de clientes. Con tu labia que siempre te ha sobrado y la lista de ricos hacendados que te voy a proporcionar, en menos de cinco años te haces rico o yo me quito el nombre. Mañana a las ocho de la mañana me voy a la capital en el tren diurno, ven conmigo, en el camino verás parte de lo que es México. Te instalo en el mejor hotel y te habilito de la mejor ropa para presentarte a la gerencia. Pasado mañana ya serás un hombre tocado por la fortuna...

Amador no sabía si reírse o llorar, pues el cambio de su suerte era tan brusco que no se cansaba de agradecer a Dios de haber puesto en su camino a Polo justo en el momento en que parecían abalanzarse sobre él todas las desdichas.

Después de visitar los muelles, dieron cuenta de una buena cena en el Casino Español, y ambos se entregaron al sueño en sus respectivas habitaciones. A la mañana siguiente, después de que Polo mandara un telegrama a su mujer para anunciarle que pronto llegarían, entraron al tren con sendos boletos.

No le había mentido Polo en cuanto a lo grande que sería su asombro a la vista del paisaje que se abría ante sus ojos. Desfiladeros inmensos cuajados de nieve de los volcanes, árboles seculares que ascendían de profundas cimas a columbrar el cielo. El tren parecía ser sólo un juguete ante la inmensidad de la naturaleza y en cada estación, un asombro más al ver salir de la oscuridad de la niebla a indios vestidos con extraños ropajes que cubrían con sarapes de lana, ya del color del borrego o de distintas tonalidades, las mujeres embozadas con chales o rebozos, todos calzados con huaraches y sacando las manos de su embozo para ofrecer mercancía variada: juguetes artesanales, bebidas de la región, frutas o tamales de chile y dulce, alzando sus voces graves o agudas en un diapasón que ascendía o descendía como el sonido de una flauta, voces acostumbradas a ofrecer, a suplicar, a pedir por unos cuantos reales el trabajo de toda una semana con sus manos toscas y morenas. Amador no sólo le inspiraba admiración, sino ternura, por su trabajo y su entrega.

Llegaron a la estación de Buenavista cubierta de cristales y emplomados llena de pasajeros y vendedores. A unos cuantos pasos de la entrada ya esperaba la berlina con el cochero y su esposa embarazada con un gorro de piel pues se sentía frío en esa mañana de febrero. Los esposos se abrazaron felices como si hubieran sido meses en que no se habían visto, pero pronto Polo alargó un brazo hacia Amador para hacer la presentación de su esposa.

Dicho y hecho, lo dejó en las puertas del hotel Ritz. Sacó Amador el valor que le quedaba para despedirse de su amigo y entró decidido a registrarse en el hotel. Si notaron algo provinciano en su aspecto no lo dejaron ver y le dieron una habitación pequeña pero confortable.

Polo le dijo que pasaría por él a la mañana siguiente para iniciar su nueva vida.

45

Leopoldo pasó por su amigo, como lo había prometido. Después de un opíparo desayuno, al ver que Amador le empezaba a calar el frío, pues su atuendo tropical no lo protegía, lo condujo a una tienda inglesa que se acaba de inaugurar, High Life, donde lo habilitó de un guardarropa adecuado. Dos trajes de lana inglesa en distintos tonos de gris, dos sombreros de fieltro de moda en la época, dos pares de zapatos con polainas blancas, varios juegos de ropa interior de lana, camisas de un color neutro y dos anchos corbatones lo convirtieron en un caballero de porte. No le faltó ni el bastón de ébano coronado con una bola de marfil.

Ante el ademán de Amador de sacar su gastada billetera, Leopoldo le dijo:

—Mira, hermano, mientras no obtengas ingresos, tus gastos corren de mi cuenta, y estarás listo para presentarte en el Banco de Londres y México que está en la misma calle. Ahí se ubica la central representante de Lloyds de Londres. Te aseguro que, con mi recomendación, te aceptarán de inmediato y después estás invitado a comer en mi casa, con toda mi familia.

Lo primero que hizo Amador al regresar al hotel, después de esa mañana, fue darse un baño, regado de agua de colonia que le habían recomendado como la más sutil, y salió a caminar. Recorrió la calle de Plateros de arriba abajo, admirando el lujo de sus tiendas y joyerías y se prometió conquistar ese mundo tan diferente de lo que había vivido hasta entonces. Se paró enfrente del Banco de Londres y México, jurándose que muy pronto sería un ejecutivo. Se detuvo en su excursión sólo unos momentos para entrar a la iglesia de La Profesa a pedir al cielo protección y después de una cena en el Prendes, que roció con un buen vino de la casa, se retiró al hotel a prepararse para su nueva labor, con todo el optimismo de su juventud, que le hizo hasta olvidarse que para el resto de sus días sería el Cojo Campomanes.

EL AMOR

46

Amador se enamoró de la hacienda El Refugio apenas la vio, en cuanto se bajó del cabriolé que lo había llevado desde Querétaro, respondiendo a la cita que le concedió Teófilo Dorantes. Sus paredes blancas y la puerta de roble macizo con sus dos aldabones, a pesar de su sobriedad, no desdecía de la hospitalidad que parecían brindar los balcones llenos de macetas que la adornaban.

A los dos aldabonazos fue abierto el portón por un indígena vestido de manta blanca que lo introdujo de inmediato al patio donde lo recibió el revuelo de las golondrinas y el perfume de los jazmines que provenía de la huerta. Le pareció ver una silueta de mujer que se perdía en un recodo del pasillo y sin saber porqué el corazón se le fue tras ella.

Fue conducido directamente hasta el estudio de Teófilo que lo esperaba ya en la puerta, y la impresión fue mutuamente agradable. Se presentaron sus saludos y sus tarjetas, que siguió de un fuerte apretón de manos.

Amador había empezado a trabajar por la ruta del centro. Con las recomendaciones otorgadas ante el gerente de administración de Lloyds por su amigo Polo, y con su innata cortesía y su hablar pausado, fue sometido a un adiestramiento en labores que asimiló más pronto de lo que tanto él como su amigo y la gerencia esperaban. Se le dio una ruta relativamente corta en el centro de la república y acababa de asegurar un rancho en Tequisquiapan. Los dueños quedaron tan satisfechos con sus planes que lo recomendaron ampliamente para que tratara con Teófilo Dorantes y asegurara sus tierras, que eran de la mayor importancia en la región. Amador telegrafió a Teófilo exponiéndole su propósito de tener una entrevista con él y éste se la otorgó de inmediato.

Era Querétaro el centro de sus operaciones y el de Tequisquiapan el primer seguro que vendía. Atribuyó a éste el optimismo que le latía en las sienes y que hacía extender ante sus ojos un panorama lleno de éxitos. Necesitó desplegar todas sus habilidades pues Teófilo, ante quien hablaba, lucía imperturbable con los ojos fijos en él y ni la sombra de una sonrisa distendió sus labios. El tintinear de una campana avisó la hora de la comida.

—Me agradaría mucho —le dijo el dueño de la hacienda— que nos acompañara a comer. A mí las cosas me gusta asimilarlas con la lentitud correspondiente a su importancia. Si se nos hiciera tarde, inclusive le pediría que fuera nuestro huésped esta noche, siempre que no se interponga con sus compromisos previos.

Aceptó Amador de inmediato y agradeció la invitación. Pasaron al comedor que, como toda la casa, le pareció magnífico. En el lugar junto a Teófilo les esperaba la mujer con la belleza más perturbadora que le hubiera sido dado imaginar. En efecto, Esther estaba particularmente bella. Su cabello castaño adquiría todos los matices, suelto sobre los hombros. Vestida de luto entero que dejaba apreciar como un maniquí su cuerpo ajustado en su busto firme, cintura estrecha y una mantilla blanca que cubría sus hombros.

Le costó a Amador reprimir la impresión que le había provocado su belleza, con voz grave le dio un "buenas tardes" como un susurro y ella contestó con un "bienvenido a su casa", y le pareció al forastero que de esa manera recibían los ángeles en el cielo.

Fue agasajado con una magnifica comida perfectamente bien servida por dos indígenas, vestidas de manta blanca y sus blusas de colores. Tal parecía las hubieran tallado con cepillo de tan limpias y que la comida prometía ser tan suculenta por los olores que venían de la cocina como los vinos españoles que Amador sabía apreciar. Pero no era hombre que se dejara deslumbrar fácilmente y encauzó la conversación hacía otros temas.

—Conque es usted español —le dijo Esther—, cuénteme de su tierra, durante la comida no se debe hablar de negocios.

—De mi tierra no sé mucho, señorita, pues antes de venir a México estuve viviendo por unos años en Cuba. Aunque sí tengo noticias certeras por las cartas que recibo y por libros editados allá. Entre unos y otros procuro estar al corriente de lo que sucede en mi patria.

—¿Lee usted mucho? —preguntó encantada Esther—. Le puedo decir que es doblemente bienvenido pues leer es mi pasatiempo favorito. —Y entre sonrisas, miradas y comentarios transcurrió la comida.

—Esther, Esther —le dijo Teófilo fascinado de oír reír a su hija—. No comas ansias. He invitado al señor Campomanes a ser nuestro huésped y él generosamente ha aceptado. Por ahora confórmate con lo ya dicho, pues el señor y yo vamos a estudiar papeles en mi estudio, y mañana si su tiempo lo permite quiero llevarle a conocer toda la hacienda.

Al retirarle la silla en que Esther estaba sentada, le llegó a Amador el olor a nardos y le costo trabajo contener el temblor de manos con que se despidió.

—Entonces, hasta la noche —dijo la muchacha sin poner reparos. Teófilo, a pesar de los celos incipientes por el entusiasmo de su hija, se alegró porque al fin había oído la risa cantarina de Esther.

✳
ENTRE JAZMINES Y NARDOS

47

E sa tarde, Teófilo y Amador se ocuparon de papeles y títulos a los que llegaban con maestría de conocedores y todos convergieron en un buen acuerdo.

Cuando sonó la campana llamando a la mesa, los dos cerraron sus folios admirados cada uno de la maestría del otro y para ambos fue merecido un descanso que les permitía salir del mundo de los negocios, cada uno con la figura de Esther en su mente.

Cuando la vieron entrar al comedor los dos se estremecieron, Amador con el deseo de la posesión, Teófilo con el temor de la pérdida. Con Esther llegó el perfume de nardos y jazmines que la precedía. Ésta se había pasado toda la tarde revisando su guardarropa. Después de haber sufrido la muerte de su hermana mayor y de su primo, no había querido quitarse el luto, lo que además era muy bien visto entonces, pero para esa noche escogió un vestido de muselina punteado de margaritas blancas con pistilos amarillos. Tejió sus cabellos con perlas del río y hasta se atrevió a colorear ligeramente sus labios y mejillas, lo que no hubiera sido necesario pues en cuanto vio los ojos de Amador fijos en ella un rubor natural la cubrió desde las mejillas a la frente.

Amador la vio entrar con los ojos brillantes de admiración. Una nube de temor nubló los de Teófilo.

Un elemento perturbador había entrado con ella, la lucha ancestral de la posesión y la perdida.

Esther brillaba como si hubiera bajado una estrella sólo para colocársela como una flor más, adornando su escote. La cena se prolongó entre las conversaciones de los dos hombres. Esther casi no abrió los labios pero sus ojos brillantes y su sonrisa daban cuenta de que su mundo interior, tan femenino y suave, parecía ser turbado por una tormenta. Sin embargo la velada acabó temprano.

Teófilo se levantó primero, diciendo que su huésped tenía que descansar pues por la mañana lo llevaría a recorrer sus posesiones. Le dio por habitación la que era de sus hijos y lo dejó en la puerta con un "buenas noches" contundente.

Esther entretanto corrió a encerrarse en su cuarto, todavía decorado con motivos infantiles y procedió a desvestirse mirándose con rubor en el espejo donde le parecía encontrar a una mujer nueva a la que recibía con temor pero sin ceremonias. Se acostó lamentándose de una tan corta velada.

Durmió poco y mal pues se despertó enredada en la madeja de sueños inconclusos y despertó temblando, sintiéndose vivir entre los fuertes brazos del extranjero.

Teófilo temblaba un poco al desvestirse. Para él la pérdida se hizo tan real y tangible que empezó a pensar en la despedida. Sabía que tenía en sus manos evitarla. Esther era y había sido siempre la mejor de sus hijos. Un lazo poderoso de amor y entendimiento los unía y sabía que, aunque se le partiera el corazón, su hija no lo dejaría si él se lo ordenaba, pero podía más su amor que su egoísmo. Era consciente de haber sido el ojo del huracán de muchas tormentas y juró ante el altar que había sido de su esposa que si el extranjero la merecía, la dejaría ir aunque se le partiera el corazón.

Amador fue el más feliz de los tres. Para él las cosas eran más claras que el agua. Esa mujer le pertenecía porque ya la había hecho suya su corazón y su mente. Se prometió cortejarla como a una quinceañera y después hacerla su esposa ante Dios y ante los hombres. Ella, sólo ella, sería la madre de sus hijos. Habían bastado unas cuantas palabras para hacerlo ver su inocencia, su integridad y su inteligencia.

Entregas y renunciamientos se confabularon bajo una luna que se colaba entre las gasas de las cortinas fraguando su destino.

COMPROMISO

48

Los tres días que Amador fue huésped de los Dorantes bastaron para sellar un compromiso de toda la vida.

Después de la comida, en una sobremesa que se iba haciendo cada vez más amena, iban tejiendo cada uno sus pensamientos.

Amador era un juglar de la palabra, un constructor de sueños.

Y en sueños iba construyendo Esther su vida deslumbrada por la voz suave del extranjero que la iba envolviendo en una sutil tela de araña de la que se sentía presa y dueña.

Teófilo, como Dios Padre, veía desenvolverse la trama que lo alejaría cada vez más de su hija, pero envuelto él también en el atractivo de un porvenir que creía la haría feliz.

Un extraño instinto le hacía confiar que en las manos del seductor cabía un mundo de felicidad para el ser que más amaba. Y así, la mañana del tercer día, después del desayuno —él esperaba partir durante la tarde— le suplicó a Esther que lo acompañara a visitar la huerta.

Ya la conocía. Don Teófilo se la había mostrado entera. Pero precisamente por eso le gustaría recorrerla con ella. Ya que sabía que ese gran espacio donde crecían los árboles a porfía, así como el invernadero donde cultivaba las flores, era en parte obra de ella. Don Teófilo la animó sonriendo.

—Anda ve, ve hija, quiero que le expliques al señor Campomanes las complejas labores que has llevado a cabo.

Esther, en cuyos ojos se encendieron dos luces, accedió en seguida.

Esa mañana, Teófilo sabía que era la de la despedida. Esther se había vestido de una gasa de colores que caía en pliegues desde el busto recogido en un discreto escote hasta perderse en el piso. Se veía tan fresca y radiante como la mañana que se levantaba promisoria.

—No crea usted, señorita, que está poco segura en mi compañía. A pesar del entorpecimiento de mi pierna, me siento capaz de brindarle un brazo fuerte. —Y hacia la huerta encaminaron sus pasos. Los dos como navegantes que ven llegar la tormenta.

Daba acceso a la huerta un gran arco de piedra a cuyos pocos pasos se situaba la acequia que recibía del torrente principal su caudal. Junto a ella, una fuente donde revoloteaban los pájaros. Era la parte más florida de la hacienda, ya que se abría ante ella como un mar de mieses el cultivo de la tierra.

Poco vieron en ella los enamorados. Esther tartamudeaba los nombres de los árboles que, de toda especie, crecían bajo cuidados especiales. Pero lo que más la enorgullecía era el invernadero donde cultivaba sus árboles tropicales y toda clase de flores, desde hortensias hasta rosaledas cuyas semillas había hecho traer de Holanda.

Lo que más le fascinaba eran las rosas rojas que en macizos diferentes conservaban los olores como los capullos que las seguían.

También se complacía con el invernadero, que había sido planeado de tal manera que siempre recibía el calor del sol. Ahí era donde cultivaba las orquídeas de colores y tonos diversos, todas colgadas como promesas a las ramas de los árboles del trópico.

Una banca cercana les proporcionó alivio y reposo. Amador se atrevió a tomar sus manos que habían descansado en su brazo y con voz casi susurrante, tembloroso como un colegial, le declaró el amor que había despertado en él nada más verla. Le pedía de plazo un año para poder ofrecerle lo mejor de su vida. Él iría cada mes a visitarla y a darle cuenta de cómo avanzaban sus proyectos; si eran tan promisorios como él confiaba, al termino del tiempo fijado vendría a hacerla su esposa.

Esther no contestaba, pero cuando lo hizo, le temblaba la voz, necesitaba —le dijo—, primero que nada, la autorización de su padre pero aun cuando él se la otorgara, ella iba a requerir tiempo para acostumbrarse a la idea de abandonar no solamente a él, sino a sus hermanos que veía con frecuencia. Le habló de Josefina y de lo mucho que dependía de ella. Era su casa, su vida entera y no sabía si estaba dispuesta a dejar ese mundo tan amado y que había cuidado con tanto esmero por un sentimiento nuevo. Sí, lo confesaba, ella también se sentía atraída por él pero no quería que cometieran una locura.

—Por eso tenemos tiempo para pensarlo —le contestó Amador tuteándola de pronto—. Mira, yo no te voy a dejar porque sé que nuestros destinos están resueltos desde antes de nacer. Al verte comprendí de inmediato que eras la mujer de mi vida. Sé, antes que tú lo mencionaras, que tienes que dejar todo un mundo para seguirme y que juntos formaremos otro. Pero sé que así esta escrito. Tenemos un año para pensarlo. Pero quiero irme con la seguridad que tú lo harás también.

"No imagines que tu padre permitió que viniéramos aquí, así, a la aventura. Anoche hable con él de mis sentimientos por ti, de que necesitaba un año para asegurarte el porvenir que mereces. Le dije, como te digo ahora a ti, que no quiero nada de la fortuna que te pertenece. Que deseo darte un nuevo mundo hecho por mi esfuerzo. Que dedicaré toda mi vida a hacerte feliz. Y él me creyó, Esther, me creyó. Pero necesito tu consentimiento y por eso estamos aquí. Sólo necesito que me digas que compartes mis deseos y mis esperanzas y déjame a mí el resto. Sólo con que me expreses que empiezas a amarme yo me encargo de lo demás.

Esther temblaba como una hoja; hasta que su voz encontró su propio cauce y casi en un susurro le dijo que también ella lo quería, que desde que lo vio el mundo había cambiado para ella. Que sí, que sí, que sí, que esperarían un año, que recibiría sus cartas. "Pero por favor, le dijo, nunca me engañes pues es lo único que no podría perdonarte."

Habrían caído uno en brazos del otro si Amador no se hubiera contenido, pues le había jurado a Teófilo que no le tocaría ni un pliegue de su vestido. Juntos fueron a darle la noticia al padre que los esperaba para la comida, previa a la despedida temporal que se exigían. Tristes por la separación pero felices por las promesas, se dijeron un adiós que era una bienvenida.

CARTAS Y GOLONDRINAS

49

Un hálito impalpable pareció suspender a la casa en el aire con la llegada de las cartas para Esther. Amador escribía tan seguido que diariamente un cartero de enhiestos bigotes y prominente barriga llegaba hasta El Refugio con una o dos misivas en la que el enamorado volcaba todo su talento literario. También cada dos o tres días llegaba un telegrama con un "te quiero", "te extraño", "no te olvido". Con las cartas llegaron también las golondrinas que volaban sobre los tejados, volvían a hacer sus nidos, alimentaban a sus polluelos y ensuciaban los canales de las ventanas. Pronto el pueblo se enteró del romance. En sus escasas salidas Esther notaba las miradas de curiosidad de sus paisanos.

Ella se encontraba en un estado de éxtasis y su aspecto era el de una sonámbula que vivía en otra dimensión. La dulzura de su sonrisa y el brillo de sus ojos se acentuaba. No por eso dejó de cumplir con sus labores habituales y la casa brillaba como una tacita de plata. Las flores de la huerta embellecían y perfumaban toda la hacienda y se acentuaron el brillo de sus ojos y el carmín de sus labios.

Teófilo la veía ir y venir con su nuevo aire de enamorada y sonreía entre la tristeza de su alejamiento como ante la transformación de su hija de joven triste a mujer comprometida.

También el cuidado por su padre parecía hacerse más tierno y sin decirse una palabra a veces se comunicaban con una sonrisa o una mirada de complicidad.

Comenzó a visitar a sus hermanos, sobretodo a Josefina, con más asiduidad y también ellos la notaban transformada. Jose se había adaptado a la vida del convento y crecía en él bajo el embrujo de los sermones del rector, que la hacía sentir segura y confiada.

Josefina repetía constantemente las palabras con que iniciaba el rector sus sermones: "Es lógico, natural y fácil de comprender". Y con magnífica memoria se grababa una a una sus palabras, como quién bebe una fuente de bienaventuranza. Estaba por terminar sus estudios primarios con excelentes calificaciones, pero no sentía la menor vocación religiosa. Era la hermana cariñosa de numerosos huérfanos y sólo hablaban de la tranquilidad que las rodeaba. Cuando tomaban sus vacaciones en Amealco y aprendían a nadar en los torrentes con sus amplios camisones no podía haber nadie más feliz. Su mayor alegría era enseñar a leer y escribir a los pequeños, por lo que se imaginaba algún día como mamá en una casa grande llena de pequeños. Su vocación eran los niños. Por ese lado estaba tranquila y Esther se alegraba por las dos.

Sin embargo, con sus hermanos no era tan cercana la relación. Teófilo, el mayor, siempre grave y serio, optaba por el sacerdocio y con su clara inteligencia ya pensaba en un futuro cercano tomar las órdenes. Salvador era todo lo contrario, se había convertido en un buen mozo de mente clara y ambiciones distintas. Él soñaba en aventuras y viajes a países remotos y no se le notaba la menor vocación religiosa. El más pequeño, Enrique, era cariñoso y apacible, brillante en sus estudios y nunca se le escuchaba una queja. Para todos era Esther la principal mensajera del cariño de los suyos. Pues en las visitas de su padre guardaban siempre una reserva y un respeto tan grandes que poco se enteraba él de sus planes futuros. Con Esther, cada uno en su carácter se franqueaba y le exponían sus dudas, sus temores y sus esperanzas.

Esther era cada vez más tierna y solícita con sus hermanos y a ellos les confió también su noviazgo, casi epistolar, y la seguridad de que pronto sería la esposa del hombre que amaba. Sus hermanos se alegraban con su dicha aunque en el fondo de cada uno de ellos crecía el temor de ver cortada la liga con su hogar, pues Teófilo en sus visitas parecía ocuparse nada más de sus estudios, de cómo avanzaban éstos y sólo se quedaba en la superficie sin nunca ahondar en el fondo de sus sentimientos.

Teófilo se encontraba feliz con los progresos de sus hijos y aunque hubiera deseado que pronto alguno ocupara su lugar, no les veía el menor interés en seguirle los pasos. Tal vez Enrique…, pensaba, pero éste saliendo apenas de la pubertad se limitaba a seguir sus estudios sin manifestar la menor ambición por sus empresas.

Así aprendió a interesarse más por el progreso de Amador que en los suyos, y eran más fructíferas y alentadoras sus entrevistas con él que con su propia progenie. Pero Amador, él lo sabía y éste se lo había confirmado, volaba con otras alas y emprendería otro camino. Sin embargo cada día lo apreciaba más, se interesaba por el éxito de sus nuevas empresas exitosas y gozaba con el amor que Esther le profesaba, aunque ocultaba sus celos y sus temores de que pronto la paloma saldría del nido; aunque no lo confesaba, sentía que la soledad más absoluta lo ensombrecería cuando Esther tomara su propio camino.

Mes tras mes, como lo prometiera, Amador llegaba cargado de regalos y de buenas noticias que cada día eran más alentadoras. Se había hecho en la colonia española de un buen nombre y en su habilidad innata no sólo se limitaba a los seguros, sino que adquiría acciones en los negocios de sus paisanos. Pronto —le aseguraba a la novia— se vería en posibilidad de alquilar una buena casa y de habilitarla para que ella no extrañara la comodidad de la suya.

Esther lo escuchaba y aprendió a aconsejarlo en sus proyectos, con la certeza de que lo seguiría hasta el fin del mundo, aun cuando en su corazón se abriera un hueco insondable por la lejanía de los suyos.

Amador nunca había cruzado el límite de caballerosidad que había jurado a Teófilo, pero en sus sienes latía un deseo imperioso por la que sería su mujer y hasta el simple roce de sus manos era una tortura, su pasión crecía con su sola presencia que se le parecía cada día más bella y más deseosa de la entrega mutua.

Así pasaron los meses, las cuatro estaciones que con el benigno clima no se hacían notar, y llegó el momento de leer sus amonestaciones; no era necesario mandarlas a España, por la tierna edad en que saliera de su patria, pero sí a Cuba. Aprobado por todas las leyes eclesiásticas, llegó el momento de fijar la fecha de la boda.

EL VESTIDO

50

Decidieron el día de la boda para el primero de octubre.

Dentro del vestidor de Ludegarda aguardaba una figura silente como un fantasma. Un maniquí cubierto con franelas para evitar el tejemaneje de las polillas esperaba el momento en que surgiría de nuevo el vestido de novia que había lucido la desaparecida Ludegarda para cubrir el cuerpo de su hija. Salió el vestido de sus envolturas con un suave olor a espliego y un leve toque marfileño. Estaba intacto. Sólo un botón faltaba. Pero éste era fácilmente reparable.

Esther se lo puso con la ayuda de la modista del pueblo y con la misma ropa interior que había usado su madre, años atrás. Salieron los fondos y los calzones de seda bordados de encaje y el corsé adornado con una flor de azahar que en un tiempo aprisionara sus carnes. Esther temblaba acogiendo en su cuerpo cada prenda, de las que le llegaban como efluvios los suspiros de su madre.

Tanto ella como la modista se quedaron pasmadas. El vestido le sentó como un guante. Vestida así, parecía la reproducción de la desaparecida. Se propuso peinarse como ella lo había hecho, con rodetes en el cabello entretejidos con perlas, igual que lo mostraba un daguerrotipo.

Sólo el color de ojos cambiaba, pues los de Ludegarda habían sido de un verde de uva moscatel y los de Esther eran oscuros. Pero los senos altivos, la cintura estrecha, la curva de las caderas, la firmeza de las piernas eran las mismas.

A la muchacha le daban deseos de brincar de alegría.

Se discutió mucho sobre la limpieza del vestido pero se decidió dejarlo así, con el mismo color y olor que habían guardado los años.

—Y fíjese, señorita —le dijo la modista—, todo el bordado de perlas está intacto. —En efecto, éstas conservaban su aspecto y color naturales.

Palideció Esther ante el recuerdo que llegó a su mente de unas palabras oídas o leídas no sabía donde: "No te cases con perlas. Las perlas traen lágrimas". Y al pensar en esto, como un alud despertaron los gemidos y lamentos de Ludegarda, aquella época en que su tía María Esther había tenido que llevarla a ella y a sus hermanos a vivir a Querétaro. Había querido borrarlos y lo había logrado. Siempre habían sido para ella misterios ante los que nunca se atrevió a preguntar, igual que la desaparición de Cósima con su hermanita y el imperturbable silencio de Teófilo.

No obstante, borró sus miedos. Los cambio por la seguridad de su juventud y su amor. Para ella, las perlas significarían dicha a raudales. Lágrimas, sí, pero de alegría, cuando Amador la hacía reír con sus cuentos locos y sus esperanzas. Lo demás eran supersticiones y tonterías. A ella la esperaba la dicha.

Por la tarde del día 30 de septiembre empezaron a llegar los invitados: Amador había querido que lo apadrinara con su esposa su amigo de toda la vida, Leopoldo Cavanzos. A Esther la entregaría su padre.

Ya habían venido de Querétaro sus hermanos. Teófilo vestido como seminarista, pues ya había recibido las órdenes menores. Salvador con su traje seglar y su tupida barba negra y Enrique de monaguillo pues sería el que entregaría el cofrecito con las arras: trece monedas de oro para la prosperidad de la pareja.

Jose había llegado con sus monjas, vestida con el uniforme de gala del colegio. Sus trencitas ralas se habían robustecido y le llegaban a los hombros, pero su miopía no se corregía y los gruesos lentes empequeñecían aún más sus ojos y hacían más larga y afilada la nariz y los labios delgados. Con una emoción incontenible abrazó a su hermana, diciéndole que ya le habían dado un grupo pequeño para que les enseñara a leer; con voz grave le dijo:

—No te preocupes por mí, hermana. Aunque no tengo vocación religiosa soy feliz en el convento, pues mi mayor alegría son las pequeñas y esto, como diría el rector, "es lógico, natural y fácil de comprender"—dijo repitiendo las palabras con que el rector Rojas siempre iniciaba sus discursos. Él sería quien oficiaría la misa y se le había reservado la mejor de las habitaciones.

La cena fue espléndida porque al día siguiente no habría banquete sino sólo desayuno, pues los novios partirían hacia la capital después de cambiarse, donde iniciarían su luna de miel.

✳ LA BODA

51

Aunque el 30 de septiembre llovió toda la noche, para sorpresa de todos, la boda fue imponente. A las nueve de la mañana del primero de octubre, los campos resurgieron con todos los olores de una tierra espléndida que parecía ser el primer regalo para los que en unas horas serían declarados marido y mujer.

Todos los malos augurios habían desaparecido de la mente de Esther y desde temprano empezaron los preparativos para, después del perfumado baño, vestirse las prendas que habían sido de su madre.

La capilla también amaneció tempranera y no podía verse más bella, el fondo del manantial tamizando todas las luces del sol como un arco iris.

El rector Rojas había prestado el coro de la iglesia para compensar a Teófilo de todas sus atenciones. La madre Brígida que tenía una excelente voz de contralto cantaría el Ave María y Salvador, el hermano de Esther, con una incipiente voz de barítono, entonaría el Panis Angelicus.

El pasillo para entrar a la capilla lo cubría una alfombra roja, tapizada de rosas blancas.

Ya los músicos empezaban a afinar sus instrumentos y procedían Teófilo y Amador a enfundarse en sus respectivos jackets. Teófilo se vistió con el que conservaba de su boda y debido a la esbeltez de su cuerpo le quedaba a las mil maravillas. Amador estrenaba uno de pantalón a rayas grises, a la última moda inglesa, un jacket negro y una corbata a rayas adornada con un discreto fistol de una sola perla.

Empezaron a llegar los invitados con sus mejores atavíos. Las señoras ajustadas en la cintura, con discretos escotes de encaje y sombreros que bajaban de una copa estrecha a una ala ancha cubierta con un discreto velo que apenas dejaba ver sus facciones. Todas adornadas con aderezos de brillantes, esmeraldas y rubíes, según el color de su atuendo. En ese otoño predominaba el malva y el gris. El escenario era digno de la concurrencia. Toda la naturaleza parecía haberse dado cuenta de tan fausto día.

Los invitados fueron trasladados en calesas hasta la puerta de la capilla para evitar la humedad del piso.

La novia llegó en una carroza arrastrada por dos yeguas de pura sangre que conducía un cochero uniformado y más asustado de las galas que de las yeguas.

Cuando Esther descendió del carruaje los invitados no tuvieron más que contener el aliento y estallar en aplausos. En muchos años no se había visto una novia más bella.

Del brazo de su padre aguardó el desfile de los padrinos y de Amador que se sintió ya poseedor de lo que más había adorado. Acarició sin pensarlo el ramito de azahar de su ojal y se prometió a sí mismo hacerla feliz para toda la vida.

A los acordes de la marcha nupcial entraron a la capilla.

Los ojos azules de Teófilo se nublaron y en voz baja rogó porque la felicidad de su hija durara más que la de Ludegarda, cuya desgracia él había labrado con sus propias manos.

✴
RECIÉN CASADOS
52

Después de la ceremonia religiosa los novios pasaron a la sacristía donde los esperaba el oficial del Registro Civil para unirlos ante la ley.

Ya la cabeza de Amador se levantaba triunfante ante el derecho libremente otorgado ante Dios y la sociedad. Ya era suya. Todo el año había soñado con ese momento.

Al salir de la capilla ya como marido y mujer, empezaron los músicos y los meseros a desfilar entre la concurrencia con valses clásicos y champagne. Cuando brindaron los novios, a Esther le temblaban las manos pues, más tímida de lo que había sido su madre, quería huir de los ojos de Amador que la perseguían como el cazador a su presa. El mero roce de sus manos, la mirada ardiente de sus ojos, la hacían sonrojarse para luego palidecer. Con la primera copa de champagne, sobre el temor de que la mirara brotó el deseo de mirarlo ella tiernamente primero, apasionada después.

Afortunadamente para ellos, tendrían que apresurarse. El tren llegaría a San Juan del Río con puntualidad inglesa a las cuatro de la tarde para arribar a la capital pasadas las seis. Supo Esther que había llegado la hora de despedirse y acompañada de su marido subió a la carroza para cambiar su traje de novia por el de viaje. Ya en este breve trayecto el corazón se le salía por la garganta pues el abrazo y el beso que le dio Amador no eran el tímido roce de manos que solían cambiar de cuando en cuando ante la avizora mirada del padre. Era la del cazador que ya ha cobrado su presa. Se sintió en un tobogán que la llevaba a aguas profundas y desconocidas. Por primera vez sintió miedo de la pasión que despertaba en ella ese hombre de mirada insondable.

Por suerte el trayecto de la capilla a la casa era muy corto y, aunque le temblaban las piernas, logró subir serena las escaleras para ponerse el traje con que viajaría y tuvo fuerzas para imponer su voluntad de que Amador la esperara al pie de la escalera.

La modista que la había vestido la esperaba para hacer el cambio de ropa que tenía que ser rápido. Cuando lo ejecutaban, una hilera de perlas se desprendió del vestido y rodó por el suelo.

"Las perlas son lágrimas", pero su corazón no tenía tiempo para presagios.

La modista recogió las perlas y se las entregó en la mano, sintiéndose un poco culpable. Esther las acogió diciéndose en voz baja: "Juro que voy a ser feliz…" Y sin más las guardó en su bolso de viaje.

Se enfundó con rapidez en su vestido de tafeta azul que había escogido con ilusión, acomodó su sombrero y se colocó los aretes de brillantes que le había regalado Amador. Después, apretando su anillo de casada que formaba el juego, se dijo, con los ojos iluminados en un desafió a la vida:

—Apuesto por mi felicidad.

Con pasos rápidos bajó segura para encontrarse en los brazos de su marido. Todos los invitados fueron a la estación a despedirlos, inclusive los músicos.

Pero en la puerta permaneció Teófilo, como un sauce bajo el emblema de El Refugio después de que ella le pidiera su bendición. Sabía que había perdido el único lazo que lo salvaba de la soledad que lo había acechado toda la vida.

✳

EL VIAJE

53

A Esther le encantaban los trenes. Además de la lectura, su única distracción para salir de la monotonía de sus múltiples quehaceres era llegarse hasta la estación del ferrocarril y verlo partir con su ulular de búsqueda de nuevos horizontes. El último grito del conductor —"tercera llamada aboooordo"— la hizo muchas veces detenerse de la barandilla que la separaba del andén y no subir a buscar un asiento, a colocar su equipaje que se reducía a su sombrero, en las redecillas que sostendrían su manojo de sueños. Cuando marchaba le parecía que se llevaban algo suyo y se quedaba oyendo y viéndolo partir hasta que el último humo que dejaba escapar se diluía en los colores de la tarde.

Así es que ese día ella era la pasajera, se murmuraba así misma. Un brazo fuerte la sostenía por el codo, para que por fin se abriera ante ella ese mundo atrayente.

El tren… Se abrió ante su imaginación una vereda llevándola a un mundo desconocido en el que ni siquiera pensaba, porque su aventura, su gran aventura había empezado ahora, al poner el primer pie en ese escalón que pisaba por vez primera.

El tren partió y Esther vio perderse hasta la última silueta de sus seres queridos. Cuando sintió a su lado la mano que sostenía su brazo en una caricia lenta e interminable, levantó la mirada y se sintió dueña de un mundo nuevo.

El mundo de los sueños que la habían aguardado pacientemente sin descubrir su sed de aventura. Entonces respondió la caricia a la caricia y los labios entrecerrados fueron abriéndose lentamente dejando libres sus manos para ascender ellas mismas por el cuello del hombre. Brotaron espontáneas las caricias, facilitándole los caminos del placer, respondiendo con la sabiduría de siglos que duerme en la conciencia de cualquier mujer enamorada.

Amador había reservado una suite completa en el Hotel Géneve que acababa de abrir sus puertas en la calle de Londres, cerca de Reforma. No quería llevarla a estrenar la casa que había rentado, hasta que ella la viera, la aprobara y la arreglara a su gusto.

Su primer deseo había sido ir al extranjero en su viaje de novios. Había escogido Nueva Orleans, pero ella le contestó riéndose que para una provinciana ignorante conocer la capital de su país era suficiente aventura.

Y lo era. El país estaba en su mejor época con el gobierno de Porfirio Díaz. Paz adentro y crédito afuera fueron las consignas para transformar a México en un país que marchaba hacia el modernismo. El avance económico fue el timbre de gloria de la segunda etapa del porfiriato. Había un equipo de licenciados, tribunos, maestros, periodistas y poetas. La ciudad se abría esplendorosa con sus suntuosos edificios, sus parques florecidos, su comercio traducido en un ir y venir de las monedas fuertes de plata y oro que se guardaban en los cinturones de los señores, en el tintinear de las bolsas de las damas que caminaban triunfantes entre las numerosas tiendas que se abrían al público. En los parques, los niños con sus aros gigantes y macizos de flores, por todas partes en un espacio abierto a un azul radiante rodeado por el valle ubérrimo coronado de volcanes.

Fue este México donde Porfirio Díaz, enseñoreado del poder, abrió las líneas ferroviarias que cruzaron todo el territorio nacional. Los telégrafos, los teléfonos y la luz eléctrica habían hecho de México una nación distinta donde, por fin, se había logrado que la hacienda pública tuviera dinero suficiente para pagar sus deudas y solventar obras de ornato.

En cuanto a distracciones, las salas de teatro se abrían tanto a la ópera como a la de comedia y el circo Orrín que admiraba sin reservas a Ricardo Bell que abrió su propio local con sus aptitudes musicales. Al teatro Abreu empezaban a llegar las celebridades tanto dramáticas como operísticas y se habían abierto las puertas del Jockey Club, en la famosa casa de los azulejos que perteneciera a don Rafael Martínez de la Torre, donde era posible enterarse de los pensamientos más preclaros de la época, pues las mentes más talentosas discutían en alta voz de finanzas y de política.

En este mundo subyugante empezaron a desenvolverse los primeros días de recién casados de Amador y Esther. Encontraron que eran un ensamble perfecto de este rompecabezas que es la vida. Complemento de dos fuerzas opuestas atraídas por un imán.

UN NUEVO HOGAR

54

Dos meses tardaron en arreglar la casa que, aunque no era muy grande, tenía un sitio para los caballos y los carruajes. Una escalera amplia que llevaba al primer piso que fue habilitado de inmediato con una antesala, un gran salón de recibir, un comedor espléndido y el despacho de Amador.

En el segundo piso la recámara matrimonial. La cama de cobre recién pulido cubierta con un dosel de muselina blanca bordado de violetas, los dos burós de madera de cedro, el aguamanil de porcelana decorado con las mismas flores de la cama y sus dos jarras haciendo juego. La vitrina llena de bibelots, el tocador con triple luna en donde reposaban los frascos de perfume. El juego de cepillos, peine y espejo de plata marcado con sus iniciales.

Un diván de raso sembrado de capullos de rosa y ventanales altos encortinados de la misma gasa de la colcha cubriendo las ventanas biseladas y sobre ellas, como un amparo, las cortinas gruesas de terciopelo dorado.

Esther se dedicó a colocar cada bibelot en su lugar. Muchos eran los recuerdos de su vida en El Refugio. Los pastorcitos de Dresden en diferentes figuras que la llevaban al mundo de su infancia. El daguerrotipo de sus padres el día de su boda.

Desde que llegaron, ella se había puesto al tanto de la moda que predominaba en la capital y se había dado cuenta que el menaje que traía la hacía parecer una provinciana ajena al modo de vestir de los capitalinos. Con gran apoyo de su marido fue escogiendo todo su nuevo ajuar entre los que se contaban las camisas blancas que bajaban hasta las rodillas, los corsés de diferentes colores que moldeaban delicadamente el talle y la amplitud del busto que parecía desbordarse, así como los aderezos que hacían juego con sus vestidos, aunque nunca faltaban en él los collares de perlas y sus anillos de compromiso y de boda.

Había conseguido para el servicio de la casa a un cochero que sabía tratar a los caballos y al carruaje con cariño y era trabajador y leal. Para la cocina, tenía a una mujer que era lista y acomedida. Guisaba como los propios ángeles y aprendió enseguida el gusto de Amador por los platillos fuertes de su tierra madre. Nadie como ella para los pesados potajes de garbanzo y de alubias donde sobrenadaban chorizos y carnes de toda especie.

Se iba temprano al mercado de la Merced o al de San Juan a conseguir las mejores carnes y los más apetitosos jamones. No faltaban también los mariscos y pescados de toda especie que hacían sonreír a Amador de satisfacción cuando en los postres se tomaba su imprescindible coñac y se fumaba su puro. Un día temió que estaba abusando de su mujer al imponerle gustos de soltero, pero Esther le dijo que no debía sentirse así.

A ella le gustaba su olor a hombre sano y satisfecho y su mayor alegría era verlo retirar su servilleta y mostrarle su estomago repleto.

Teófilo parecía satisfecho en su soledad y estaba cada día más enfrascado en su laboratorio al que no dejaba de añadir fórmulas nuevas, por lo que descuidaba bastante sus funciones en la hacienda que seguía marchando gracias a las gestiones del señor Casimiro Secades, la tienda que atendían sus dos hijos y el telar que impulsaba muy diestramente Enrique.

Pero la casa, Esther reconocía con remordimiento, estaba muy abandonada. Su padre había liberado a sus pájaros cantores y las macetas se morían de aburrimiento dejando caer sus hojas marchitas. Durante las visitas de Esther y Amador, él procuraba que no se notara el deterioro pero olvidando los detalles a los que Esther prestaba atención. Lo que más extrañaba era el revuelo de las golondrinas que habían emigrado junto con ella.

A Esther le dolía haber dejado tan solo a su padre, pero estaba consciente de que su agilidad y fortaleza provenían de la vida que le proporcionaban sus descubrimientos y aun sus fracasos.

Veía poco a sus hermanos. Teófilo seguía sus estudios para convertirse en un buen sacerdote. En cambio Salvador mostraba tal descontento y deseo de huir del convento que Esther temía que no terminara sus estudios, pues lo que lo acariciaba era una sed enorme de aventuras. No dudaba que el día menos pensado su hermano escapara del seminario donde sólo lo retenía el expreso deseo de su padre de que por lo menos diera fin a sus estudios de bachiller.

Enrique era en cambio el más dócil y el que mejor acataba los deseos de su padre. Tan sólo esperaba salir del seminario para poderlo ayudar en sus investigaciones, pues, por otro lado, no se sentía apto para dirigir ninguna de las demás empresas.

Josefina era de sus hermanos la que más preocupaba a Esther. Aunque ella parecía ser feliz, su hermana se sentía en la obligación de llevarla a su lado.

Ya de alumna había pasado a profesora y sólo su amor a la enseñanza y a los niños, así como su devoción por el padre

Rojas, la mantenía en el convento. Esther no pudo convencer a Teófilo de sacarla del convento. Aunque la necesitaba para que lo ayudara en la botica ya que él quería dedicarse con más ahínco a sus investigaciones de laboratorio.

Algo más preocupaba a Esther. Un año había pasado desde su boda y ella no se embarazaba. Inútil aguardaba la cuna la llegada del heredero que quería darle a su marido. Empezó a tomar toda clase de menjurjes que la sabiduría popular le hacía llegar. Consejos de sus amigas. Recetas de las sirvientas. No había recurso al que no se acogiera, pero se consolaba con la idea de que su marido no parecía inquietarse en lo más mínimo y que, por el contrario, veía pasar mes tras mes sin que nada perturbara su unión que cada día se hacía más firme.

Nada era para Amador tan satisfactorio como contemplar a su mujer cada día bella y rozagante. Esther cuidaba su arreglo con esmero y aunque había embarnecido y sus senos y caderas eran más amplios, su cuerpo estaba de acuerdo con la consigna de la época: "Donde hay gordura hay hermosura". Desde temprano, después de despedir a su marido, se ponía en manos de Teodorita, una peluquera famosa por sus peinados a la moda, que era muy consciente que en un cabello bien peinado se notaba la alcurnia de su cliente; sus numerosas tenacillas se abrían paso en la abundante cabellera, haciendo verdaderos prodigios que parecían de orfebrería colocando cada rizo en el lugar adecuado que dictaba la moda.

Su vestuario seguía la misma tendencia y los corsés de diferentes colores, encargados a las fabricas especiales o adquiridos en las mejores tiendas que traían las últimas tendencias europeas, ceñían sus carnes donde debían ser ceñidas, seguidas de refajos y crinolinas. Sus pies calzados con zapatos de raso la hacían sentir segura de haber alcanzado el sumun de la elegancia.

Sólo cambiaba sus collares de perlas de tres vueltas, escogidas por su oriente y mordidas para saber que eran legítimas, por sus aderezos de las noches de gala que iban de acuerdo con el color con que se vestía.

Por último, el sombrero siempre combinado con el atavío y los largos guantes de cabritilla. Con sus bolsos adornados de pedrería cuyo conjunto manifestaba su buen gusto.

Por lo demás, era una excelente ama de casa. Uniformó con una cofia a su cocinera y a sus doncellas y pronto se hicieron famosos sus tés de los martes a los que empezaron a asistir las más emperelijadas damas de la pequeña e improvisada corte. En fin, era difícil de reconocer en su atuendo y maneras a la que llegara unos años antes con su timidez de provinciana.

✳
PROGRESO
55

El progreso para la casa de los Campomanes llegó en grande. Pronto fueron recibidos en la élite de la ciudad capital. Tanto el porte como la educación de la pareja los hacían populares en todas sus reuniones sociales. Amador no sólo tenía acceso al Jockey Club, donde se discutía a voz en cuello toda la faramalla de la política que siempre terminaba en alabanzas a don Porfirio, sino que destacaba en los roces de la cultura y de las artes. En cualquier corrillo era bien recibido por su prosa suave y elegante, su parsimonia y sus puntos de vista tan claros y precisos. También encontró íntimos amigos en la Colonia Española que había cobrado un auge paralelo al de la nación. No había abandonado sus aficiones literarias y era íntimo amigo, entre otros intelectuales, de José Juan Tablada.

Así, después de la cena, empezó a dedicarle tiempo a la literatura, siempre con el auspicio de su mujer que bordaba mientras él escribía, e inspirándolo con la palabra oportuna en el momento justo publicó dos novelas, *Liba* y *De la raza dispersa*, que colmaron de orgullo a Esther que se sintió partícipe de los éxitos de su marido.

Amador era, además, espléndido hasta la exageración, no había capricho de su mujer que no satisfaciera, hasta para disgusto de ésta pues, acostumbrada a tanto orden, se le antojaba que su marido caía en el despilfarro.

Sin embargo, la fortuna no parecía tener fin. Sus negocios de seguros le permitían abrirse otros horizontes y hacía transacciones constantes metiéndose en diversos campos. Por ejemplo, accionista de la cervecería Modelo, de don Pablo Diez. En terrenos que empezaban a urbanizar en lo que fuera la hacienda de Santa Rita en las goteras de la ciudad, con Gaspar Rivera. Se abrió al campo de la imprenta con don Santiago Galas y en materia de literatura sus artículos eran solicitados en *El Siglo XIX* y el *Monitor Republicano*.

Llegó el momento de pensar en cambiar de domicilio. Fue en lo único que no conseguía la aprobación de Esther. Ésta estaba muy hecha a la proximidad de todos los comercios, de la Plaza de Santo Domingo, patrón de la iglesia, al cual le hizo el voto que si su primogénito era varón le pondría Domingo y si era niña, Juana, igual que la madre del santo.

En otoño de 1898, se dio cuenta que estaba embarazada. No cabían en sí de felicidad. Tanto uno como otra. Afortunadamente el embarazo se desarrolló con toda normalidad y no variaron en nada sus hábitos. Sólo moderaron los viajes a San Juan del Río.

Por lo demás, Teófilo había abandonado un poco sus investigaciones y la botica para ocuparse más de la hacienda, consagrada casi exclusivamente al maíz. A la vista de nuevos tiempos, la parceló y sembró además trigo, cebada y frijol de todas variedades. Sus campesinos eran los mejor pagados de la región y retribuían con creces la dádiva.

No hubo queja que no fuera atendida ni esfuerzo que no fuera recompensado. Sus tierras parecían benditas. Pero llegó el momento en que tuvo que reconocer que se había ocupado muy poco de sus hijos.

Asistió a la tonsura de Teófilo, que fue destinado a la pequeña parroquia de Amealco. Salvador desapareció del convento, apenas terminados sus estudios de bachiller y sin más recursos que el de su mesada que recibía puntualmente se lanzó a recorrer el mundo. Sólo Enrique esperaba su graduación para ayudarlo, principalmente en las funciones del laboratorio.

Llegó el momento de ocuparse de Jose, que había pasado veinte años en el convento sin más queja. Teófilo tuvo que confesarse que, de no ser por su hermana Esther, la muchacha no había recibido de su parte ninguna recompensa por su labor callada y su sometimiento. Tenía pocas esperanzas y ningún deseo de casarse, pues había sido la menos agraciada de su progenie y no la ayudaba su innata timidez. Sin embargo poseía un cuerpecito muy bien proporcionado aunque era pequeña, pero poco dejaba ver de él, enfundada en un uniforme gris que sólo por la falta del velo no la hacía parecer una monja. A Jose, Teófilo la liberó de sus deberes en el convento para que se ocupara exclusivamente de la farmacia.

Esther extrañaba en ese tiempo no tener a su lado a su madre o a una hermana que compartiera con ella la dicha de la canastilla y le pidió a su padre que pospusiera el regreso de Jose a sus nuevas labores para que la acompañara en los días de su embarazo, que por lo demás le resultaba óptimo. Su padre accedió y Amador fue por ella hasta San Juan del Río. La muchacha se despidió sin pena de su padre, con el anhelo de estar al lado de su hermana, pensando que sería de las primeras en recibir al bebé.

Fue así como entró un nuevo miembro a casa de los Campomanes. Pronto comprendió Esther que su hermana no era muy útil para estos menesteres y que en lo que más se entretenía era en enseñar a leer a la servidumbre.

De todos modos las veladas concurrían más tranquilas, pues Esther había suspendido sus actividades sociales y Amador llegaba temprano, descuidando sus reuniones para permanecer más tiempo al lado de su esposa. El embarazo fue tranquilo, sólo turbado por la mirada de embeleso de Amador cuando notaba a su mujer pletórica de él, con el fruto de su amor en sus entrañas.

Todavía en navidad fueron a la hacienda y celebraron las posadas como lo hacían en tiempos pasados. El niño Dios presidía desde su cuna hecha de terciopelo su llegada como redentor a este mundo tan lleno de complejidades.

Pasaron el invierno y la primavera de un año con muchas esperanzas perdidas y otras por nacer. Al llegar el verano, el 17 de junio de 1899, a las nueve de la mañana, sin mayores dolores que los normales, Esther dio a luz a una niña que más bien parecía una muñeca de porcelana, de una blancura inaudita y con los ojos negros y profundos de su padre. Era pequeña y delicada como una muñeca y desde que llegó no cesó de llorar. Amador le hizo, con su facilidad acostumbrada un pequeño poema:

Mitad de mi corazón y ser de mi ser amado,
¿Por qué tan llorosa vienes?
¿Es el nacer un pecado?
¿Qué tienes, hija, qué tienes?

La niña no tenía nada más que hambre, pues los senos de Esther, al contrario de los que la habían alimentado a ella, estaban casi vacíos.

Se contrató como nodriza a una muchacha que acababa de perder a su bebé. Sus senos rebosaban y la niña empezó a dar buena cuenta de ellos.

Esther la miraba hacer con cierta pena de que aquella pobre mujer había perdido lo que ella tenía y que la leche del niño muerto le daba vida a su niña.

La chiquita había sido bautizada con el nombre de Juana, como había prometido a santo Domingo. Pero mañosamente, y queriendo engañar al cielo, le agregó el Esther que deseaba Amador. Pero la madre del santo hizo de las suyas y a los quince días la niña enfermó de gravedad con unas fiebres altísimas y su gargantita ronca, probablemente contagiada por la nodriza que la alimentaba.

Los padres se culpaban mutuamente de haber entregado a la niña a la madre de un niño que había muerto, pues suponían que la nodriza la había contagiado. Pero, sobretodo, Esther estaba segura de que su trampa para con el nombre de la niña era la causa de que hubiera enfermado. La arropó y, acompañada del angustiado padre y de la tía Josefina, le juró a la santa que no la llamaría más que por su nombre original. Se llamaría Juana y Juana se llamó.

Por remordimiento no contrataron a otra nodriza ya que la niña a las cuarenta y ocho horas, libre ya de fiebre, brindaba a los angustiados padres su mejor sonrisa, que fue su adorno siempre pues todos pensaron que era la de la Mona Lisa.

No les dio tiempo de regocijarse del cambio de nombres pues a los trece meses nació Carmen, el 16 de julio de 1900 y la llamaron como le correspondía. Ésta era idéntica a Amador, tanto en su color como en sus ojos. Parecía una andaluza.

Amador estaba tan orgulloso de sus dos niñas que hubiera prescindido de otro regalo pero a los quince meses, para orgullo de sus padres nació el hombrecito al que llamaron Alfredo, en honor al hermano que Amador tenía en España y que siempre enredado en rebeldías políticas nunca había querido venir a América.

A los dos años nació Laura, rubia como la tía Jose, pero mucho más bonita y que había heredado también la miopía.

Tres años pasaron y nació Guillermo. La familia estaba completa. Esther dedicaba la mañana a los deberes que le imponía su papel de ama de casa y reservaba casi todas las tardes a revisar las tareas escolares de sus hijos, alternando con un preceptor para poder atender a sus deberes sociales y las compras que le permitían vestirse siempre con las últimas novedades que imponía la moda de París.

Su sutil olfato empezó a notar que la rodeaba un ambiente de disgusto. Ya los sirvientes no eran tan serviles ni las empleadas tan amables. Fue algo impalpable al principio, empezaba por un cansancio casi generalizado ante la inalterable presencia de Porfirio Díaz. Ya se permitían hacer bromas a su costa y la juventud pensante de la época se preguntaba hasta cuándo iban a seguir prevaleciendo las antiguas ideas sobre el progreso del pensamiento que imponía la llegada de un nuevo siglo. Una ausencia completa de justicia y una clase privilegiada gozando de un mundo vedado para la mayoría de la población que se debatía en la miseria. Aun entre los privilegiados, entre los que se contaba Amador y en familias como la de él, se suscitaban comentarios acerca de la complicada situación y se cuestionaban hasta dónde les sería posible que siguieran progresando sus negocios, siempre con al amparo de una dictadura que parecía eterna.

✳

CAMBIO DE DOMICILIO

56

Ainicios del siglo aún no se hacía evidente ese descontento, ese preguntarse "¿y después qué?" ante un gobierno que complacía a muchos —la clase media que crecía en la capital—, pero que amenazaba con proseguir indefinidamente en detrimento de las mayorías. Aun los más entusiastas admiradores de don Porfirio no sabían hasta dónde iba a prolongarse este periodo de gobierno. Sin embargo, la burguesía de la Ciudad de México capitalizaba sus esperanzas en un destino de progreso que parecía ser inacabable.

Bajos estos auspicios, los Campomanes, sin gran preocupación por un porvenir que siempre les había resultado favorable, decidieron que la familia había crecido, ellos vivían como ricos en casa de pobres y que lo más sensato sería un cambio de domicilio.

Incluso Esther, que siempre fue tan dada a conservar su pequeña casa donde había sido tan feliz, convino en que era imposible seguir así, no cabían, se necesitaba más espacio para educar a sus hijos, para recibir a sus invitados, para vivir de acuerdo con su posición y, dejando el corazón en cada rincón de la casa donde había sido tan feliz, se dispuso a mudarse.

Amador había encontrado un palacete art nouveau en plena calle de Londres, en la colonia Juárez, que era el sitio de moda y donde sus vecinos serían sus amistades de todos los días.

Esther encontró la casa bellísima, aunque incómoda. Le sobraban espacios y le faltaban muebles. Amador decidió las cosas de un carpetazo: todo nuevo, sí señor, lo viejo se queda atrás, desaparece, se regala, como si se fueran a emprender un viaje. Había que dejar lo vivido atrás. En estos momentos, Esther, la temerosa Esther de las premoniciones, temblaba de miedo al dejar su casita de medio pelo por el palacete.

Empezaron a llegar las cómodas de cedro incrustadas de marfil, los amplios sillones de terciopelo, las mesas de mármol, los candiles adornados de prismas de cristal de Bohemia con sus focos esparciendo una luz que llegaba a todos los rincones, las lámparas de mesa ornadas de terciopelo y encaje. Todo escogido con el mejor de los gustos de la época. Todo art nouveau, como lo señalaba la moda europea. Las cortinas de terciopelo con sus doseles coronados de pasamanería. La cocina de azulejos hechos en Puebla relucía de limpieza.

Esther no paraba. Los muebles del despacho de Amador acojinados de cuero. Los altos libreros, completamente atestados de volúmenes empastados por orden y con las iniciales del dueño. Las recamaras de las niñas con sus barrotes de cobre y los burós de cedro blanco adornados con flores de colores. Las de los niños más sobrias. Con el más exquisito gusto.

Los grandes roperos acogiendo guardarropas, lanas, casimires, franelas. Los uniformes de las niñas mayores que ya habían empezado a asistir de medias internas al colegio Sacre Coeur. Para su medio internado, los cubiertos y platos de oro con sus iniciales en las servilletas, cada una con el aro correspondiente a sus iniciales. Los cuadros, los gobelinos, los tapices, las alfombras. Con la más estricta etiqueta. Los sirvientes uniformados, el coche mullido. El cochero vestido con su traje de paño y su sombrero de copa. Los invitados se paraban arrobados ante las cornisas con angelitos que escondían los arbotantes. Todo dispuesto para recibir a las visitas de postín. Lo más escogido de una sociedad cerrada e inconmovible.

Los domingos el coche era engalanado para las batallas de flores de Chapultepec y Paseo de la Reforma. En éstas, la gente llegaba en sus vehículos con pétalos de las flores más hermosas y las familias se aventaban, jugando, las flores, y los muchachos aprovechaban para obsequiar con alguna a una de las muchachas que los tuvieran embelesados.

Todo transcurriendo como en los cuentos. Un mundo feliz agonizaba sin que sus estertores subieran a los poderosos.

Esther en su plena hermosura, ataviada con las mejores prendas llegadas directamente de Francia. Amador con sus casimires ingleses y sus corbatas de seda con un gran nudo que coronaba un fistol de perlas, como las que se enredaban en el cuello de su mujer resplandeciente con su belleza heredada por generaciones. Sus manos suaves y delicadas adornadas de brillantes, con su cabellera luciendo los peinados a la moda y cuidadosamente tratados por Teodorita.

Por la noche, ayudada por su doncella, Esther se desnudaba, descendían las carnes que había sujetado el corsé y se sentía despojada de un disfraz, como una muñeca desmembrada cubierta por su camisón de franela y se envolvía en su deshabillét de brocado con sus pantuflas de terciopelo. Bajaba a encontrar a Amador que trabajaba hasta tarde para llevarle personalmente un café aromado con su copita de coñac que siempre tomaba antes de dormir.

Se cruzaban sus miradas todavía enamoradas y de común acuerdo escondían los miedos ocultos, los fantasmas agazapados dentro de las cortinas que subían con ellos por las escaleras para despertar inquietos en mitad de la noche, llenándolos de presagios que no se atrevían a confesar, hasta que se abrazaban y los olvidaban. Sus momentos de pasión se alejaban cada vez más de lo que habían gozado en sus primeras épocas y era en vano renovarla pues el miedo se hacía dueño de su felicidad.

Aún así, era la época de la abundancia. Aunque el progreso material sólo llegaba a las ciudades, éstas gozaron de drenaje, agua pura, escuelas y jardines. Se construyeron lujosas oficinas burocráticas, acueductos, palacetes archidecorados, teatros, avenidas, puentes y estatuas.

Ópera con Adelina Patty y el tenor Tenagno, funciones teatrales con Virginia Fábregas, Andrés Maggi y María Guerrero, conciertos con Paderewski, espectáculos frívolos con Lilly Cleay. Bailes suntuosos en Palacio Nacional y en palacetes, en fin, toda una sociedad civilizada en una época de ensueño, en donde se creían en nuevas esperanzas. La nacionalización de los ferrocarriles en 1908. Inversión extranjera y nuevos ricos mexicanos.

Los jóvenes intelectuales querían dejar oír su voz, pero apenas llegaba a los que no querían saber nada de cambios.

REBELDÍA

57

La juventud educada en la segunda mitad del siglo XIX había adquirido convicciones e ideales sobre política, administración, economía, finanzas y sociología. Para poner estos ideales en práctica aspiraban a formar un gobierno nuevo. En los primeros años del siglo XX, dos generaciones, la Moderna y la del Ateneo, se hacen una en sus protestas contra el antiguo régimen.

Los mismos motivos de orgullo del gobierno son convertidos por los jóvenes intelectuales en motivos de crítica, como la inmigración extranjera de hombres, capitales y modas. En realidad, la rebeldía no es extrema pero está muy harta del viejo decorado de los millonarios ostentosos. Es contra rapiñas, arbitrariedades y avaros que se reúnen las voces de protesta. A través del periódico El Renacimiento, toda la clase media urbana no dependiente del presupuesto público, no sólo la flor intelectual de esa clase, acaba por ser antiporfirista en nombre del liberalismo.

Los rancheros partifundistas pasan por un buen periodo pero aun así se convierten en enemigos del régimen. Teófilo es de éstos. De amplio espíritu y a pesar de la justicia que procura administrar en El Refugio, ha sido liberal por convicción durante tantos años que es el principal crítico del boato y la ostentación de los Campomanes, a quienes sólo en contadas ocasiones visita. En aquellos años, además, la naturaleza sorprendió a todos con temblores de tierra nefastos y heladas terribles.

El deterioro de la vida material intensificó el disgusto social. Los intelectuales de la nueva generación empezaron a manifestarse en público, se fundaron agrupaciones que luchaban contra la reelección presidencial y varios líderes, como Francisco I. Madero, hacían giras por muchos estados de la república, publicaban proclamas y organizaban a la gente, encendiendo las primeras chispas de un nuevo tiempo.

Era 1910. Los científicos se asustaron porque el cometa Halley iba a darle un coletazo al mundo y, en las calles, la gente atribuía a los fenómenos cientos de prejuicios y signos fatídicos. El cometa resultó benéfico para los hombres de negocios y de ocio. Todo el mes de septiembre fue de bulla con motivo del Centenario de la Independencia. La pasión política se acalló y al hombre se le distrajo con inauguraciones, desfiles, procesiones, cohetes, repiques, cañonazos, discursos, música, luz, verbenas, serenatas, exposiciones y borracheras.

Don Porfirio puso en servicio el manicomio de la Castañeda y la primera piedra de una cárcel. Hubo un paseo de carros alegóricos del Paseo de la Reforma al Zócalo. Se puso en servicio la Nueva Escuela Normal para maestros. En fin, se trató de calmar con bulla el descontento pero las aguas tormentosas no dejaron de fluir.

Cuando Porfirio Díaz se reeligió como presidente, fue como ponerle cascabel al gato. El descontento se desbordó por completo. Para calmar los ánimos, don Porfirio encarceló a Francisco I. Madero en San Luis Potosí, desde donde el preso huyó a Estados Unidos. A su regreso, en noviembre, proclamó la revolución armada bajo el lema "Sufragio efectivo, no reelección".

Mientras el país se debatía en estas turbulencias, Amador había viajado a Londres, justo en el momento en que parecía que don Porfirio volvería a iniciar un periodo en paz. Sin embargo, el chispazo de Madero encendió la hoguera y surgieron los rebeldes armas en mano. Don Porfirio ni siquiera pudo acallar las voces de protesta del ejército, al que había descuidado en su bonanza. A pesar de eso, todo era tan contradictorio, que la mañana del 20 de noviembre, él almorzaba aparentemente tranquilo con su familia en La Jungla del Hotel Géneve y los transeúntes caminaban con el civismo de las buenas costumbres.

El 21 de mayo de 1911, después de una lucha infructuosa, triunfaron las ideas antirreeleccionistas. Porfirio Díaz renunció y se exilió en el extranjero. Después de un mandato absoluto durante más de treinta años, el país entró en una lucha de facciones que para muchos fue el fin de una era de paz y de cordura y para otros el principio de una reivindicación que costaría miles de vidas en una revolución del país entero.

58

Amador estaba en Londres a punto de cerrar la venta de la hacienda Los Borregos que pertenecía a Félix Díaz, cuando llegaron a Europa las noticias de la revolución desatada en México.

Para Amador fue una gran pérdida. Se apresuró a asegurar y a aumentar los bonos que guardaba desde hacía años en Lloyds de Londres y adelantó su regreso para reunirse con su familia en México.

Poco sabía por cable pero las noticias no podían dejar de ser desalentadoras. Sabía que se iba a ver obligado a exiliarse de México, pues todos sus amigos eran contrarrevolucionarios y el movimiento armado ardía como una tea por toda la república.

Los días que duró el viaje no pensó más que en Esther, que tendría que alejarse de su patria a la que estaba tan apegada, que no había querido abandonar ni aun por un viaje de placer. Sabía que ella era como una raíz y que sólo por amor a él y a sus hijos, para quienes soñaba un risueño porvenir, había dejado a su familia de San Juan del Río, además de que al vivir en la capital tenía a su padre al alcance, con tan solo un par de horas de cómodo viaje.

Pero sobretodo, a Amador le preocupaba el tono tan incoherente que se dejaba percibir en las comunicaciones de su esposa, aun queriéndola atribuir a la brevedad de los cables. Él, que sabía de su perfecta redacción, la encontraba extraña, como sugerida por un espíritu maligno.

El barco atracó en la tarde en La Habana para esperar a los que al día siguiente seguirían para Veracruz. Amador desembarcó con el corazón en la garganta, adentrándose por las calles de la siempre bulliciosa ciudad que era para él doblemente amada, por ser la primera que pisara en su ya casi olvidada infancia y el trampolín que le había concedido llegar a México, encontrar a la mujer que amaba, la patria que lo había acogido y, con base en esfuerzo, que le había abierto sus puertas al éxito y a la buena fortuna.

Se retiró temprano pues sabía que después del anochecer parecería surgir de la oscuridad el fantasma del pasado. Cuba era ya libre del dominio español y en el Morro ondeaba orgullosa la hermosa bandera cubana. Amador sabía que tras de ella surgía amenazador el gobierno americano dueño de toda la economía cubana.

—¡Pobre Cuba! —suspiró Amador, disculpando al muchacho de dieciséis años que luchara años atrás contra la independencia de la isla.

Después de una travesía sin incidentes graves arribaron a Veracruz a las diez de la mañana. No alcanzó a tomar el tren diurno y entretuvo sus ocios, que sin quererlo estaban llenos de los peores augurios, hasta las siete en que abordó el de la noche.

No había visto en Veracruz señales de la incipiente revolución, lo que lo tranquilizó un poco, aunque la lectura de El Imparcial lo inquietó lo suficiente para no dejarlo dormir. Por

fin pasó al andén de Buenavista y vio con regocijo al imperturbable cochero al frente de su carruaje.

Pocas palabras se cruzaron entre ambos pero las mismas
calles parecían llenas de sombreros tejanos y de espuelas tro-
nadoras. De miradas aviesas al carruaje tirado por regias yeguas y no faltó un atrevido que metiera sus enhiestos bigotes
por ver al viajero.

—Los niños ya no iban al colegio —le dijo el cochero—,
pues se decía que lo iban a cerrar por orden de las autoridades.

—¿Cuáles autoridades? —preguntó Amador.

—No se sabe, patrón. Hoy manda uno hasta que otro lo
machuca.

—¿Y la señora?

—Muy mal, patroncito, muy mal. No sale a la calle y
sino es en su habitación, no se deja salir sino para ver a los
niños.

—¿Y los niños?

—Tranquilos, señor, tranquilos, no hay como la infancia.

Las escuetas noticias no prepararon a Amador para el
desboque que encontró en la casa.

Los niños se peleaban a cojinazos y las muchachas mayores hacían lo posible por contener el incontrolable llanto de
Esther que, en camisón y metida en la cama, sollozaba sin
consuelo. No alteró su semblante la llegada de Amador, aunque las jovencitas lo recibieron con incontrolable alegría. Esther, como si lo hubiera visto la víspera, lo recibió sin
extrañeza pero con júbilo tenue.

—Ya está todo listo —le dijo Amador a su mujer—, nos
vamos mañana.

A base de palabras tiernas, Amador la fue calmando hasta que logró poner sus manos sobre su cabeza. Siguió brotan-
do su llanto mansamente y acarició los dedos de su marido
con besos pequeños y confiados.

Amador mandó a buscar al doctor, que recetó láudano y agua de azahar como de uso.

—Si sigue así —le dijo— tendré que hacerle una sangría.

No hubo necesidad. Durmió confiada en los brazos de Amador y como una niña buena se dejó bañar y desvestir ayudada por la doncella.

—¿Desde cuándo está así? —preguntó el marido angustiado.

—Pocos días después de su partida —le contestó la doncella—, empezó a decir sinrazones, y dice que eso le contaban en sueños.

”A medida que usted seguía ausente quiso ir a San Juan del Río a ver a su padre. Regresó más desconsolada que nunca. Hacía y deshacía baúles, aparentemente con la mayor serenidad y de pronto se echaba a llorar sin consuelo, diciendo que jamás abandonaría su patria ni a los suyos. No quería abrir los balcones ni las persianas y entraba totalmente en el desconsuelo. Así había pasado los días anteriores a su llegada, don Amador. Don Teófilo la había visitado dos veces y costaba trabajo arrancarlo de su lado. Éste se iba cada día más triste.

Con la llegada de Amador el ritmo habitual de la casa pareció recuperarse y Esther empezó a contarle a su marido que poco después de su partida había sentido que un gran viento movía toda la casa haciendo salir todos los muebles por las ventanas. Los niños volaban sin que ella pudiera alcanzarlos hasta que llegó a un valle donde se le apareció Cósima, quien le dijo:

—Niña Esther, te prevengo que tu y tú familia se van a ir muy lejos y que nunca volverás a ver a tu padre ni a tus hermanos. Yo sólo vine a despedirme de ti porque no nos vas a volver a ver nunca. —Se lo decía besándola en la frente y envuelta en una niebla gris, la perdía de vista como aquel día en que se fue a la peregrinación con su hermana y no las volvió a ver.

—¿Quién en Cósima? —se atrevió a preguntarle Amador.

Esther se volteó hacia la pared de lo más angustiada.

—Una persona que tú no conociste y de la que no tienes porqué saber. No le cuentes a mi papá que te lo he contado. A él no le dije nada, sólo que lloraba por irme de su lado.

Estas y otras historias desconcertaron a Amador, sin embargo, bajo sus cuidados y sus pócimas, pareció entrar a la realidad y aun recibir con serenidad la idea de la partida. En esos momentos abría baúles y baúles donde guardaba todo lo que tenía que guardar y hasta se notaba alegre y cariñosa contando a sus hijos aventuras de lejanos países que muy pronto iban a conocer.

Seguía con una pluma de ganso muy fino los mapas que le mandaba su hermano Salvador desde lejanas tierras y un día Amador la escuchó con asombro recorrer con su pluma todo París, sin perderse ni un callejón como si lo hubiera visitado cien veces. Estaba seguro de que su mujer recorrería toda la Ciudad Luz entera sin perderse.

Para su marido seguía siendo la solícita esposa de antaño y, como antes, lo ponía al tanto de los acontecimientos. Que si se iban, que si no se iban.

Ella volvió a vestirse como antes con sus vestidos de raso o de muaré y al retirárselo le decía a la doncella: no se te olvide poner en este ajuar el corsé que le viene bien, ni los zapatos con hebilla. Ella misma doblaba sus vestidos con cariño, envolviéndolos en papel de china. Lo mismo había hecho con sus mantillas y sus rebozos de aroma. "Por si se me antoja morirme allá", decía riendo. La ropa de sus hijos la guardaba con el mismo cuidado y los baúles se fueron llenando no sólo de vestidos, sombreros y abanicos sino de la pasamanería de la casa. Lo único que faltaba por empacar eran las cortinas, las alfombras y los cuadros.

Amador la veía hacer y deshacer ocultando su desasosiego, pues para él también significaba un empacar y desempacar recuerdos y esperanzas. Tan pronto decidían irse como quedarse. Los últimos acontecimientos marcaban las sucesivas decisiones, lo que le hacía temer por la cordura de Esther. Hasta que un día, sin decirle para qué, inventó un paseo a San Juan del Río a visitar a don Teófilo. En realidad le quería pedir consejo pues era el hombre más ecuánime que había conocido.

Partió toda la familia una mañana de mediados de octubre con su enorme faetón y sin ningún temor a los asaltos. Esther brincaba de alegría, vestida con sus mejores galas y los niños la imitaban porque visitar al abuelo era siempre una aventura.

Un telegrama fue el previo aviso que recibió Teófilo de la llegada de su familia y no pasó un minuto sin que ordenara preparar las mejores habitaciones, la más exquisita comida, los más deslumbrantes paseos para los muchachos. La pobre Jose corría de acá para allá con sus pocas aptitudes de ama de casa, aunque contaba con la ayuda de Agapita y los manjares que sabía que traerían las visitas. No ataba ni desataba nada ante la voz estentórea del padre que no le dejaba escapar el menor error.

—Ya están aquí. Ya han llegado —se oyó que gritaban desde los gallineros.

Los ojos azules de Teófilo se nublaron de unas lágrimas que desterró de un manotazo. Nunca habían venido todos juntos. Las visitas de su hija eran breves y tristes y alguna vez se hacía acompañar de uno o más de sus hijos, pero en este viaje quería que fuera Amador el agasajado.

Sabía que éste venía para pedirle un consejo. No en balde había vivido tantos años para conocer que un hombre sólo confía en otro.

No le importaba que su casa mostrara el desvalijamiento de aquella que había dejado Esther. Quería enseñarle sus animales, sus tierras que todavía no había tocado la revolución, sus trojes llenas, sus sembradíos, su telar, su tienda, su farmacia y, sobretodo, quería mostrarle a sus trabajadores. Todos satisfechos de la labor de cada uno. La capilla que seguía reluciente a pesar de los años, pues sabían que el patrocinio de san José no les faltaría nunca. Del panteón que había formado a través del tiempo y en donde descansaban en sagrada paz sus colaboradores, desde el más humilde hasta el mejor encumbrado, como el señor Secades que había muerto el invierno pasado, rodeado de todos los suyos.

Admirado contemplaba Amador tanta hermosura.

—¿Cómo lo ha logrado don Teófilo?

—Repartiendo, don Amador, repartiendo, fraccionando la hacienda en parcelas donde todos contribuyen con lo suyo para los demás. Aquí no llega la revolución porque toda esta indiada se levantaría de un salto para defender lo que les corresponde.

—Dios lo oiga, don Teófilo, Dios lo oiga —le contestó Amador entre pesimista y esperanzado.

Los niños se dieron gusto correteando por el campo. Esther se ensimismó en la huerta seguida por las niñas y la tía Jose que atraía a la niñez como miel a las abejas.

La comida preparada por Agapita fue suculenta y Amador sonreía satisfecho de ver a su progenie, pero sobretodo a su mujer tan feliz, como no la había visto hacía años. Le tomó la mano y se ruborizó como en los tiempos en que era vigilada por los atentos ojos de su padre.

Por la noche los dos hombres se encerraron en el despacho de Teófilo y Amador le expuso su situación y hasta se atrevió a hablarle de los cambios de humor de Esther.

—Se la tiene que llevar, Amador, se lo digo con el corazón partido. Ella ya no pertenece a este lugar y la ciudad es un campo de batalla. Ella está anclada entre la que fue su casa y la que fundó con usted. Necesita un lugar seguro, estable. A pesar de la perorata que le eché hace un rato no creo poder preservar mis propiedades. La cosa se presenta gorda. Yo estaré más tranquilo por ella y su familia sabiéndola en un lugar seguro. Llévesela, Amador, llévesela a ella y a sus hijos aunque a mí se me parta el corazón.

A Amador le quedaba una duda y quiso salir de ella.

—Don Teófilo, durante su enfermedad ella me ha hablado de una tal Cósima y de su hija. No me ha querido decir nada más, pero yo quisiera saberlo por si se presenta alguna otra de sus crisis.

Teófilo palideció comprendiendo que había llegado el momento más crítico de su vida, el de confesarle a su yerno la verdad de su historia, aunque prefirió ocultarle lo más grave, lo de la violación. Sólo le confesó que había tenido relaciones con una de sus sirvientas de nombre Cósima con la que procreó una hija de la misma edad y del mismo nombre que su hija Josefina, que esa mujer había desaparecido de la vida de ellos después de morir su esposa y que jamás las habían vuelto a ver. Amador lo escuchó estupefacto, ya que Teófilo había representado para él un ejemplo de probidad y buenas costumbres, pero lo perdonó porque los hombres siempre se perdonan entre sí, y juró no volver a hablar del asunto.

Hablando lo condujo hasta la huerta, y junto a la banca donde Amador le declarara su amor a Esther, removió una piedra y sacó varios sacos llenos de moneda de oro.

—Ésta es la dote de Esther. En su tiempo, cosa que lo honra, usted no la quiso aceptar. Yo sé, porque usted me lo ha comunicado, que ha tomado sus providencias en el extranjero, pero dinero de más nunca sobra. Este oro le servirá mucho en lo que pone en orden sus asuntos.

No pudo menos Amador que besarle la mano, pues si algo lo había detenido era el efectivo para empezar una nueva vida.

No fue el regreso tan alegre como la llegada. De rodillas recibieron Esther y su familia la bendición del padre y con sollozos se separaron de la tía Jose. Sabían que por un largo tiempo no se volverían a ver.

❊
LA PARTIDA

59

Ya no salieron los enseres y los trajes de los baúles. Después de haber recibido la bendición de su padre, Esther pareció haber recobrado la cordura. Con mesura fue ordenando todo el menaje de la casa y el guardarropa completo de toda la familia. Empacó todo, las vajillas y enseres de cocina, los cubiertos de oro y plata con los aros marcados con sus iniciales para las servilletas, las vajillas de Sevres, las sábanas y las toallas todas bordadas, los doseles de las camas, las jarras y vasijas de porcelana para el baño, los jabones y los perfumes. Las joyas y los retratos. Lo único que accedía a dejar fueron los muebles, las alfombras y las cortinas. Pues arrancó hasta los gobelinos y tela de los cuadros. No les dejaría nada, nada. Lo menos posible a esa caterva de ladrones que le robaban la vida entera.

El ferrocarril hacia Veracruz había sido cortado. El cochero fue el que dio con la solución. Un compadre suyo fabricaba guayines y podía proporcionar uno, con sus respectivas mulas. El viaje sería incomodo pero seguro, pues los conductores eran gente de fiar, amigos suyos, y se sabían de memoria todos los caminos.

En guayines se fueron. Se tardaron dos días y dos noches en empacar y cuatro días y cuatro noches tardaron en la travesía.

Todos ojerosos y pálidos. Los más chicos gozando el peligro, los mayores con ojo avizor, hasta que alcanzaron a ver a lo lejos las lucecitas de la ciudad de Orizaba. Un gran suspiro de descanso hinchó el pecho de Amador. Su mujer parecía una muerta entre los brazos de sus hijas mayores.

El Gran Hotel se levantaba majestuoso como en sus mejores tiempos. Brillando de luz, acogedor, con huéspedes corteses y empleados eficientes. Habían llegado al paraíso y de ahí juraron no emprender un trayecto tan lleno de peligros. Se abrió ante ellos un albergue de paz, no querían pensar que apenas empezaba el viaje.

✳

CUARTA PARTE

❋
LA MUERTE Y LA VIDA

60

C uando Esther murió, Eloísa, con su don de premoniciones absolutas, entró a la casa como una bocanada de aire fresco. Ya había mandado a Pablo, su hijo, a que avisara al encargado de las honras fúnebres para que preparara el mejor ataúd, de cedro y cristal, reservado para las familias ilustres. El doctor llegó pisándole los talones e inmediatamente después de revisar el cadáver, extendió el certificado de defunción y esperó en la sala para que Eloísa y Juana amortajaran el cuerpo inerme. Entre tanto, con el mayor cuidado y amor, Eloísa había avisado al resto de los hermanos y ordenado sus vestidos de luto. Entre las dos bañaron a Esther, la perfumaron y la vistieron con sus mejores galas. Juana sacó con reverencia el rebozo de aroma guardado en papel de china, que esperaba el momento de cubrirla para envolverla y bajar a la fosa. Eloísa la peinó con el esmero y cuidado que merece una criatura así, la maquilló discretamente para ocultar la palidez de la muerte, cruzó sus brazos y sus manos lucieron blancas y largas, llevando entre ellas el rebozo de aromas y el crucifijo. Con los cuidados fue emergiendo su olvidada belleza. Sus parpados cerrados lucieron las largas pestañas, se afiló su nariz, se perfiló su sonrisa. Entre sollozos Juana volvió a ver a la madre que había perdido desde la huída de México. Estaba hermosa cuando fue colocada en su ataúd en medio de la sala.

Eloísa abrió cortinas y ventanas para que el aire se llevara el olor de la muerte y embelleció floreros y jarrones con flores de todos los aromas. Se ocupó también de Juana, la felicitó por su valor pero sin alardes, haciéndola sentir más segura de sí misma, la mandó a bañar y a arreglar conforme a las circunstancias y cuando la familia llegada de México junto con Amador abrió la puerta, se encontró con la triste pero digna escena con que debían ser recibidos.

Eloísa se retiró al fondo de la sala, donde ya empezaban a llegar los dolientes, pero siempre pendiente de que hubiera limonada y té helado, así como café criollo para los adultos. Juana nunca había conocido a persona más oportuna para estar en el momento preciso, y desaparecer como una sombra al no saberse necesaria. En los días posteriores se ocupó del vestuario de la familia para aliviar el luto.

—Cuanto más pronto salgan de esos ropajes negros, mejor —decía.

Entretuvo al abuelo con sus conocimientos de herbolaria, haciéndole dar grandes paseos, y respetó la soledad de Amador, sabiendo que era el mejor trato que le debía. Poco a poco, paso a pasito, la casa fue tomando una característica diferente. La mansión de la muerte se convirtió bajo su conjuro en una jaula de colores tenues. Tuvo la idea de formar una orquesta de mujeres para preparar la entrada en sociedad de Juana y Carmen. El liceo se abría en otoño para los bailes de los sábados y ella juraba que para entonces Amador les daría el permiso para que concurrieran.

Una tarde se presentó ante él con un vestido de hilo blanco que la hacía lucir —decía ella— como una señora de respeto, para que él diera el permiso de que en la sala de Las Delicias empezara a ensayar la orquesta femenina. Amador aceptó enseguida, conquistado por su sonrisa.

Todas las tardes se reunían para ensayar. Juana tocaba el piano, Carmen el clarinete, Cuca, una de las hijas de Eloísa, a sus quince años tocaba el saxofón de una manera que habría hecho enmudecer a Ben Johnson, una celebridad de la época. La mayor de sus hijas, Angelita, tocaba la flauta que daba gusto y hasta la más pequeña de las Campomanes aprendió en un dos por tres a tocar los bongoes. Entre las muchachas del pueblo siempre había una que tocaba un instrumento y así empezaron a ensayar en las horas en que Amador salía a sus negocios que tenía descuidados en La Habana. Antonio Orfé, un mulato que era la gloria de Cuba por sus composiciones y maestría, después de escucharlas se asombró de que todo lo hubieran hecho ellas mismas y se aprestó a dirigirlas dos veces por semana.

—Con esta música, chico —dijo Orfé sin malicia—, hasta los muertos resucitan.

Él no sabía que poco tiempo atrás habían perdido a su madre y cuando se enteró les pidió mil disculpas. Así fue marchando la orquesta hasta que la fama llegó hasta Matanzas, en cuyo Liceo se presentarían tocando "Siboney" de Ernesto Lecuona. Y para qué hablar del orgullo con que su padre las escuchó la primera vez, sorprendido de que a sus espaldas hubieran podido formar tan extraordinario grupo. Antes de la presentación en Matanzas y de que Amador las escuchara, se les unió Blanca Santa Coloma con su magnífica voz de contralto. El gran estreno fue en la sala de Las Delicias, la misma donde se había velado a Esther. Así despidieron a la tristeza para dejar entrar a la vida que pletórica bullía en sus cuerpos.

Juana, como la mayor de la familia, preparada por Eloísa, leyó un pequeño poema en el que pretendía mostrar cómo la muerte le da pasó a la vida y que era su deber honrarla con música.

Amador estaba tan orgulloso y encantado que dio a Eloísa un beso en la mejilla, agradeciéndole la forma en que había transformado sus vidas, un milagro más de sus manos santas.

Fue así como terminó el duelo de Las Delicias.

61

Pablo y Juana se conocieron de la manera más disímbola.

Estrenaba Pablo, con sus escasos dieciocho años, su uniforme como conductor en el ferrocarril que iba de La Habana a Madruga y viceversa, conduciendo a la escogida clientela.

Famosa por la bonhomía de sus habitantes, en Madruga el turista gozaba no sólo de las virtudes salubres de sus aguas, sino de un trato amable. No se sabía bien porqué, pero la amabilidad de sus habitantes era famosa en la región. Gozaba de cómodos y no estipendiosos hospedajes y sus habitantes eran famosos por su trato.

Era motivo de orgullo ser conductor del ferrocarril que conducía a los veraneantes y eran escogidos por ser afables y, si era posible, por su apostura.

Pablo contaba con ambas cualidades. Alto, erguido y apuesto con unos ojos castaños que transmitían dulzura y un carácter alegre y dicharachero que se transparentaba siempre con una sonrisa. Pero a pesar de su entrenamiento y natural agradable, sus ojos no pudieron dejarse de abrir con asombro ante la extraña comitiva que se aprestaba a abordar el tren. Encabezaba el desfile una dama de tan distinguida apariencia que Pablo, que tenía escasos conocimientos sobre historia, hubiera podido confundir con la emperatriz que había reinado en México, pero recordó las enseñanzas de su hermana Cuca, que estudiaba para maestra, así que sabía que eso había sido en el pasado siglo. La dama parecía ser conducida casi como una ciega por una mucama y un muchacho fuerte de regular estatura que la llevaba con la mayor fuerza y ternura.

Vestía un traje de terciopelo que a pesar del calor reinante parecía ser inerme a traspasar la gruesa tela que la cubría.

Un hermoso sombrero con plumas del mismo color que el vestido coronaba su cabello castaño, un collar de perlas adornaba su cuello y sus ojos sólo miraban hacia adelante como quién ve allanado el camino.

Detrás de ella, aunque con menos boato, dos de las muchachas más bellas que Pablo había visto, una era parecida a la madre, esbelta y altiva. La otra, más pequeña, parecía darse cuenta con timidez de la extraña comitiva que formaban. Pero cuando alzó la mirada se encontró con unos inmensos ojos castaños que corrieron traviesos, Pablo supo que jamás sería capaz de separarse de ella. Fue un chispazo inmediato. Pudo también escuchar el imperioso llamado de otra de las chicas, a quien adivinó como su hermana: "Juana, apúrate".

En ese momento Pablo aprendió el nombre de la que había elegido su corazón para toda la vida. Sólo el recuerdo de sus deberes no le permitió seguirla, pero ella miró hacía atrás sin borrar su sonrisa.

Fue así como ellos se enamoraron para siempre.

❋
LA FAMILIA CAMPOMANES
62

En verdad rara era la comitiva que formaban los miembros de la familia, pero sus antecedentes los justificaban.

Amador y Esther habían preparado su equipaje para viajar a Europa. Era el mes de noviembre y el jefe de familia, enterado de los cambios climáticos de su España natal, había preparado a su familia para resistirlos. Pero la enfermedad y el silencio de Esther impidieron los planes.

Los pocos días que pasaron en La Habana no le permitieron que renovara o al menos aligerara el guardarropa y así, se expuso a la temperatura del trópico con tal de ver asentada a su familia.

Con la seguridad que siempre poseyó en sí mismo, no le importó afrontar la incomodidad y el ridículo, lo único que le importaba era acomodarlos en un lugar estable.

Fue así como llevando de la mano al más pequeño, cerró la comitiva de la que estaba demasiado orgulloso. Agradeció al apuesto muchacho del ferrocarril sus atenciones coronándolas con un Luis de oro que petrificó a Pablo, que nunca había visto moneda de tal valor y empezó a ulular el tren que no sólo llevaba al pasaje sino todo el destino de su familia a bordo.

✳
PABLO

63

Antes de que Pablo entrara, Eloísa lo sintió llegar con el viento que agitó las palmas del patio. Lo esperaba con todas las puertas abiertas de donde brotaba el suspiro de los que dormían. Con el plato puesto en la mesa de Pino. Con la sopa caliente sobre el fogón. Lo oyó que llegaba con todas las ilusiones de sus dieciocho años y se le llenaron los pulmones de aire fresco.

El hijo con su respirar fuerte por la carrera, estrenando su chaqueta en el día mismo de su ventura.

—Mira, mamaíta, un Luis de oro, ¿habías visto otro igual?

— Luis y de oro es el que traes en el bolsón.

—Mamaíta, si la conocieras…

—Ya la conocí, será tu mujer para toda la vida. Antes que tú la sintió mi corazón. De ella saldrá la voz de tus hijos. Dios los bendiga a ella y a tu amor. Será mi hija también, se llama Juana.

Pablo la miraba estupefacto. Nunca había visto en su madre a la santa. Esa noche la conoció. Cuando Eloísa pareció despertar de un sueño fue otra vez la niña que salvó al esclavo de su muerte.

✳

UNIÓN DE DOS FAMILIAS

64

Desde su llegada a Madruga se estableció un vínculo particular entre Las Delicias y la casa de La Estación.

La primera mirada compartida entre Pablo y Juana pareció establecer un vínculo para unir a las dos familias.

Durante la enfermedad de Esther, cuando Amador requirió el auxilio de Eloísa para aliviar a su esposa enferma, éste concibió por la curandera una simpatía y afecto que aumentaron con los días, ya que la mujer se convirtió en la protectora de la familia que navegaba entre su juventud e inexperiencia en un país extraño, con una madre enferma y sin más refugio que el de un padre que, aunque se dividía, no podía entender todas las necesidades de los suyos.

Durante la agonía y la muerte, la ayuda de Eloísa fue imprescindible. Por otra parte, Pablo fue el mediador para relacionar a Amador con los requerimientos del pueblo y los viajes a La Habana. Sin permanecer ajeno a la atracción que vio surgir entre el muchacho y su hija Juana, lejos de alejarlos se congratuló por ello, pues se transparentaba en el joven cubano tal probidad y tan gran deseo de ayudar que empezó a servirle de apoyo para los innumerables quehaceres que se le presentaban diariamente.

Fue Pablo el que le presentó a Hubert de Blancnk y el que le sugirió la idea de formar una sociedad. Cuando ésta fue constituida, fue idea de Pablo presentarle los elementos indispensables para convertir en hotel lo que era la mansión de Las Delicias.

Eloísa ayudó a los muchachos a relacionarse con las muchachas del pueblo y gracias a los buenos oficios de ésta, la familia empezó a formar parte de la sociedad del pueblo, haciéndoles más leve el alejamiento de su patria y la muerte de su madre.

De esa manera se constituyó un lazo de amistad y colaboración entre las dos familias. Nunca hubo oposición por parte de Amador cuando Pablo le pidió oficialmente cortejar a Juana, al contrario, fue recibido con beneplácito pues tanto él como su madre y su familia entera habían sido la puerta abierta para un mundo que, sin ellos, hubiera sido hostil.

El amor de Pablo y Juana fue un romance auspiciado con los mejores augurios y visto con simpatía y comprensión no sólo por las dos familias, sino por todo el pueblo que formaba una sociedad de ayuda mutua y simpatía. Esto hizo que los Campomanes se sintieran como en su casa, y aún mejor, y a los jóvenes les permitió gozar de su adolescencia con alegría sin más apoyo que el de su padre y las nuevas y entrañables amistades que formaron.

✳
VIDA EN MADRUGA

65

Conforme pasaba el tiempo, la familia Campomanes se fue integrando a la vida del pueblo.

Amador dejó de ir con la frecuencia que solía a La Habana, ya que sus asuntos habían disminuido, pues en Cuba se pasaba por una mala situación económica, debido a su dependencia de los Estados Unidos que cruzaban también por su época de depresión.

Los ingenios estaban prácticamente paralizados. Desde que Pablo los presentó, Amador se hizo cada vez más amigo del dueño del Hotel Inglaterra, Hubert de Blancnk, un músico, compositor y pianista de origen holandés que además de ser dueño del hotel, tenía otras propiedades en La Habana: casa y conservatorio para la enseñanza de la música. Decidieron unirse para hacer un frente común. Campomanes convertiría en hotel lo que era residencia de la familia y para ello se haría socio de Blancnk. Por su iniciativa, redujo el tamaño de las habitaciones que ocupaba su familia y amplió el hotel. Se le hizo una segunda crujía de madera con un pasillo lateral con un estacionamiento y elementos estéticos novedosos como las celosías de madera, influencia de la arquitectura norteamericana. Se estableció además un sistema de alquiler de las habitaciones desde La Habana y Matanzas. El mismo hotel se responsabilizaba con las gestiones de traslado de los equipajes. Pablo y Amador se reían de pensar lo útil que les hubiera sido este servicio en su primera llegada a Madruga; tenían un servicio de autobuses que llevaba a los temporalistas los domingos a los balnearios y a los paseos campestres, además agregaron de común acuerdo un aspecto muy importante que se empezó a utilizar por primera vez en la historia de Madruga: hacer de la cultura un atractivo turístico, exhibiéndose por vez primera películas de cine mudo acompañadas al piano por el propio de Blancnk, su esposa y personalidades que venían de La Habana, todo esto en una sala de madera del propio hotel construida especialmente como pequeño teatro. También se hicieron actividades operísticas, en el hotel llegó a cantar Pilar Montía, entre otras personalidades de La Habana.

El San Luis era un hotel con mucho poder económico y majestuosidad, pero Campomanes logró vencerlo con muy buena organización administrativa y creatividad cultural apoyado por de Blancnk hasta convertir a Las Delicias del Copey en el primer hotel de la localidad.

Las muchachas se entregaron casi completamente al estudio de la música y siguieron motivando las orquestas de mujeres que muchas veces actuaron también como espectáculo para los visitantes. Eloísa vigilaba la lista de los enamorados de las muchachas, sobretodo de las Campomanes, a las que les enseñó a vestirse de acuerdo con la moda del pueblo y a no usar zapatos de raso para caminar bajo la lluvia. Gracias a su ayuda y su consejo, los niños fueron inscritos en la escuela municipal. También era chaperona en los bailes y, como consejera y amiga, leía los álbumes y carnés de los enamorados.

Fue así como empezó a alarmarse ante los apasionados poemas dedicados a Carmen por un poeta español llamado Ramón Díaz, que hacían latir con emoción el corazón de la muchacha, junto con su magnífico porte y su acento castizo. De este éxtasis sólo la sacaban los sermones de Eloísa. Ése era el ambiente que se vivía en Las Delicias, una gran familia donde convivía todo el pueblo de Madruga.

✳
ENAMORADO

66

Cuando las cosas habían tomado su propio cause y todo pareció indicar que por fin se acercaba la paz, una noche Amador sintió que se había ganado el descanso con su puro y su copita de coñac al lado, después de dar cuenta de una buena cena. Sintió que había llegado a la meta. Sus hijos parecían encarrilarse en sus propios asuntos, Carmen coqueteaba con el galán en turno, Laura jugaba a imitarla empezando a sonreír con coquetería al muchacho lampiño que la rondaba. Alfredo estudiaba seriamente un estado de cuentas. Pablo y Juana arrullaban su amor sentados en el columpio, no lejos de la luz de la luna pero tampoco tan cerca como para no poder ser observados. Tras un suspiro de satisfacción que le produjo la cena, Amador se sintió de pronto solo, tan solo como si todo hubiera desaparecido, como si una mano invisible detuviera los latidos de su corazón y de pronto lo impulsara a latirle más de prisa. Unas gotas de sudor perlaron su frente al sentir la llamada perentoria del instinto en que la sangre fluyó desde su pene e inundó su ser con la llamada perentoria del sexo. Sólo tenía cuarenta y cinco años y se había mantenido como un árbol yermo desde la perdida de su mujer que desde antes de su muerte le había secado los deseos.

Se arremolinó en el sillón que ocupaba y comprendió que de toda esta revolución, la culpa la tenían los ojos azules y los labios rojos de la muchacha que en la botica le había despachado una aspirina y que le había parecido como si la virgen de Murillo se hubiera compadecido de su pena esbozando una sonrisa. La agitación del deseo hizo que su corazón latiera más deprisa y se levantó con la urgencia latiéndole en las sienes y con la certeza de que había esperado demasiado.

Esa noche no pudo dormir y, al día siguiente, después de su baño matutino, se esmeró en su arreglo, mojó su pañuelo en agua de colonia, empuñó su bastón y decidido fue en busca de su destino.

Desde que vio a la muchacha comprendió que para ella no había pasado desapercibido su interés y al darse cuenta de que un hombre de su importancia se hubiera fijado en su belleza, iluminó su rostro, acostumbrada como estaba a que sólo la rondaran obreros del ingenio y cortadores de caña. Amador, valiéndose de su talento y experiencia, echó mano de sus más finos modales para preguntarle si sabía de alguna señorita que quisiera ayudarlo en la recepción del hotel. La muchacha no le saltó al cuello de alegría porque la contuvo un viejo instinto, pero se apresuró a decirle que ella misma se sentía capaz de ocupar el puesto, haciendo los arreglos necesarios, pues tenía una madre achacosa y cinco hermanos más pequeños que dudaba pudieran hacerse cargo del trabajo que ella desempeñaba, pero que si le concedía un par de días, tal vez pudiera hacer los arreglos pertinentes.

Cuando se dieron la mano para despedirse, él había tenido buen cuidado de secarla con su pañuelo perfumado y ella de disimular el temblor de sus dedos. Los dos habían contemplado que se les abría un porvenir distinto, él pensando en el arte de la conquista, ella presintiéndola y haciendo trabajar su mente para ponérsele difícil. Su inteligencia le dictaba que no debía entregarse como una mercancía, aun sabiendo que tendría que medirse con un altercante de altos vuelos y que ella sólo contaba con su juventud y su belleza. Su espíritu y mente calculadora, heredados de su padre, ya que la vida la había cargado de responsabilidades desde su corta edad, aguijoneaban más su ambición e inteligencia, en contraste con su madre, que tenía una cabeza de chorlito y todavía creía en los santos reyes.

Al tercer día, y ataviada por un vestido de muselina corriente que había terminado de coser durante la noche, con un cuello redonde de pique que le cerraba en la garganta por único adorno, se presentó a trabajar, ya que en los días precedentes no había hecho más que prepararse para lo que ella sabía era la oportunidad de su vida.

Sus hermanas, poco menores que ella, pero que compartían su ambición, le aseguraron que se ocuparían de que todo marchara como cuando ella estaba al frente del mostrador de la botica. Con su madre casi no contaba, pues estaba bastante achacosa, con malestares estomacales y una pereza fuera de lo común en una mujer que hasta hacía pocos días se había mantenido fuerte y sana. Últimamente y sin saber por qué, sus ojos se humedecían sin motivo alguno.

María Teresa, la beldad que hizo resplandecer de nuevo a Amador, y sus hermanas Gisela y Yolanda, dispuestas a ayudarla, empezaron la aventura que iba a cambiar el destino de toda la familia. La muchacha fue aceptada sin mayor atención por los hijos de Amador, creyendo que se trataba sólo del interés que su padre manifestaba por tener mejor atendida la recepción. Sólo Alfredo la admiró por su belleza y se congratuló de que su padre hubiera tenido el acierto de emplearla.

Amador rejuveneció diez años; sus modales, de por sí atractivos, se tornaron aún más impecables. Su alegría entusiasmaba a todo el que lo veía y fueron los días en que su mente brilló con mayor luminosidad.

A la muchacha no le pasaron desapercibidos estos detalles y a medida que él rendía sus baterías, ella aumentaba sus ambiciones, hasta darse cuenta de que podía convertirse en la señora de un empresario y propietaria de un hotel. Empezaron las insinuaciones con pequeños avances hasta que se hicieron lo suficientemente fuertes para que ella tuviera que ceder, con las condiciones de un matrimonio por todas las leyes. Aún más, sus ilusiones crecían hasta pensar en empezar su vida en un país remoto, donde no estuviera rodeada de nada que le recordara que era la hija de un humilde recolector de caña, cuya ambición le había alcanzado hasta ser dueña de una botica de pueblo, donde sólo se vendían aspirinas y ungüentos para las torceduras.

Poco a poco sus anhelos se contagiaron, pues Amador, sintiéndose dueño de su amor, también se le hacía pequeño el horizonte que le podía ofrecer.

México volvía a ser el cuerno de la abundancia y la meta de sus ambiciones. Acompañado de su mujercita rubia, volvería a ocupar el lugar que había abandonado y su patria adoptiva se le aparecía como en sus primeros tiempos, llena de promesas y de un porvenir maravilloso. Así iba creciendo su fuerza inyectada por el amor. Se sentía capaz de volver a levantar un imperio y formar una nueva familia. No había tomado en cuenta que sin contar con los arrestos de su primera juventud, ya empezaba con la carga de una familia completa, además de la propia.

Pero el amor es ciego y la soledad de una cama vacía, que clama por el complemento natural de una mujer deseada y deseable, lo hacía sentir cada vez más inflamado de amor y con un porvenir claro. Se acordaba que en sus primeros tiempos había llegado a México sin un solo centavo y así y todo, había hecho una fortuna. Ahora contaba con el dinero que le proporcionaría la venta del hotel a Hubert de Blancnk y tanto su mente como su espíritu se mantenían intactos.

Decidió proponerle matrimonio a María Teresa. Ésta aceptó con la condición de que se llevarían a toda su familia, de la cual ella era responsable. También exigía el respeto de los hijos de Amador que hasta la fecha sólo le habían manifestado la escasa cortesía que se le da a una simple empleada. Aceptados todos los requisitos, Amador consideró necesario hacer una junta de familia el sábado por la noche para comunicarles sus intenciones. El domingo a la hora del almuerzo debían recibir como era debido a la familia de María Teresa.

✳
SORPRESA

67

Esa misma noche convocó a todos sin excepción. A la orden del padre, todos se presentaron de punta en blanco en el comedor después de haberse retirado los servicios de comida. No quiso que María Teresa estuviera presente, por temor de que sus hijos se asombraran ante su juventud y pusieran algún reparo, aunque él estaba dispuesto a afrontar todos los obstáculos, no sólo por su carácter sino por su súbito enamoramiento.

Cuando estuvieron todos reunidos, contempló con orgullo a la familia que con los años se habían convertido en los hombrecitos y mujeres que había soñado desde su matrimonio con Esther. No pudo dejar de pensar en su primera esposa, con la que hubiera podido formar el matrimonio ideal de no haberse interpuesto el destino que los confinó al exilio. Fue así como en la mesa de honor se presentó ante sus hijos, con sus nuevos proyectos para los que ellos no estaban en absoluto preparados.

El primero que se levantó de la mesa fue Alfredo, que en el fondo guardaba cierta esperanza de conquistar a la atractiva recepcionista; airado, le dijo que lo único que necesitaba de él era una carta de recomendación para sus amigos de la Cervecería Cuauhtémoc en Orizaba y que le pedía su venia para empacar su ropa y salir para México al día siguiente. Dicho esto, y con una gran cara de disgusto, se retiró de la mesa sin besarle la mano como acostumbraba. Juana, con toda su dulzura, sólo se permitió dejar correr las lágrimas pues sentía que extrañaría más que nunca a su padre, aunque contara con el amor de Pablo y del apoyo de toda su familia, se quedaría completamente sola, sin sus raíces. Carmen palideció y se levantó alterada pues, orgullosa como era, en el fondo se sentía celosa de la atractiva muchacha que ahora se convertiría en su madrastra; ella había sido siempre el centro de la belleza de la familia. Confiada en que no tendría que hacer nada más que hablar con Ramón, le comunicó a su padre que ella se casaría pronto, y solicitó permiso para retirarse, no sin antes decirle a su padre que al día siguiente le comunicaría la fecha de su boda. Sólo se quedaron los dos pequeños a su lado, ante la estupefacción de Amador que había esperado una reacción menos violenta de los otros. Se levantó entristecido pues hubiera querido que todos estuvieran de acuerdo con su felicidad, pero casi lo habían dejado solo. No dejó de pensar en la que había sido la compañera de su vida y a la que seguiría extrañando, pero el amor renacía como las plantas y no se sentía capaz de renunciar a él.

Se dio ánimos como siempre en los peores momentos de su vida, aunque en el fondo de su corazón por primera vez ardieron los recuerdos vividos y añoró los arrestos de su juventud.

68

Juana no sabía cómo calmar la furia de Carmen. Ésta había heredado el tempestuoso carácter de su padre y aunque estaba enamorada de Ramón Díaz y estaba segura del amor de éste, le resultaba muy pesado tener que casarse en tan poco tiempo. Se puso a revisar las apasionadas promesas y los poemas de él, donde le prometía ser para siempre su esclavo, y no dudó ni un minuto en que accedería a su precipitada boda. Aunque sentía que el orgullo la ahogaba al tener que ser ella la que tomara una decisión tan rápida.

Después de todo sabía muy poco de Ramón. Se desempeñaba como reportero en un periódico de La Habana. No sabía ni lo que ganaba ni si sería capaz de afrontar un matrimonio tan precipitado, aunque ella estaba dispuesta a deponer su orgullo y a conformarse con un matrimonio en el que no contaría con ningún apoyo.

Juana se angustiaba más por su hermana que por ella y le aconsejó que, cuanto antes, resolviera el asunto. Pero no estaba dispuesta a ceder ni un ápice en la promesa que le había hecho a su padre de casarse antes que él.

A Laura, con sus quince años, le llamaba la atención el cambio y se moría de deseos de reconocer la patria que había abandonado siendo tan niña. Guillermo no opinaba, simplemente corría de un lado a otro viendo alterarse su pequeño mundo.

Amador había puesto como plazo el domingo para presentarles a su futura esposa y tomar las decisiones que él estimara convenientes, ya que les recordó que seguía siendo su padre y acatarían su última decisión. Corrió Carmen con Eloísa, pues pensó que nadie la aconsejaría de mejor forma. Eloísa la puso en paz por si la respuesta que esperaba no era lo promisorio que deseaba.

El sábado Carmen tomó la iniciativa de esperar a Ramón a las puertas de la estación, pues era el día en que él la visitaba en Madruga. Éste se asombró de verla tan bella, bien vestida pero con una agitación que no podía ocultar. La invitó al parque para dar un paseo y calmar así sus nervios.

Ella, tempestuosa como era, no tardó en decirle el motivo de su presencia, aunque se colorearon sus mejillas y relampaguearon sus ojos. Más pálido que un muerto le contestó Ramón:

—Carmen, te juro que eres el amor de mi vida y que estaría dispuesto no sólo a casarme, sino a llevarte conmigo para siempre si no fuera porque tengo un juramento anterior que me lo impide. He pasado por todos los tormentos y te juro que quebrantaría todas las leyes por hacerte mi esposa, pero con ésta no puedo romper. Te he engañado durante todo este tiempo, mi juramento es con la eternidad. Soy sacerdote. Si fuera casado rompería mi matrimonio, pero con la tonsura que Dios me impuso no puedo.

A pesar de su orgullo, Carmen estalló en lágrimas y sin ser seguida por él, corrió sin pensar más que ir a casa de Eloísa donde sabía que siempre encontraría consuelo. En el camino, de casualidad —esas casualidades que se parecen al destino— se topó con Santiago, un antiguo pretendiente que con su calma habitual la detuvo por un brazo y le dijo:

—¿A dónde va la belleza más grande con que han topado mis ojos?

Ella, como una buena actriz, cambió su expresión de inmediato.

—Voy corriendo a buscar a Eloísa que me tiene preparado para probarme un traje que voy a llevar a la boda de mi padre.

—¿Cómo?, ¿se casa Amador?

—Sí —dijo ella fingiendo una carcajada—, y regresa a México con la esposa vendiendo todo y dejándonos atrás.

—Pero, ¿cómo?, ¿te quedas en Cuba?

—No —le respondió Carmen con una fingida carcajada—, nos lleva con él, excepto a Juana que se casa en dos meses.

—¿Y tú porque no te casas también y regresas a tu patria?

—¿Me estás proponiendo matrimonio?

—Sí, nos casaríamos de inmediato y te llevaría de regreso a México.

Carmen contestó con una carcajada.

—Sólo me casaría si fuera de inmediato, pues tengo pocos deseos de regresar sola, pero tendría que ser en los próximos meses, pues papá se casa en enero y estamos en noviembre.

—¿Me aceptarías? —le contesto él con la premura de todo enamorado—. ¡Sería mi gloria ir a tu país casado con la mujer más bella que he conocido!

—Acepto Santiago, yo también desearía regresar como tu esposa.

—Pues hoy mismo en la noche hablo con tu padre y nos casamos antes que él.

—Te espero en la noche a la hora de la cena para que hables con mi padre y fijemos la fecha.

Todavía Santiago resplandecía de felicidad y la acompañó hasta las puertas de la casa de Eloísa, donde Carmen cayó en la sala próxima a un desmayo.

Eloísa la tomó en sus brazos como una madre y con su don comprendió todo lo que la muchacha había pasado.

—No agregues más desgracia a tu vida hija, además Santiago no se lo merece, espera un poco.

—No espero ni un minuto más, yo seré la primera que encabece el desfile de las bodas.

CONCIERTO DE FAMILIAS

69

El domingo después de la comida de la tarde fueron citadas las familias tanto para conocerse como para fijar la fecha de las bodas. María Teresa, cuya juventud había suscitado la admiración de todos al notar la tremenda diferencia de edad, tuvo el valor de presentarse con su madre Lola y sus dos hermanas menores. Lola, una vizcaína robusta con una figura completamente distinta al menudo cuerpo de sus hijas, vestía con una apretada faja y a sus cuarenta años todavía podía ser objeto de la admiración masculina. Le brillaban los ojos ante el porvenir que poco antes había visto cerrado. Empezó con gran desparpajo a citar y prometer dicha eterna a los prometidos. Las dos hermanas eran parecidas entre sí aunque Gisela, la que seguía en edad a María Teresa, tenía el pelo oscuro.

No les costó trabajo, con la confianza de la juventud, hacerse amigas de Laura, la menor de las hijas de Amador. Igual que ellas, Laura gozaba del desparpajo de la adolescencia. Se hicieron inmediatamente amigas inmunes al parentesco que iban a contraer, la madre era fresca y desparpajada y tenía la cualidad de una falta de timidez absoluta.

Amador las recibió con su caballerosidad de costumbre y empezó a presentarles a sus hijos, Alfredo estaba ausente porque como había prometido a su padre, ya estaba haciendo las gestiones para conseguir un empleo en México; Carmen, blanca y altiva y en cuyos ojos negros se sentía brillar el orgullo y el desprecio, se colocó al lado de su recién prometido Santiago, que era alto y robusto, de facciones irregulares, con bonhomía en su mirada, voz de barítono —procedía de familia de cantantes— y la profundidad de su inteligencia. Estaba tan enamorado de Carmen que no podía quitar de ella los ojos. Ésta, a su vez, dueña de sí misma, había heredado en mucho el carácter de Amador, miraba con cierto aire de desprecio a la nueva familia que el destino le deparaba. Juana un poco llorosa y ocultando sus manos entre las de Pablo, adquiría de él la fuerza para enfrentarse a una nueva aunque querida familia. Guillermo, ausente en sus juegos infantiles, apenas si hacía caso a las palabras de su padre.

Amador ocultó el disgusto que le provocaba tener una suegra más joven que él, pero en ese momento lo único que le interesaba era poseer a la que consideraba la mujer más bella del mundo. Empezó por manifestar a todos las fechas de las próximas bodas. Él sería el indicado para escoger las fechas, pues quería ser testigo de la boda de sus hijas. Decidió que Carmen sería la primera en casarse, pues a Santiago le urgía hacerse cargo de su importante puesto que le había sido ofrecido por la compañía inglesa de petróleos El Águila, ya que era de los pocos que dominaba su oficio como ingeniero de minas y petróleo. A pesar de su robustez temblaba como un niño ante la mirada de la belleza y altivez de la que pronto sería su mujer.

En la decisión de Santiago y Carmen influía también el hecho de que serían los encargados de buscar alojamiento tanto para ellos como para la numerosa prole que se anexaba.

Juana y Pablo unían sus manos y cruzaban sus miradas con la perspectiva de su amor cada día más seguro y consistente.

Terminó así la reunión en los mejores términos que podían esperarse y fijadas las fechas de las bodas.

RECUERDO DE ESTHER

70

Amador, dentro de sus numerosos quehaceres, no se olvidaba de la que por tantos años había sido su esposa y en el fondo de su corazón pedía perdón por haberle fallado, pues su tumba permanecía todavía en tierra extraña. Un día, con el pretexto de ultimar detalles de la ceremonia nupcial que se acercaba, llegó a casa de Eloísa para llevar a cabo la promesa que le había hecho a su difunta esposa de llevarla consigo cuando regresara a su patria. Le confió a Eloísa el túmulo donde yacía Esther amortajada con su rebozo de aromas y su rosario entre las manos, tan bella como había sido en vida y pareciendo esperar la llegada de Amador para que la regresara a su país.

Amador habló con Eloísa y le expuso lo difícil que seria para él llevársela en este viaje, pero quería ante su tumba jurarle que volvería por ella para regresarla a la tierra donde había nacido.

Eloísa le prometió cuidar de la tumba y hasta hacerle compañía a la que se quedaba sola en tierra extraña. Prometió no sólo cuidarla sino visitarla todos los días y llevarle flores como las que perfumaban su rebozo de aromas.

Amador, con lágrimas en los ojos, se confió a su muerta explicándole los motivos de su partida sin ella y reiterándole su promesa de llevarla con él a su tierra.

—Volveré por ti —le dijo—, y desde tus alturas podrás contemplar que te amé toda tu vida —al decir esto, depositó en sus yertas manos el poema que le había hecho después de su muerte y donde le prometía regresarla con él a su patria. Así se despidió de la que había sido su esposa sabiendo que la dejaba encargada en la tierra de Cuba, sin olvidarla y esperando regresar por ella.

Eloísa cumplió los deseos de Amador con su dulzura de siempre y prometiendo a la muerta que sería para ella siempre una hermana.

※

LAS BODAS

71

Las tres novias se casaron con muy poco tiempo de diferencia. A Juana le hizo el traje Eloísa; de gasa blanca plegado en el busto, las anchas mangas remataban en azahares de cera y sus hombros también eran recubiertos del mismo material. Con su corona y su velo sobre el rostro, parecía una aparición celestial con toda su pureza y su amor que brilló siempre en sus oscuras pupilas.

Pablo vestía su traje negro de conductor del tren con un único adorno de azahar en la solapa. Sus compañeros de trabajo le gritaron vítores por llevarse con su uniforme de ferrocarrilero la carga más bella que le había enviado el vecino país.

Se fueron a Matanzas en viaje de bodas y sus compañeros le dieron de regalo una estancia que para ellos fue paradisiaca.

A los pocos días se casó Carmen con su feliz y satisfecho ingeniero. Hizo como su madre la prueba del vestido de Ludegarda y también le sentó como un guante. Las perlas desprendidas fueron remplazadas y todo el mundo coincidió en que era la novia más bella de la región.

María Teresa se casó con un vestido de raso blanco confeccionado por su madre y Amador se confeccionó en La Habana una levita gris con rayas blancas.

Carmen fue la primera en partir hacia La Habana para abordar el camarote de lujo que Santiago le había reservado. Ni una lágrima afloró a sus ojos aunque su corazón quedaba en esa tierra amada, donde había dejado una madre muerta y la traición de un amante del que conservó toda la vida su álbum de poemas y el recuerdo fallido de su primer amor.

LLEGADA A MÉXICO

72

Carmen, desde el barco, empezó a usar su ropa de invierno. No quería parecer una palurda igual a la que había entrado a Cuba con vestimenta inadecuada, aparte de hacer feliz a ese hombre grande y bonachón que derrochaba ternura. Tenía otra misión que cumplir: buscar alojamiento adecuado a la gran familia en que se había tornado la suya propia.

Nada más llegando a México encontró un pequeño pero cómodo y elegante departamento en la calle de Motolinía. Era suficiente para Santiago, ella y lo que viniera, pues Carmen tenía la ilusión de tener un hijo pronto.

Para su padre, aún guardándole rencor por su segunda y precipitada boda, encontró en la calle de Venecia, en la colonia Juárez, una casa un poco oscura pero inmensa, con un número suficiente de habitaciones que procedió a habilitar de inmediato. Esto le impidió atender a las necesidades de su estado pues quedó encinta casi inmediatamente después de su boda.

Con su padre y su madrastra quedó en los mejores términos posibles, pues aunque aborrecía a la muchacha, se obligaba a mostrarle lo que era una gran ciudad y un fiel marido.

Carmen era impetuosa como su padre pero de muy nobles sentimientos, así es que puso todo su empeño para que a su llegada él encontrara las comodidades a las que ya estaba acostumbrado.

La situación en México parecía haber mejorado con la intervención de las compañías extranjeras que controlaban las mayores empresas, entre las que consideraban la nueva mina de oro que era el petróleo mexicano. Esto favorecía a Santiago, que era uno de los principales ejecutivos, lo que le permitía el acceso a la dirección de la Compañía Inglesa. Carmen llevaba una vida de lujo que administraba a su antojo, pues Santiago era prácticamente su esclavo. Esto permitió que la vida de Amador y su familia se hiciera más fácil, pues lo que no alcanzaba la bolsa de éste, lo subvencionaba su yerno.

Santiago estaba entregado además de su trabajo a la felicidad de tener por compañera a la mujer que había soñado toda su vida, así es que con carta abierta, Carmen procedió a preparar las numerosas habitaciones para la enorme prole que se acercaba y hacerla lo más cómoda y elegante posible. Sabía que era el lujo una atmósfera en la que Amador Campomanes se desenvolvía con facilidad. En esas estaba cuando empezó a notar los síntomas característicos del embarazo. Loca de alegría, se lo comunicó a su marido a quien no le parecía suficiente toda la felicidad del mundo para cubrir todo su inmenso corpachón.

Casi finiquitados los asuntos que lo retenían en Cuba, procedió Amador a despedirse de Juana. María Teresa, entretanto, le comunicó que también ella estaba embarazada, haciéndolo con esto el hombre más feliz de la Tierra.

Sabía que iba a ser abuelo y padre casi al mismo tiempo, pues Juana ya daba noticias de su embarazo. Su felicidad fue redonda cuando embarcó a su ya numerosa familia con destino hacia un porvenir que todavía se sentía con fuerzas de alcanzar.

Meses después, Carmen dio a luz a una niña que tuvo la desgracia de perder a las pocas horas. Su hijita había nacido completamente azul y falleció casi de inmediato.

Cuando todos desembarcaron del tren notaron la ausencia de Lola que había quedado atrás. Se regresaron las muchachas a buscarla y se encontraron con un espectáculo de circo, la madre había tratado, en medio de una terrible hemorragia vaginal, bajar del tren y al poner el pie en el último escalón con dolores agudos que le hacían morderse los labios. El conductor notó que la mujer sangraba profusamente, pero no pudo alcanzar al resto de su familia, ayudó a que pusiera los pies en los andenes de la estación y un grito ahogado proveniente de la garganta de la señora lo hizo gritar pidiendo auxilio. Una pollera que pasaba con su canasta llena de degollados animales se dio cuenta de la situación, ayudó al mozo de estación a bajar a la mujer y la depositaron en un banco de la terminal.

Apenas dio tiempo para que la marchante, versada en estas lides, metiera la cabeza entre las piernas de la extranjera para extraer el cuerpo del bebé, que apenas exhalaba un tenue respiro. La mujer ni tarda ni perezosa tomó a la que era una niña entre sus brazos, y con las tijeras con que degollaba los pollos cortó el cordón umbilical en el preciso momento en que las hijas de Lola arribaban al lugar y empezaran a gritar llenas de espanto.

Pronto se arremolinó la gente, la pollera limpió como pudo la sangre que cubría el rostro de la niña y la envolvió en una sábana que alguien caritativo le proporcionó en ese momento. Las muchachas estuvieron a punto de desmayarse, pero sacaron de la situación sus mejores arrestos para gritarle al resto de la familia, que ya acudían al lugar de los hechos ante la tardanza de las muchachas.

Carmen y Amador no sabían si esconderse para que nadie supiera que formaban parte del circo en que se había convertido el nacimiento, o acompañar a una serena Lola que, envolviendo a su hija con la sábana, no tenía ojos más que para la criatura, sin mostrar el menor asombro ante lo que por tantos meses había ocultado su vientre.

María Teresa, entre lágrimas, preguntaba a una menos estupefacta Lola cómo había pensado ocultar ante la familia su embarazo.

—¿De quién es mamá?, ¿de quién es?

Después de acomodar a la niña en una caja de jabón, Lola cayó en un estado de éxtasis, y a las preguntas de María Teresa contestó muy serena.

—¿De quién va a ser, hija? De Efraín, tu primo, al que alojamos por unos días en Güines. Cuando quedé embarazada el muy canalla huyó.

Lola se interrumpió en ese momento para preguntar a los concurrentes del extraño nacimiento:

—¿No es preciosa?, ¿verdad que es una belleza de criatura?

No tuvieron más remedio que alquilar dos Forcitos de la época para trasladar a la calle de Venecia tan extraño cargamento.

Carmen, a quien le temblaban los pies de susto y de asombro, retuvo al Ford que los esperaba para buscar en las calles de Motolinía el ajuar completo que había preparado para su hijita muerta. A un lado de la cama de Lola fue colocado el cesto de mimbre. Ésta parecía no salir de un arrobamiento que podía confundirse con júbilo, aun cuando, a pesar del diminuto tamaño de la niña, que era sietemesina, abrió los ojos y ella comprobó que los tenía del mismo color que el del sobrino infiel.

Cuando Carmen regresó a su casa, no sabía en qué forma comunicarle las noticias a Santiago, pero éste las escuchó con unas carcajadas que hacían eco. Besó arrobado a su mujer diciéndole:

—¿No crees, mi vida, que puede ocupar el lugar de nuestra pequeña muerta? Adoptémosla.

Fue entonces cuando Carmen estalló en uno de sus inesperados impulsos.

—¡Primero muerta antes que permitir que esa intrusa pise el piso de nuestra casa! Así es que confórmate, pronto tendremos a nuestro hijo propio.

73

María Teresa demostró que a pesar de su tamaño y de su edad tenía suficientes arrestos para encarar las situaciones más inesperadas. Con la ayuda de los mozos de mudanza y ante la mirada estupefacta de Amador, procedió a poner en orden a toda la familia.

Entretanto, Juana recibía asombrada las noticias, de las que sólo se interesaba por las concernientes a su familia sanguínea. Sobre todo le preocupaba su padre, al que le había crecido la familia y con ello la responsabilidad. Ella, a pesar de la bondad de la familia de su esposo y del amor creciente que sentía por Pablo, no hacía más que llorar ante la ausencia de su familia, pues extrañaba desde el acento hasta los mimos y fortaleza de su padre.

El amor de Pablo y del hijo que esperaba le dio la suficiente fuerza para alimentar la esperanza con que su esposo la consolaba al prometerle que pronto ellos también se unirían al resto de su familia.

En México, y con los días que transcurrieron, la casa fue tomando su cauce con una Lola más fuerte que redoblaba esfuerzos para ayudar y sin atreverse a mirar a su yerno a los ojos prorrumpía en carcajadas cuando estaba sola con su pequeña Raquel —a la que ella había decidido bautizar con agua del vertedero.

La vida prosiguió, Amador luchaba con todas sus fuerzas. Con las inversiones que había traído de Cuba y la discreta ayuda de Carmen, apenas le alcanzaba para sufragar gastos.

María Teresa dio a luz en mayo un precioso varoncito al que se le impuso el mismo nombre de Amador. Antes, nunca había admitido que ningún descendiente de su prole llevara su nombre. Siempre lo había aborrecido por ser el mismo que el de su padre.

El aumento de sus obligaciones, lo impulsó a avisar a su familia que regresaba sólo por un mes a Cuba, pues le urgía poner en claro todos sus asuntos económicos con Hubert de Blancnk y además le permitiría asistir al nacimiento de su nieto, pues Juana estaba a punto de dar a luz y él iba a ser su padrino en el bautizo.

✳

ESTHER ELOÍSA DE LA CARIDAD DEL COBRE

74

El 9 de septiembre Juana dio a luz en medio de un temporal. Su hija llegó al mundo en una cama subida sobre cuatro bancos, allá en Madruga. Eloísa iba y venía con ollas de agua caliente y la comadrona ayudaba a la madre a bien parir.

El último grito de Juana fue el primero que lanzó a la vida su hija. Inmediatamente se decidió cuál sería su nombre; la llamaron Esther Eloísa de la Caridad del Cobre.

Pablo mezclaba sus lágrimas con las de su mujer, no se cansaba de decirle a su esposa:

—Nos la salvó la virgen, mamaíta, y le pondremos el nombre de sus dos abuelas.

Desde ese momento, la pequeña se convirtió en la muñeca de todos sus tíos y sus abuelos, que siendo todos tan jóvenes vieron su llegada como un favor del cielo que había elegido unos momentos para desencapotarse.

Pero también la hizo ser portavoz de la historia de su familia, la cual tendría que relatar a partir de todo lo que le transmitía Juana, su madre, a quien le prometió que todos sus descendientes conocerían los hechos que conformaron sus vidas.

Cada movimiento del cuerpo de la pequeña Esther Eloísa delataba un nuevo asombro, como si hubiera sido la primera niña del mundo. Su abuelo Ceferino le puso el sobrenombre de "Chimirichimiri" y fue nombrada con todas las bendiciones del cielo y con todos los nombres que se le pueden dar a una bebé recién nacida. Eloísa, que a pocas manos la confiaba, fue a darle la noticia a la tumba de Esther, que se alegró como ella del nacimiento de su nieta y se atrevió a preguntar:

—¿Estas segura que la bañas con el agua de los siete aromas de mi rebozo?

BAUTIZO DE ESTHER ELOÍSA

75

El día del bautizo fue una pachanga para todo el pueblo. Llegaron las muchachas con sus instrumentos y la banda con sus danzones que dirigía Antonio Orfé; también se cantaron guajiras y fue cuando a la mitad de un son montuno Ceferino cayó en medio de la pista ante los ojos estupefactos de los concurrentes.

Eloísa quiso someterlo a su labor de santa, le pasó las manos por la cara y el cuello y quiso pronunciar las palabras con que había aprendido a resucitar muertos. Pero Ceferino fue sordo a sus suplicas, ni las manos ni la voz de su mujer lograron que volviera a la vida.

Ese día Eloísa perdió la voz para siempre, como la abuela Esther, y su condición de santidad que la había hecho convertirse en el consuelo y el milagro que la había seguido durante toda su vida.

76

La vida de Eloísa en aquel tiempo era tranquila. Se levantaba cerca del amanecer y se cubría con el gabán gris que había sido de Ceferino. Se calzaba sus babuchas y encendía la veladora de sus santos. Pronunciaba sus oraciones con la única voz que podía emitir, un gorgorito sordo que subía mansa. Iba hacia la cocina a tomarse su café criollo que siempre quedaba en el rescoldo, sorbía despacio para no despertar a su nieta. Esther Eloísa la contemplaba sentada en la cama de madera que le había hecho su padre; acostumbrada a su silencio, la observaba callada, siguiendo todos sus movimientos y recibiendo casi sin suspirar la bendición con que rozaba su cabeza.

Eloísa se deslizaba despacio desde el patio donde ya había empezado a atreverse a salir un sol redondo y rojo detrás del palmar. Entonces se iba al panteón que estaba cerca de la casa a visitar a Ceferino, que la escuchaba como nadie en la casa. Prendía su veladora roja de Santa Bárbara escondida detrás de una piedra para protegerla del viento, y se iba a conversar con su amiga Esther, de la que supo todos los secretos.

Regresaba lentamente por el mismo camino, llevando unos hilachos del rebozo que se habían salido de la tierra y el olor indiscutible que sólo a él le pertenecían.

Llegaba despacio y veía sin que la sintieran el rebumbio de su hija Angelita y de Juana que preparaban el desayuno. Se volvía a acostar despacito. Le hacía una seña a la niña y volvía a acostarse hasta el almuerzo, conversándose por dentro los secretos que le había confiado su amiga, guardando lo que había compartido en su vida; hasta recordaba su bulliciosa voz de entonces y parecía ordenarle que se callara.

Sólo la pequeña la perseguía en sus movimientos y, cómplice, la dejaba dormir tranquila con su sonrisa de amanecer sobre la almohada. Les iba dando los buenos días con su nombre y su bendición con los ojos cerrados para que no la guardaran en su recuerdo y la voz que se iba quedando corta entre sus labios sonrientes. Así se despedía la abuela. Veía a Cuca montar la yegua que le había comprado Pablo, con sus ojos y el pelo tan negros que brillaban como ascuas con sus libros y cuadernos muy bien atados al animal donde ya había amarrado a la niña para que fuera segura. En el camino le iba enseñando con ternura las primeras letras para que las compartiera con sus compañeros en el bohío donde se apilaba el arroz. Eloísa la acompañaba con el pensamiento y ademanes bendiciendo a todos, desde su hijo que había comprado la yegua hasta los cuadernos y lápices que también él le había proporcionado.

Bendecía con sus arrugadas manos la carga bendita que llevaban.

—Dios te bendiga mi hija por enseñarle a los pequeñitos las letras que yo no aprendí a tiempo y que se me quedaron tan adentro como la voz que ya no me sale de la garganta.

Reprochaba a Ceferino por habérsela llevado a la mitad de un son montuno. Tan de repente que no le había dado tiempo de regresar a su garganta. Por eso ya no confiaba en él y a veces le regateaba sus visitas que había compartido mejor con su amiga mexicana. No le había dejado ni un susurro para consolar a sus hijos.

De pronto, ante el asombro de todos, las primeras palabras de Esther Eloísa parecían haber nacido de la voz de su abuela, ya que con gestos y balbuceos traducía lo que ella deseaba y lo que hubiera expresado. Así se convirtió en su vocera ante las carcajadas de todos, mientras ella aplaudía aprobando lo que la niña había dicho con ruiditos incipientes.

✳

RETORNO A LA PATRIA

77

La visita de Amador fue muy breve pero suficiente para incinerar los restos de su primera esposa, pues se preciaba de no dejar promesa incumplida.

Eloísa lo acompañó en esta ceremonia fúnebre y provistos de una cajita de madera llegaron los dos ante la tumba. Esther lucía tan bella como en el momento que había sido sepultada con sus manos, sosteniendo el rebozo de aromas y el rosario. A medida que el cuerpo se convertía en polvo, empezó a inundarse el aire con los olores que habían sido mezclados y todos los aromas con los que había sido confeccionado el rebozo. Se confundieron diferentes texturas y colores inundando la atmósfera de diferentes tonos, del verde ocre al café de la canela, el amarillo intenso del pericón, el azul violeta de la salvia, el gris pálido del paztle, el rojo intenso de la manzana, el marrón oscuro de la estrella de anís, el intenso rosa y amarillo de la flor de castilla y el morado de la lavanda. El mastranzo intensificó el olor a tierra mojada para abrir nuevos horizontes. Las hojas de anís estrella con sus pequeñas bulbas que se ofrecen discretas con su aroma sedante, el clavo con su fuerte olor que revitaliza, la canela que es un tronco en sí misma y por último la azucena de textura tersa que posee un discreto perfume que otorga una sensación de reposo o paz interior. Todos estos aromas mezclados produjeron un intoxicante olor que, aunado al olor de la propia tierra cubana, llenó el ambiente de una vida naciente que se renueva.

Depositó Amador en la cajita los restos de las flores y las plantas, esperó hasta que la última partícula se hizo tierra. Ya antes había retirado el collar de perlas que pensaba dejarle a Juana y el poema que pretendía entregárselo al mar. Durante tres días y tres noches llevó la cajita junto a él en el camarote que parecía un jardín flotante, pues no había perdido su olor, y el poema que pensaba arrojar al agua para hundir en las profundidades del océano todos los momentos de felicidad que Esther le había proporcionado. Lo más importante era la cajita con el polvo de la que había sido la compañera de su vida, lo acompañó en su viaje haciéndolo sentir toda la poesía y el amor que había representado para él Esther.

Desembarcó Amador con su cajita escondida dentro de su equipaje, jurándose que al día siguiente la llevaría a la tumba del panteón de San Juan del Río, donde la devolvería a su lugar de origen, a compartir la tumba con sus padres.

María Teresa, aunque sospechó los motivos que habían llevado a Amador a Cuba, se entretuvo en los quehaceres que le proporcionaba su numerosa familia, sin decir nada al respecto.

TIERRA AMIGA

78

A los dos días de su llegada de La Habana, Amador, en compañía de Alfredo, su hijo, con el que ya había hecho las pases, se encontró en disposición de emprender el viaje a la tierra que se le había abierto promisoria en sus primeros embates.

No reconocía la hacienda. Tan deteriorada estaba su fachada, cubierta por pequeños comercios. Se topó casi por casualidad con una puerta pequeña que daba a la entrada de lo que había sido el gran portón de El Refugio.

Con lágrimas en los ojos recorrió punto por punto la que había sido el orgullo de la región, los campos sin arar, la casa semiderruida y, por fin, la pequeña habitación donde había dejado Teófilo su último aliento y sus postreras esperanzas. Alfredo lo acompañó al panteón y lo siguió en todo su recorrido. Éste lo iba guiando por toda la propiedad hasta que lo condujo a la habitación donde había muerto su abuelo. Pocos y escasos muebles lo habitaban, al extremo de la habitación reposaban los dos enormes baúles y Alfredo le contó de los últimos días de Teófilo.

—Yacía tranquilamente en sus últimos días, esperando la muerte.

Con la sola compañía de sus nietos y de Josefina la que le había quedado siempre fiel y temerosa al mismo tiempo. Alfredo le contó cómo en su sepelio se había reunido casi todo el pueblo.

Alrededor de su familia Teófilo pronunció sus últimas palabras.

—No tengan miedo ahora que me vaya, pues lo hago tranquilo y en paz de Dios. Como herencia les dejó los dos baúles llenos de oro para que no batallen en su vida.

Cuando salimos de su último rosario nos reunimos la familia en pleno para abrir los baúles que tan celosamente había guardado el abuelo. Cuál no sería nuestra sorpresa al encontrarlos llenos de bilimbiques que había ido cambiando por el oro que un día atesoró.

—Así es la vida —contestó Amador a medias sonriente—. Guardas oro y se te convierte en papel.

MUERTE DE ELOÍSA

79

U n día el sol parecía más curioso de saber lo que había pasado durante su ausencia y apareció lleno de señales, anunciando su llegada con nubes de color malva dispuestas a despertar a la vida. Su luz llegó hasta el rostro de Eloísa que, sonriente, ya esperaba su arribo.

La ausencia de ruido despertó a la pequeña Esther Eloísa que extrañó la sonrisa de su abuela. Miraba con asombro el gabán encima de la silla y las babuchas descansando al pie de su cama. Empezó a llorar más de extrañeza que de miedo y despertó a toda la casa como un timbre de alarma.

Se acercaron todos. Unos a la niña, otros a la abuela y se miraron consternados, como pasa siempre frente a la muerte. Alguien palpó a Eloísa con miedo de que su tibieza no respondiera al calor humano. Otro la movió. Hubo que acudir a un espejo que empañara su aliento. Se atrevieron a tratar de despertarla con ligeros movimientos para no despertarla, hasta que la voz de la niña los despertó a la realidad.

—Aba no está.

Fue cuando se dieron cuenta que había muerto hacía unos instantes pues todavía estaba tibia. Sorprendidos, se miraron unos a otros. La madre abrazó a la niña queriendo evitarle la cercanía de la muerte. Los otros besaron las manos de Eloísa, que se habían dedicado a bendecir. Otro palpó sus pies que parecían estar preparados para partir. Fue cuando la casa prorrumpió en llanto alejando a la niña de la muerta, con miedo de que quisiera acompañarla. Los más empezaron a llorar en silencio, otros a gritos, cada quien atravesaba los páramos del dolor según su carácter.

Se atrevió a penetrar el sol en medio de una de sus nubes y a la escasa luz del amanecer se enfrentaron a la realidad. Empezaron a llegar los vecinos. Eloísa se había ido hacia poco, tan poco que aún quedaba calor en sus manos extendidas con su actitud de siempre de bienvenida.

Sus palabras la habían precedido. Hacía tiempo que no hablaba y las abandonó completamente. Feliz de encontrarse ya fuera de todos los dolores por donde había cruzado como un ángel de paz. Nadie dejó de sufrir su ausencia. Había vivido como una santa.

La niña no dejaba de llorar y sus gemidos inundaban toda la casa. La dejaron acercarse a su abuela. Descubrió sus manos y acarició el rostro en que se había visto retratada. Fue su primer encuentro con la muerte. Todo lo que le había dejado quedó en su sitio. Nunca dejó de venerarla.

Juana, consciente de los últimos deberes para con la muerta, hizo salir a todos de la estancia excepto a Cuca, que se aprestó a ayudarla. Empezaron los rituales que ella le había hecho conocer desde la muerte de Esther. La bañaron con agua de lluvia, alisaron su cabello coronándola en dos trenzas, la perfumaron con todos los aromas del campo, la ungieron con el aceite de romero bendito que ella siempre guardaba. Alisaron su rostro de anciana. Colorearon sus labios y, ceremoniosamente, Juana la cubrió con su vestido de lino blanco que portaba cuando Ceferino se le murió entre los brazos. Le cruzó las manos sobre el pecho y sacó con reverencia uno de los rebozos de aromas que había guardado desde la muerte de su madre.

De inmediato se llenó la estancia de todos los aromas del rebozo y se sobrepuso incluso hasta los del campo. En ese momento se consideró más poderosa la muerte que la vida.

Cuca siempre había temblado ante cualquier dolor que aquejara a la familia, mas se mostró serena, como Juana en la noche que acompañó a Eloísa a amortajar a su madre.

Desfiló todo el pueblo ante su féretro. La lloraron todos. Su ausencia significaba el fin del amor y de la magia.